문학의 환상력
－블레이크의 『천국과 지옥 결혼하다』

| 지은이 | **김명복**

1953년 철원 출생. 연세대 영문과와 동대학원 졸업. 미국 일리노이대학교 비교문학박사. 시인이며 연세대 원주캠퍼스 영문과 교수. 시집 『그림자만 자라는 저녁』, 저서 『예술과 문학』, 『영국 낭만주의 꿈꾸는 시인들』, 번역서 『로렌스의 묵시록』, 『텍스트의 즐거움』, 『오비드 신화집: 변신이야기』, 『장미와의 사랑이야기』, 『궁정식 사랑기법』, 『바이런』, 『롱기누스의 숭고미 이론』, 『아이네이드』, 『인간은 섬이 아니다』, 『묘비명 글쓰기』, 『어느 영국인 아편 중독자의 고백』 등 여러 권을 작업하였다.

문학의 환상력

초판1쇄 발행일 2014년 8월 30일

지은이 김명복
발행인 이성모
발행처 도서출판 동인
주 소 서울시 종로구 혜화로 3길 5 118호
등 록 제1-1599호
TEL   (02) 765-7145 / **FAX** (02) 765-7165
E-mail dongin60@chol.com
ISBN   978-89-5506-607-4
정가   13,000원

문학의 환상력

블레이크의 『천국과 지옥 결혼하다』

| 김명복 지음 |

도서출판 동인

작가는 인간의 다양한 삶의 모습을 문학 작품 속에 담는다. 문학이라는 형식이 아니었다면 담아낼 수 없을, 삶의 모습들이 문학 작품 속에 담겨있다. 그렇다면 문학의 형식이란 무엇인가? 문학의 형식은 멀고 가까운 시공간 모두를 두루 볼 수 있고 알 수 있게 해주는 망원경이나 현미경처럼, 독자를 환상Vision의 시공간으로 안내해주는 장치이다. 일종의 결과물을 산출해내기 위해 만든 "모의실험장치"Simulation가 문학형식이고, 이 모의실험장치를 활성화하는 것이 "문학의 환상력"Literary Vision이다. 문학은 볼 수 없고 알 수 없는 것을, 문학의 형식을 통하여 볼 수 있게 하고 알 수 있게 해주는 환상력을 가졌다. 블레이크William Blake: 1757-1827는 시와 그림을 통하여 우리가 그런 환상력에 접근하도록 돕는다.

현세에 죄를 지으면 반드시 벌을 받아야 한다는 정의에 대한 인간의 욕망이 미래의 환상 공간인 천국과 지옥을 만들었다. 천국과 지옥은 사후에 정의가 실현될 미래의 공간이다. 그 두 곳은 사후 재판을 통하여 현세에 지은 죄를 물어 재판받은 자들이 가는 곳이다. 그렇다면 왜 현세의 죄를 현세에 묻지 않고, 사후의 재판을 통하여 사후에 가서야 죄를 물을까? 왜 사후에나 정의의 분배가 가능한가? 정의의 판결을 사후의 세계로 넘겨버리면, 현세에는 정의의 실현이 불가능함을 인정하는 것이 아닌가? 정의를 실현하는 현세의 재판 일체를 부정하는 것이 아닌가?

최후의 신판을 주장하는 기독교는 현세의 정의가 하나님의 정의가 아니라 인간의 정의라며 현세의 정의를 부정하고, 다시는 바뀔 수 없는 영원한 판결을 내리기 위해 사후에 하나님이 판관으로 재판을 재개한다고 말한다. 현세는 선과 악이 혼재하여 구별이 불가능하니, 사후에나 선과 악이 가려진다는 것이다. 그러나 현세에 선과 악을 구별하기 어렵다면, 현세를 사는 우리는 어떠한 도덕 기준을 가지고 살아야 하는가? 기독교는 인간의 기준이 아니라, 하나님의 기준을 따르라고 말한다.

정의의 실현이 현세에는 불가능하여 내세로 미뤄져야만 한다면, 정의의 실현이 불가능한 현재의 모습은 비정상의 모습이다. 올바른 정의가 실현된 정상의 세계는 내세에나 이루어질 환상Vision이다. 우리가 살아가는 인생 자체가 모순으로 가득한 비정상이다. 사후만이 정상일 수 있다면, 현세를 사는 우리는 비정상의 세계를 정상으로 생각하며 살고 있다고 말할 수 있다. 우리는 비정상을 정상화Normalization하여, 아무런 문제가 없다는 듯이 사고를 "상식화"Naturalization하거나, "합리화"Rationalization하고, "합법화"Legitimation하며 살아가고 있는 것이다.

블레이크는 『천국과 지옥 결혼하다』(The Marriage of Heaven and Hell, 1790)에서 우리가 살고 있는 세계의 "비정상의 정상화," 즉 비정상의 세계를 어떻게 "아무런 문제없이 당연히 그러하듯 전환"하여 정당화하고 합법화하고 있는지를 말하고 있다. 그에게 천국과 지옥이라는 공간은 죄의 문제를 사고

할 수 있는 형식 공간이고, 환상 공간Visionary Space이다. 인간이 현세의 죄를 분명히 규정하여 판결할 수 있다면, 굳이 하나님이 판관으로 죄를 판결하는 사후 재판이 필요하지 않았을 것이다.

우리가 사는 인생은 한정적이고 유한하지만, 사후의 세계는 무한하고 영원하다. 우리가 알 수 있다고 생각하는 무엇이든 한정적이고 유한하다. 인간도 마찬가지로 유한하고 한정적이다. 우리가 진리란 영원하고 무한하여야 한다고 생각하고 있다면, 유한하고 한정적인 현세의 진리는 진정한 의미의 진리라고 할 수 없다. 영원하고 무한한 진리는 사후 세계에나 가능하다. 그리고 현세를 살아가는 우리에게 접근 불가능한 것이 진리이다. 진리의 전제인 영원과 무한의 가치는 유한한 현세의 가치가 아니라, 사후의 가치이기 때문이다.

기독교는 유한하고 한정적인 것은 진리가 아닌 세상적인 것이어서 악이라 규정하고, 진리라고 말할 수 있는 무한하고 영원한 가치들은 천상적인 것이어서 선이라고 규정하고 있다. 현세에 보이는 것은 악이고, 사후에 있을 보이지 않는 것이 선이다. 그러므로 눈에 보이는 것을 추종하면 누구나 우상 숭배자가 된다. 그럼에도 기독교는 현세에서 이뤄진 도덕적 실천을 근거로 인간에게 죄를 물어, 사후의 영원무궁한 세계를 천국과 지옥으로 나누어 놓았다. 유한한 가치를 근거로 무한한 가치를 결정하고 있는 것이다. 사후의 세계는 인간의 시간이 종결되고 인간의 도덕이 완성되어, 더 이상 도덕의 교정이 불가능한 곳이다. 사후에는 변화 가능한 삶의 기회가 더 이상 주어지지 않는다. 사후는 끝의 시작이다. 모두가 끝이다. 그러한 사후 세계에 대한 기독교적 사고가 현세의 우리 삶에 어떻게 영향을 미치고 있는가? 지옥과 천국을 나누어 말하고 있는 자는 누구인가? 왜 그가 지옥과 천국을 나누어 말하려 하는가? 왜 천국과 지옥이어야만 하는가?

블레이크는 『천국과 지옥 결혼하다』에서 지옥과 천국을 나누는 그 자체는 아무 의미가 없다고 말한다. 나누고 분리하고 차별화하는 그 자체가 강자가 약자에게 행하는 억압 행위이기 때문이다. 그는 천국과 지옥이란 현세의 실현불가능한 정의의 문제를 해결하기 위한 하나의 은유일 뿐이라고 생각하였다. 천국과 지옥은 체제가 필요한 강자가 만들어낸 개념이지, 실체는 아니다. 그래서 천국은 체제 옹호자가 가는 곳이고, 지옥은 체제 불응자가 가는 곳이다. 그렇다면 가장 이상적으로 행복하였던 때는 천국과 지옥이라는 은유가 없었던 때일 것이다. 분리하고 나누는 차별화가 불가능한 순수의 시절이 가장 이상적이다. 그래서 "천국과 지옥이 결혼"하는 순간은 분리도 나눔도 차별도 없는 상태로, 블레이크가 가장 이상적으로 생각하는 상태이다.

블레이크는 27개의 판화에 그림과 시를 함께 실어놓았다. 판화를 보면 시의 내용과 그림의 내용이 항상 일치하지는 않는다. 드물게는 시에 없는 내용이 그림에는 있어, 그림이 시의 내용을 보충해준다. 무엇보다 흥미로운 것은 그림은 천국 풍경인데 시의 내용은 지옥인 경우와, 그 반대의 경우이다. 대조적인 그림과 시의 내용은 지옥과 천국의 양면을 보여주는 것이다. 마치 상대를 말하는 것이 곧 자신을 말하는 것이고, 자신을 말하는 것이 곧 상대를 말하는 것이라는 담화의 이중성이 그림과 시를 통하여 나타난다.

판화의 시와 그림에서 천국보다는 지옥이 더 활력이 있어 살아 숨 쉬는 박동이 느껴진다. 생명은 지옥에만 있는 듯하다. 천국은 대칭이고 정상이고 절제와 이성의 세계인 반면, 지옥은 비대칭이고 비정상이고 과잉과 욕망이 있고 상상의 동의어인 환상의 세계이다. 천국은 강자의 세계이고, 지옥은 약자의 세계이기 때문이다. 약자의 세계인 비대칭과 비정상이, 강자의 세계인 대칭, 정상과 늘 대립하며 운동한다. 운동 없이 대칭과 정상에 머물러 있는 강자의 세계에는 약자의 욕망이 억압되어있다. 정상이란 상부구조는 비정상의 하부구조를 통제하는 억압구조이다. 정상은 비정상에서 활력을 얻고, 비정 상은 정상에서 균형감을 얻는다. 현재의 정상 상태를 부정하는 비정상의 역동성은 현재에 생명을 부여한다. 물이 고여 있으면 썩어서 독이 되듯이, 고여 있는 정상의 물을 뒤흔들어 생명을 부여하는 것은 비정상의 운동이다. 정상 을 부정하는 비정상이 정상에 생명을 부여한다. 변화가 곧 생명이다. 모든 변 화에는 반대되는 두 방향이 있다. 정상과 비정상이다. 정상 없이 비정상이 없 고, 비정상 없이 정상이 없다. 블레이크가 시의 화자로 지옥을 대표하는 악마 를 선택하여 천국을 비판하는 이유는, 정상이라고 말하는 이성을 대표하는 천국이 얼마나 비정상인가를 보여주기 위해서였다.

블레이크는 이성Reason으로 대표되는 천국이란, 윤리적 실천이 요구되 는 억압구조라고 생각하였다. 그래서 영원한 자유를 향한 시적 구원은 시적 상상력Imagination이 용인되는 지옥에서만 가능하다고 생각하였다. 블레이크가 말하는 지옥이란 이성의 억압에서 벗어난 자유의 은유이다. 블레이크가 시에 서 이성을 비판하기는 하지만, 그는 우리가 체제라고 할 수 있는 이성을 벗어 나서는 사고할 수 없다는 사실도 알고 있었다. 사고하는 자체가 체제이고 억 압구조라면, 체제로부터 자유로울 수 있는 사고는 어떠한 사고이어야 하는 가?

블레이크의 다음 시는 19세기 낭만주의에 대한 정의이고, 또한 시에 대한 그의 정의이기도 하다.

나는 하나의 체계를 창조하겠다. 아니면 남의 체계로 살아야한다.
나는 추론도 비교도 하지 않겠다. (체계) 창조만이 내 할 일이다.

I must create a System or be enslaved by another Man's

I will not reason & Compare: my business is to Create.

● 「예루살렘」("Jerusalem," 1장 판화 10:20-1)

19세기 낭만주의자들은 18세기 계몽주의자들이 진리라고 주장하는 이성이 체계이며 또한 억압구조라고 생각하였다. 우리는 사고하기 위하여 체계가 필요하다. 그리고 사고한다는 그 자체가 체계라는 억압구조이다. 그러한 사고의 억압구조에서 벗어나려면, 우리는 남의 체계가 아닌 우리의 체계를 가져야 한다. 추론하고 비교하는 것도 이미 남들이 만들어놓은 기존의 이념들을 논리적으로 조합하여 정당화하고 합리화한 것일 뿐이니, 억압구조에서 자유로울 수 없다. 사실 논리라는 그 자체가 기존의 사고를 주장하는 억압구조이다. 자유로울 수 있는 유일한 길은 논리가 아니라, 나의 체계를 창조하는 일이다. 그러나 내가 창조한 것이 다른 사람에게는 또 다른 억압체계일 수 있다. 그래서 낭만주의 시인들은 시의 언어들이 의미를 통제하는 것을 막기 위하여 상징이나 은유를 비롯한 여러 시적 비유를 이용하여 언어의 의미들을 비틀거나, 미끄러지게 하거나, 아니면 꼬이게 하였다. 그들은 통제하지 않는 상상의 언어를 통하여, 언어로 구조화된 이성의 억압구조로부터 벗어나려했다. 그들은 자신들의 체계이면서 남들에게는 억압구조가 아닌 체계, 체계가 아닌 체계를 꿈꾸었다. 그러자니 그들은 의미의 확정이 아니라 의미가 만들어지는 과정 그 자체에 관심을 집중하였고, 이미 만들어져 고정되어 이성이란 탈을 쓴 의미의 폭력을 비판하는 시들을 쓰게 되었다. 그러한 낭만적 사고에서 블레이크의 시 『천국과 지옥 결혼하다』가 탄생하였다. 블레이크는 『천국과 지옥 결혼하다』에서 이성으로 대표되는 천국의 억압구조로부터 자유로워지기 위하여, 지옥의 악마를 시의 화자로 삼아 천국의 억압구조를 해체하는 방식으로 진정한 자유를 노래하였다.

2013년 가을 학기부터 2014년 봄 학기까지 1년이 안식년 기간이었다. 이 기간 동안 나는 블레이크가 단테Dante Alighieri: 1265-1321의 『신곡』(*La Divina Commedia*)을 읽고 그린 102개 판화들의 그림 내용을 글로 쓰는 작업을 하였다. 그런데 작업을 마치고 글을 읽어 보니, 판화의 그림 내용만 설명하고 정작 판화 속 그림, 블레이크 판화 연구는 없어 반쪽 연구가 되어버렸다. 그래서 그림과 시가 동일한 판화에 들어 있는 블레이크의 시집『천국과 지옥 결혼하다』를 연구하여 결과물을 내놓게 되었다. 단테의 『신곡』을 판화로 그린 블레이크 연구보다, 블레이크 판화 연구가 먼저 출판된 셈이다. 이제 단테의 『신곡』을 판화로 그린 블레이크 연구로 돌아가야 할 차례이다. 이 연구는 2006년 연세대학교 학술연구비로 수행되었다. 2014년 봄 학기부터 뜨거운 여름까지 고맙게도 두 제자, 이영규와 서병철 선생이 읽기가 쉽지 않은 원고를 읽고 교정하느라 수고가 많았다. 흔쾌히 출판을 허락한 이성모 사장님과 교정과 편집에 수고한 박하얀 선생님께 감사드린다. 또한 글 쓰는 동안 아내 장혜연이 쉽게 쓰라고 질책하고 질책한 덕분에 글이 많이 읽기 편해졌다. 책이 만들어진 과정에 함께한 모든 분들에게 감사드린다.

● 차 례 ●

CHAPTER 1

__ 판화 1

판 화 1

　판화 1은 천국과 지옥이 결혼하여 하나가 되는 최후 심판 사건이 내용
이다. 블레이크는 최후 심판의 판화를 정통 기독교 교리가 아닌, 스베덴보리
Emanuel Swedenborg: 1688–1772의 기독교관에 근거하여 그렸다. 정통 기독교 교
리로 보면 최후 심판은 예수의 재림과 함께 일어난다. 최후 심판의 날에 죽은
사람들은 무덤에서 살아나와 죄의 심판을 받는다. 예수는 판관의 자리에 앉
아 심판대 위에 선 인간들의 선과 악을 가려 천국과 지옥으로 보낸다. 그러나
스베덴보리의 최후 심판은 정통 기독교 교리와 다르다. 그가 말하는 최후 심
판은 살아서도 환상Vision을 통하여 영혼의 세계를 경험할 수 있는 개인적인
영적 체험이지, 사람들이 믿고 있듯이 예수의 재림과 함께 자연세계에서 일
어나는 집단 사건이 아니다. 그는 죽기 15년 전인 1757년에 런던에서 최후
심판의 환상을 살아서 경험했다고 기록하고 있다.

(미래에 있을 최후 심판의 날에 예수가 재림하여 죽은 인간들을 포함하여 살아있는 인간들 모두를 최후로 심판하여 선한 자와 악한 자를 나누어 천국과 지옥으로 구분하여 보낸다는 방식으로) 성경 말씀을 (잘못) 가르치는 것을 분명히 하기 위하여, 하나님 은총에 힘입어, 나는 최후 심판이 완료되었음을 내 눈으로 직접 목격하였다. 모든 악한 영혼들은 지옥에 던져지고, 선한 영혼들은 천국으로 올려졌다. 이제 모든 것은 질서를 잡았다. 질서란 선과 악, 그리고 선과 악에서 생겨난 천국과 지옥 사이의 영적 균형 상태를 말한다. 나는 처음부터 끝까지 최후 심판이 어떻게 진행되었는지를 보았다. 바빌론이 어떻게 멸망하고, "용"이라고 말할 수 있는 무리들이 어떻게 지옥에 던져지고, 새 하늘이 어떻게 만들어졌는지, 그리고 "새 예루살렘"이라고 말할 수 있는 "새로운 교회"New Church가 어떻게 천국에서 세워졌는지를 보았다. 내가 직접 경험할 수 있도록 나의 눈앞에서 이들 모두가 벌어지는 것을 목격하였다. 최후 심판은 1757년 초에 시작하여 그 해 말에 끝났다. (스베덴보리 76)

1757년 스베덴보리가 체험한 최후 심판은 그 자신만의 개인적인 영적 체험이었다. 그가 생각하기에 모든 인간은 자신 속에 지옥의 악마와 천국의 천사를 가지고 있고, 인간은 자유의지로 지옥을 선택할 수도, 또한 천국을 선택할 수도 있다. 왜냐하면 "인간은 언제나 새롭게 변화할 수 있는 자유로운 상태에 놓여있기 때문이다. 그의 영혼은 천국과 지옥에 모두 연결되어있다. 모든 개인은 자신 안에 지옥의 악마와 천국의 천사를 함께 가지고 있다. 그는 지옥의 악마의 도움을 받아 악행하고, 하나님이 보낸 천국의 천사의 도움을 받아 선행한다"(Swedenborg 525). 이와 같은 스베덴보리의 천국과 지옥에 대한 생각이 최후 심판의 영적체험을 자신의 개인적 사건으로 환원가능하게 하였다.

스베덴보리는 우주와 인간, 영적인 것과 자연적인 것, 이들 반대되는 둘 사이는 서로 상응관계Correspondence가 있다고 했다. 그리고 그는 우주가 "인간의 모습"을 하고 있고, 그 인간은 "가장 위대한 인간"the Greatest Man이라고 했다(Swedenborg 88). 다시 말하여 인간이 곧 우주이고, 우주로 인식되는 인간이 바로 가장 위대한 인간이다. 스베덴보리는 인간을 이해하기 위하여 우주를, 그리고 우주를 이해하기 위하여 인간을 상응관계로 놓았다. 즉, 우주에서 인간을 발견하고, 인간에게서 우주를 발견하였다. 인간이 우주가 되는 순간 그는 가장 위대한 인간이 된다.

블레이크는 스베덴보리의 생각에 따라, **판화 1**에서 인간의 얼굴을 하나의 우주로 보고 인간의 얼굴 안에 천국과 지옥을 모두 그려 넣었다. 판화의 그림 전체 모양이 사람의 얼굴이다. 휘어진 나뭇가지들은 사람의 머리카락을 나타내고, 나무 밑을 걷고 있는 두 사람과, 오른쪽 나무 밑에 누워있고 그의 앞에 무릎을 꿇고 있는, 두 사람은 각각 두 눈이 된다. 가운데 나무 한 그루는 콧마루 모양을 형상화하고, "and"라는 글자는 "d"의 한 획을 늘여 원을 그리며 입모양을 만들어내고, 세 글자들 "Marriage"와 "Heaven" 그리고 "Hell"은 각각 이마와 코와 턱에 해당되는 모양을 그려내고 있다(Blake 131). 그리고 아래쪽 가슴에 해당되는 곳에 천국과 지옥을 대표하는 천사와 악마가, 불구덩이 위에서 이마를 맞대고 서로 포옹하며 균형을 잡고 있다. 지옥으로부터 위를 향하여 몸을 양쪽으로 쭉 편 모양이다. 이성으로 대표되는 하늘에는 천사는 있을지 몰라도 악마는 있을 수 없다. 예수가 죽어 천국으로 가기 전 지옥을 먼저 다녀왔듯이, 화해가 이루어져야 할 곳은 지옥이다. 인간에게 죄가 없다면 예수의 탄생도 없었을 것이다.

천국의 상징인 하늘을 보자. "Heaven"이란 글자 위로 땅 위를 위태롭게 걷고 있는 인물들이 있다. "Heaven"이란 글자가 그곳에 있지 않았다면 금방이라도 천국의 세계가 무너질 것 같다. 그들은 천국을 노래하며 지옥을 저주하는 종교를 먹고 사는 사제들이다. 천국에 있는 인간들은 천국과 지옥이 결혼하는 최후 심판이라는 대단한 사건이 일어나고 있다는 사실을 전혀 알지 못하고 있다. 아니 알려고 하지 않을 것이다. 최후 심판이 일어나면 그들의 존재가치는 사라진다. 이제는 더 이상 천국과 지옥을 말할 이유가 없기 때문이다. 불길이 치솟고 사람들이 짝을 이루어 하늘 위로 날아오르는 지옥과 달리, 천국은 활력이 없다. 왼쪽 두 사람은 나무 밑을 거닐고 있고, 오른쪽 나무 밑에는 한 사람이 누워있으며, 그 누워있는 사람 앞으로 다른 한 사람이 무릎 꿇고 있다. 그리고 하늘에는 죽음을 알리는 까마귀가 날고 있다. 천국의 나무이자 생명의 나무이기도 한 나무들은 모두 그 뿌리가 지옥의 불길을 먹고 산다. 그리고 마치 에덴동산을 상징하듯 유혹의 나뭇가지들은 뱀과 같이 비비 꼬여있고, 이제 천국의 나무 뿌리는 천국과 지옥의 결혼으로 더 이상 지옥의 불길을 먹고 살 수 없을 듯이 지옥이라는 허공 위에 덩그러니 걸려있다. 마치 뿌리가 죽어 나뭇잎들이 모두 떨어진 죽은 나무들 같다. 최후 심판이 있었으니, 이제 더 이상 천국의 나무는 지옥으로부터 영양을 공급받지 못할 것이다.

천국으로 알려진 위쪽 세계는 조용하니 죽음의 그림자가 드리워져 있고, 지옥으로 알려진 불타는 지하 세계는 천국을 향하여 날아올라가려는 영혼들로 시끄럽다. 지옥은 생명의 활력이 넘치는 공간이다. 판화 속 최후 심판은 천국이 아니라 지옥이 주도하여, 사건의 추이가 지옥으로부터 시작하여 하늘로 올라가는 모양새이다. 그래서 블레이크는 지옥을 이야기할 것이다. 악마의 이야기를 들려줄 것이다. 블레이크의 악마는 기독교에서 이야기하는 정통적인 사탄이 아니다. 그가 말하는 악마는 이성이란 이름으로 인간을 억압하는 모든 권위와 권력에 대항하여 싸우는, 가지지 못한 자를 대표하는 혁명의 불길이고, 자유를 노래하는 시인이다. 그리고 이성과 반대의 의미를 지닌 상상력의 소유자인 시인이며, 노예 상태인 사슬에 묶여있는 인간들을 구원의 길로 인도하는 예언자이다. 한편 블레이크가 말하는 천사는 가진 자의 권위와 권력을 합리화하고 합법화하는 법률을 만들고, 자신들이 만든 율법에 순종하는 자들로 이성을 대표하고 있다. 그래서 가진 자들이 생각하기에 자신들에 반대하여 싸우고 있는 가지지 못한 자들은 모두 악마이고, 이성에 따라 율법을 지키는 그들은 천사라고 생각한다. 자비를 베풀 수 있는 위치에 있는 사람은 가진 자들인 자신들이기 때문이다.

블레이크의 판화에 등장하는 인물들은, 특별한 경우가 아니면 모두 나체를 하고 있다. 그가 그린 그림들은 모두 자연 세계가 아닌, 환상을 통해 본 영혼 세계가 배경이어서, 판화 속 인물들은 자연의 세계의 옷을 입고 있지 않다. 인간이 입는 옷들은 영혼의 세계가 아닌 자연의 세계의 물건이고, 또한 에덴동산에서 아담과 이브가 뱀의 꼬임에 빠져 지식의 나무에 열린 선악과를 먹고 자신들의 몸을 가린 죄의 상징이다. 그러므로 영혼의 세계에 인간들은 모두 나체들이다. 죄가 없는 인간이라면, 나체여야 한다. 옷은 자연 세계를 상징하고, 또한 죄를 상징한다.

**

블레이크는 스웨덴의 과학자이며 신비주의자로 기독교 환상가인 스베덴보리[1])의 저작들을 읽고 1790년 즈음하여 『천국과 지옥 결혼하다』를 썼다. 스베덴보리는 당대에 저명한 과학자들 가운데 한 사람이었다. 그는 57세에 영적인 눈이 열리자 이후 15년 동안, 89세로 영국 런던에서 죽을 때까지 과

---

1) "스베덴보리"는 스웨덴 발음을 따른 것이고 영어로는 "스위든보그"(/'swiːdənbɔːg/)라 발음한다. 한국어 번역판은 그의 이름을 스베덴보리라 적고 있다.

학연구를 포기하고, 그의 환상체험과 성경해석에 관한 18권의 종교저술을 라틴어로 써서 남겼다. 그는 1757년 최후심판을 목격하는 환상을 경험하고 나서 "새로운 교회"New Church가 시작되었음을 알렸다. 그리고 그는 1771년 영국 런던으로 직접 가서, 자신의 이름을 딴 "스베덴보리 집회"Swedenborg Society의 결성을 직접 보았고, 이듬해인 1772년 3월 29일 런던에서 사망하였다.

스베덴보리의 저술 가운데 최초로 영어로 번역된 작품은, 블레이크가 21살이었던 1778년에 출판된 『천국과 지옥』(*Heaven and Hell*)이다. 그러나 스베덴보리의 저술들을 번역하기 위한 학회가 생겨 그의 저술들이 본격적으로 출판되기 시작한 것은, 첫 번역 작품이 출판되고 10년이 지난 1788년부터의 일이었다. 그리고 같은 해에 스베덴보리가 책에서 언급한 "새로운 교회"(스베덴보리 교회)가 최초로 런던에서 집회를 열었다. 이듬해 1789년 4월 13일 블레이크는 아내와 함께 이 교회를 방문한 것으로 기록되어있다. 교회를 다녀온 블레이크는 『하나님 사랑과 하나님 지혜』(*Divine Love and Divine Wisdom*)를 읽으며 책의 여백에 자신의 생각들을 적었고, 이듬해에도 『하나님 섭리』(*Divine Providence*)를 읽고 마찬가지로 자신의 생각들을 기록하였다. 그러나 그가 이후 스베덴보리 교회를 출석하였다는 증거는 없는데, 이즈음 『천국과 지옥 결혼하다』의 여백에 그를 비판하는 내용의 글을 쓴 것을 보면, 그가 이후 스베덴보리 교회에 출석하지 않은 것이 이상하지 않다. 블레이크가 스베덴보리를 비판하였기는 했지만, 스베덴보리가 그의 시에 많은 영감을 준 인물이었던 것은 분명하다. 『천국과 지옥 결혼하다』(1790)를 쓰고 14년이 지난 1804년에도 그는 시 「밀턴」("Milton" Plate 22)에서 스베덴보리를 "교회가 머리카락을 자른 삼손"이라며, 그의 생각이 힘 잃은 주장임을 거듭 주장하고 있다.

오, 스베덴보리! 교회가 머리카락 싹둑 잘라버린, 가장 강한 인간, 삼손,

당신은 지옥에 죄인들을, 천국에 뻔뻔한 용사들을 배치하고,

천국을 검사로, 지옥을 피고로 규정하고,

플라톤과 희랍인들로부터 법률을 가져다가

영국에 트로이 신들을 부활시키고, 예수가 흘린 피를 값없게 하였다.

O Swedenborg! Strongest of men, the Samson shorn by the Churches,

Shewing the Transgressors in Hell, the proud Warriors in Heaven,

Heaven as a Punisher, & Hell as One under Punishment,

With Laws from Plato & his Greeks to renew the Trojan Gods

In Albion, & to deny the value of the Saviour's blood.

1790년 『천국과 지옥 결혼하다』를 쓸 때와 14년이 지나서도 스베덴보리에 대한 블레이크의 생각은 전혀 변함이 없었다. 스베덴보리는 진정한 악의 본질을 파악하지 못하고, 전통적인 도덕률에 머물러있다는 것이 블레이크의 생각이었다. 블레이크는 스베덴보리가 인문주의의 대표자인 플라톤을 포함한 희랍 철학자들의 이론을 가져다가 영국을 다시 이교도 국가로 만들었다고 생각하였다. 예수는 인간들이 만든 율법이 아니라 하나님의 율법을 말하려고 지상에 와서, 피를 흘려 죽음으로 인간을 구원하였다. 블레이크는 그의 시 「영원한 복음서」("The Everlasting Gospel")에서 예수를 탄핵하는 자의 목소리를 통해 예수가 "세리들과 창녀들을/ 그의 친구로 선택하였고,/ 하나님의 공정한 법으로부터/ 간부를 빼내어, 법망을 피하게 했다"고 말한다. 블레이크가 생각하기에 선과 악은 서로 의미를 주고받는 동전의 양면과 같다. 다른 얼굴을 가지고 있는 듯 보이지만, 같은 얼굴이다. 그러나 스베덴보리는 다른 예언자들과 마찬가지로 전통적인 도덕률의 새로울 것 없는 사고를 가지고 선

과 악을 구분하고 있다. 선과 악이란 개념은 변함없이 영원한 도덕적 의미를 지니는 실체가 아니다. 두 개념은 단순히 자의적이고 피상적 의미만을 지닌 사고의 도구일 뿐이다. 왜냐하면 선을 이야기하려면 악이 전제되어야 하고, 악을 이야기하려면 선이 전제되어야 하기 때문이다.

블레이크는 어린 시절부터 중세미술을 사랑하여 중세풍 판화들을 평생 수집하였다. 중세미술의 화법은 그의 회화뿐 아니라 그의 시작품들에도 많은 영향을 미쳤다(김명복 20-2). 중세미술은 마치 하나의 성경과 같이 읽혀져야 하는 종교예술이요, 상징예술이었다. 중세미술의 구도는 하나의 "영적 의미를 담고 있는 도구"the vehicle of spiritual meaning였다(Mâle 22). 블레이크의 미술도 중세미술처럼 영적의미를 담고 있는 한 편의 시였고 한 권의 책이어서, 읽혀져야 하는 텍스트였다. 블레이크의 문학작품도 미술작품과 같이, 영적 의미를 담고 있는 환상Vision의 표현이었다. 환상을 기록한 그의 문학과 미술 작품들은 모두 물리적이고 자연적인 눈이 아니라, 깨어있는 영적인 눈으로 감상하지 않으면 그 의미를 읽어낼 수가 없다. 블레이크의 『천국과 지옥 결혼하다』는 "시의 언어와 그림의 구도가 가장 강력한 힘"을 발휘하여, 미술과 문학이 어우러져 환상의 효과를 최대화하고 있다(Raine 54).

김명복. 『영국 낭만주의 꿈꾸는 시인들』. 서울: 동인, 2005.
E. 스베덴보리. 『최후심판과 말세-바빌론의 멸망과 마태복음 24·25장 영해』. 이영근 옮김. 예수인, 2010.
Blake, William. *Complete Writings*. Ed. Geoffrey Keynes. London: Oxford UP, 1966.
Blake, William. *William Blake: The Early Illuminated Books*. Ed. Morris Evans, Robert N. Essick, Joseph Viscomi. London: The William Blake Trust/The Tate Gallery, 1993.
Mâle, Emile. *The Gothic Image: Religious Art in France of the Thirteenth Century*. Trans. Dora Nussey. New York: Harper & Row Publishers, 1913. 1972.
Raine, Kathleen. *William Blake*. London: Thames and Hudson, 1970. 1999.
Swedenborg, Emanuel. *Heaven and Hell*. Trans. George F. Dole. New York: Swedenborg Foundations Inc, 1758. 1979.

CHAPTER 2

__ 판화 2

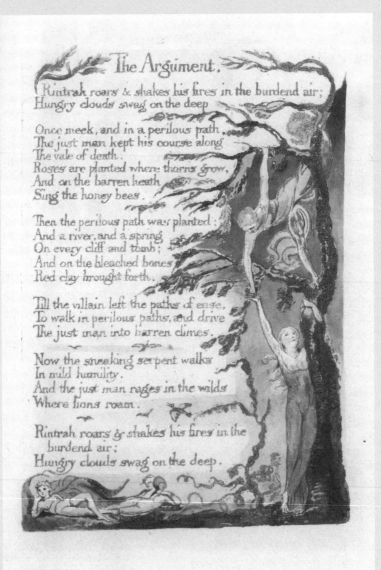

The Argument.

Rintrah roars & shakes his fires in the burdend air;
Hungry clouds swag on the deep

Once meek, and in a perilous path,
The just man kept his course along
The vale of death.
Roses are planted where thorns grow,
And on the barren heath
Sing the honey bees.

Then the perilous path was planted:
And a river, and a spring,
On every cliff and tomb;
And on the bleached bones
Red clay brought forth.

Till the villain left the paths of ease,
To walk in perilous paths, and drive
The just man into barren climes.

Now the sneaking serpent walks
In mild humility.
And the just man rages in the wilds
Where lions roam.

Rintrah roars & shakes his fires in the
burdend air;
Hungry clouds swag on the deep.

판 화 2

문제 제기|Argument

린트라가 소리 지르며 힘겨워하는 대기에 대고 화통 터트리고,
허기진 구름들이 바다 위로 꽃 장식 줄들처럼 걸려있다.

예전에는 순종하였던 의로운 자가
이제는 위험한 길,
죽음의 골짜기에 접어들었다.
가시나무들 자라는 곳에 장미나무들 심어지고,
황량한 광야에서
꿀벌들 노래한다.

그때 위험한 길이 만들어졌고,
강과 샘이
모든 절벽과 무덤 위에 흐르고,
탈색된 뼈들은
붉은 흙을 입었다;

악당이 안락의 길을 떠나
위험의 길로 들어와
의로운 자를 광야로 내몰 때까지.

이제 몰래 들어온 뱀이
순종하는 겸손함으로 걷고 있고,
의로운 자는 사자들 거닐고 있는
광야에서 울부짖는다.

린트라가 소리 지르며 힘겨워하는 대기에 대고 화통 터트리고,
허기진 구름들이 바다 위로 꽃 장식 줄들처럼 걸려있다.

*

블레이크의 시집 『천국과 지옥 결혼하다』에 들어있는 27개의 판화들 가운데 자연 세계가 그려져 있는 것은 시의 제목만이 들어 있는 **판화 1**과, 시의 전체 내용을 개관하기 위하여 문제를 제기하고 있는 시 "문제 제기" Argument의 **판화 2**뿐이다. **판화 1**의 그림 내용은 천국과 지옥이 결혼하는 장면을 보여주는데, 제목이면서 또한 결론에 해당된다. **판화 1**의 그림에는 인간의 현재와 미래가 있다. **판화 2**는 천국과 지옥의 결혼이, 왜 이루어져야 하는가를 인간의 과거와 현재를 통해 보여준다. 과거의 낙원과, 낙원에서 아담과 이브가 쫓겨난 이후 현재의 모습이다. 두 판화 모두 현재에 대하여 말하는 까닭에, 모두 자연의 세계를 담고 있다. 그러나 나머지 25개의 판화들은 모두 지옥과 천국으로 분리된 인간을 분석하는 영혼의 세계를 그리고 있다.

판화 2의 시 내용을 보면, 뭔가 심상치 않은 사건이 터질 것만 같다.

더 이상 감당할 수 없을 정도로 부풀어져서 곧 터질 것만 같은 풍선과 같이 포화 상태의 마지막 정점에 다다른 혁명 전야이거나, 위대한 천지창조가 일어나기 바로 직전 성령이 구름처럼 심연 위를 조용히 떠다니고 있는 것과 같은 절박한 순간이다. 그러나 그런 시의 내용과는 전혀 다르게 **판화 2**의 그림은 매우 서정적이고 전원적이며 평화롭다. 시의 오른쪽에 위치한 그림에는 푸른 하늘이 보이고, 나무 위에 올라간 한 남자가 붉은 옷을 입은 한 여성에게 과일을 따서 손 안에 넣어주고 있다. 그리고 왼쪽에는 세 명의 나체 인물들이 식물들 사이에 누워있다. 오른쪽 남자에게서 손에 과일을 받고 있는 옷 입은 여성은 에덴동산에서 쫓겨난 이후에도 변함이 없이, 하체가 뱀과 같이 비비 꼬인 모양을 한 사탄과 같은 인물로부터의 유혹을 뿌리치지 못하고 선악과를 손에 받고 있다. 흥미로운 것은, 사탄이 나무 위에 올라 하늘로부터의 지식을 지상에 있는 이브에게 전해주는 그림의 구도이다. 사탄이 하나님의 지식이라며 하늘로부터 지상으로 전해주고 있다. 그리고 왼쪽의 나체 세 사람은 땅 위에 서 있지 못하고 수평으로 누워있고, 사탄과 이브는 수직적으로 그려져 있다. 정통적인 기독교 교리 비유에서 천국은 하늘에 있고, 지옥은 땅 아래 지하에 있다. 하나님은 하늘에 있어서, 땅 위에 있는 인간들에게 자신을 향한 수직적 사고를 요구한다. 그리고 땅의 것, 아래에 속하는 세상의 것은 구하지 말라고 했다. 천국은 영혼이고 땅은 육체이어서, 죽으면 영혼은 수직으로 천국을 향해 올라가고, 육체만이 땅 위에 남는다고 했다. 하나님은 하늘에 있고, 죄 많은 인간들은 땅 위에 산다고 했다. 그러나 그림에서는 상하와 수직과 수평의 전통적인 기독교 비유가 뒤바뀌어 있고, 죄를 지어 에덴동산에서 쫓겨난 인간의 죄의 역사는 현재에도 되풀이되어 나타나고 있다. 인간은 선과 악을 구분하는 지혜가 있는 지식의 나무 열매를 아직도 계속하여 사탄으로부터 받아먹고 있다.

**

　시에 등장하는 신화의 인물 린트라Rintra는 정치의 억압과 종교의 위선이 가득한 악한 세상으로부터 쫓겨나 광야에서 의로움을 울부짖으며 "분노하는 예언자"이다(Damon 349). 그는 정치적으로 현 체제와 현 질서에 반항하는 혁명의 총아이고, 종교적으로는 현 종교체제에 순종을 거부하는 악마이다. 그가 분노로 무언가 행동하려 할 때, 온 세상은 혁명의 기운으로 무르익은in the burden'd air 상황이다. 물리적이거나 정신적인 혁명이 요구될 때 늘 나타나는 예언자와 같이, 린트라는 분노의 형식을 빌려 정의의 예언을 선포할 것이다. 아직은 구름들 사이로 계시의 천둥소리가 울려 나오기 이전이어서, 검은 구름들이 꽃 장식들처럼 바다 위에 길게 늘어져 있다. 예언자의 말이 구름 사이로 우렁차게 터져 나오기만을 잔뜩 벼르고 있는 분위기이다.

　시의 처음 2행에는 우주를 구성하고 있는 네 가지 요소들, 공기와 불과 물과 흙 가운데, 흙을 제외한 모든 요소들이 새로운 질서를 형성하기 위하여 거의 포화상태를 유지하고 있다. 흙이란 물리적인 것으로, 인간에게는 육체에 해당된다. 지금은 흙만이 제외되었으니 육체의 옷을 입기 이전의 상태, 즉 인간의 창조가 일어나기를 기다리는 순간이다. 「창세기」의 천지창조의 순간과 유사하다. "하나님이 천지를 창조하셨다. 땅이 혼돈하고 공허하며, 어둠이 바다 위에 내려있고, 성령이 그 바다 위를 움직였다"(1:1-2). 하나님이 천지를 창조하기 전, 땅 위에는 아직 형태를 취한 것이 아무 것도 없어 텅 비어있었다. 창조의 성령만이 바다 위를 움직이고 있었다. 그렇게 시의 처음 2행은 새 창조를 위한 혁명의 기운이 가득하다.

　선악과를 먹기 전 아담Adam은 하나님에게 매우 순종적이었다once meek. 그러나 그는 사탄의 유혹을 받은 이브Eve의 꼬임에 넘어가 하나님이 먹지 말라고 명령한 지식의 나무에 열린 선악과를 먹었다. 이브의 꼬임에 행한 행동이지만, 아담의 행동은 하나님의 말씀에 순종하지 않은 행동이었다. 하느님의 명령을 거역하고 선악과를 따먹은 그의 선택은 그가 죽음의 길을 선택한 결과가 되었다. 아담의 선택은 지식을 통한 생명에 이르는 길이 아니라, 하나님 말씀에 대한 불순종으로 죽음의 골짜기를 통과하여야 하는 위험한 길이었다. 인간의 창조신화는 탄생과 함께 죽음도 함께하는 신화이다.

지식의 나무 열매를 따먹고, 에덴동산에서 쫓겨난 아담과 이브는 가시덤불과 엉겅퀴가 자라는 땅(「창세기」 3:18)에서 땀 흘려 일해야만 먹고 살수가 있다. 그리고 아담과 이브의 후손인 인류는 그들의 죄 때문에 영생을 잃게 되었고, 언젠가 죽음을 맞아야 한다. 그러나 최후의 심판이 일어나면, 인류는 다시 죽음을 극복하고 영생을 얻게 될 것이고, 천국이 다시 도래할 것이다. 그때에는 죽음이 가득한 가시나무들 대신에 천국의 영원히 죽지 않는 장미 나무들이 심어질 것이다. 그리고 황야에는 꿀벌들이 노래할 것이다.

인류가 어려울 때, 고통스러울 때, 절망할 때, 그때 늘 희망을 안겨주는 예언자가 나타난다. 지옥과 같은 고통스런 삶의 곁에는 늘 천국의 행복한 삶의 신화가 등장한다. 현실을 부정하는 곳에는 늘 이상적인 꿈의 세계가 전개된다. 이상 세계가 이식된다planted. 천국과 지옥은 구별되어 낱개의 것들로 존재하는 것이 아니다. 부정적인 모든 것은 지옥으로 귀결되고, 지옥을 부정하는 그곳에서 천국이 자라난다. 지옥이 천국을 상상하게 한다. 상상이 시가 되고, 그 시가 예언이 된다.

D. H. 로렌스는 『로렌스의 묵시록』(*Apocalypse*)에서 자신의 어린 시절 어려웠던 탄광촌 풍경을 회고하며, 가난하여 인생살이가 힘든 사람들이 「요한계시록」을 좋아하는 이유는, 최후 심판의 날에 이르게 되면 부유함을 움켜진 자들과 권력을 가진 자들이 모두 지옥으로 떨어지고, "약한 자들이 지상을

지배하리라"는 계시록의 내용 때문이라고 말한다(24). 최후 심판은 현재를 힘겹게 살아가며 고통스러워하는 약한 자들이 바라는 소망이다. 지옥과 같이 힘겨운 삶을 사는 사람들에게 천국은 최후 심판이후에 따라올 소망의 이야기이다. 그리고 가난하고 억눌린 자들에게 그런 희망적인 이야기를 하는 사람이 바로 예언자이다. 예언자는 힘겨운 인생살이의 터전에서 탄생하였다. 예언이 필요한 곳은 천국이 아니라, 지옥이다. 천국은 부족한 것이 없어 부정적 요소가 전혀 없는 완성품이다. 그곳에는 부족함을 채워준다는 소망을 말하는 예언이 필요하지 않다. 예언은 불운한 시대의 창조물이다. 예언은 부정적 현실이 낳은 소망의 신화이고, 시대를 초월한 혁명의 시이다.

생명으로 인도하는 새로운 세상이 만들어지기 위해서는 먼저 죽음의 길, 죄악으로 가득한 "위험한 길이 제시되어야"한다. 아무런 문제가 없는 세상이라면, 굳이 세상이 새롭게 창조될 이유가 없다. 죄 없는 새 세계를 창조하기 위해서는 죄 많은 구세계가 필요하다. 현재 죄가 없다 생각되면, 이전에는 죄가 아니었던 죄를 새롭게 재해석해서라도 죄악의 세상을 만들어야, 그때 새 세계 창조의 이유가 생겨난다. 죄악으로부터 더 이상 물러설 수 없을 때, 그때 우리는 최후의 심판과 같은 극단적인 새 세상의 창조를 이야기할 수 있다. 노아Noah의 시대에 하나님이 더 이상 물러설 수 없이 세상이 죄악으로 가득하자, 하나님은 땅 위에 사람을 만든 것을 후회하시고(「창세기」 6:5-6), 의롭고 흠 없는 노아의 가족을 제외하고 새 세상을 만들기 위해 지금의 세상을 모두 홍수로 파괴하였다. 세상의 절벽과 무덤 위로 강물과 샘물이 흘러내렸다. 세상을 모두 파괴하는 대홍수가 끝나고, 새 시대가 시작되었다. 새로운 인간, 새로운 아담이 필요하게 되었다. 유태어로 아담Adam은 "붉은 흙"Red Clay이란 뜻이니, 시에서 "탈색된 뼈들이/ 붉은 흙을 입었다"는 말은 홍수 이후 이제 새로운 아담의 시대가 열렸다는 말이다. 예수도 새로운 시대를 열었다는 의미로, "새 아담"이라 불렸다.

하나님에 대적하였다가 패배하여 천국을 떠난 "악당" 사탄에게 있어서 천국은, 기독교적인 의미에서는 안락이라 할 수 있을지 몰라도, 사탄의 입장에서 그렇지 않았다. 사탄은 천국에서 하나님에게 복종만하고 자신의 욕망을 억제하며 사는 것이 행복하지 않았다. 사탄은 천국에서 "안락하지 못하여" 하나님에게 저항하였다. 그는 자신의 욕망에 충실하여 천국의 안락한 길을 버렸다. 그리고 그는 에덴동산에 뱀으로 몰래 들어와서, 먼저 이브를 유혹하여 그와 같이 하나님에게 불순종하도록 하였고, 이브는 의로운 자인 아담을 꼬여 하나님에게 불순종하게 하였다. 이제 인류의 조상인 아담과 이브는 죽음의 땅으로 내몰렸다. 의로운 자 아담은 천국이 보장되는 안락의 길을 거부하는 불의를 저지르고, 광야로 쫓겨나 울부짖는다.

성경에서 보면 의로운 자는 광야로 쫓겨나고, 불의한 자가 세상을 지배한다. 바깥 광야에는 의로운 자가 있고, 안의 세상에는 불의한 자가 있다. 죄 많은 세상으로, 세상은 죄의 은유이다. 세상은 영악한 뱀과 같은 불의한 악당이 지배하는 세상이다. 세상 법을 따르면 그것은 불의한 자의 법을 따르는 것이니, 죄를 짓는 일이고 불의를 저지르는 일이다. 불의한 자가 지배하는 세상을 사랑하면 하나님에게 불순종하는 것이다. 그리고 자기-사랑이란 자신이 스스로 의롭다고 말하는 것으로, 하나님에게 불순종하여 불의를 저지르는 일이다. 악당은 스스로 의롭다하며, 이 세상을 지배한다. 그러나 진정으로 정의로운 자는 그런 악마의 불의를 따르지 않아, 세상에서 쫓겨나 광야에서 의로움을 울부짖으며 분노하는 예언자가 된다. 죄에 머물러 세상에 있으면, 그는 의로움을 잊는다.

D. H. 로렌스. 『로렌스의 묵시록』. 김명복 옮김. 파주: 나남출판, 1998.

Damon, S. Foster. *A Blake Dictionary: The Ideas and Symbols of William Blake*. Colorado: Shambhala Publications, 1979.

CHAPTER 3

__ 판화 3

판 화 3

새 하늘이 열리고, 새 세상이 시작된 지 어언 33년. 영원한 지옥이 부활한다. 그리고 보아라! 무덤가에 앉아 있는 천사는 스베덴보리Swedenborg다. 그의 작품은 삼베로 둘둘 말려 동여매어있다. 이제 에돔Edom의 지배가 시작되고, 아담Adam이 에덴으로 돌아온다. 「이사야서」 34장과 35장을 보아라.

반대 없이 전진 없다. 당김과 떨침, 이성과 동력, 사랑과 증오는 인간이 존재하기 위해 필요하다.

종교가 말하는 선과 악은 반대 가설이다. 선은 이성에 복종하는 수동성이고, 악은 활동력으로부터 발생하는 능동성이다.

선은 천국이고, 악은 지옥이다.

　　　　　　　　　　　　　　　　*

　　판화 3은 시를 가운데 두고 위와 아래로 두 개의 그림이 있다. 두 그림
들 모두 지옥의 세계를 그리고 있다. 위쪽에 있는 그림에서는 나체 여인이
불에 휩싸여 두 팔과 두 다리를 대각선으로 뻗어서 화면의 왼쪽 아래 끝과
오른쪽 위 끝을 채우고 있다. 그녀의 왼손 끝은 오른쪽 화폭 위쪽 끝을 향하
고, 왼쪽 발끝은 왼쪽 화폭 아래 끝을 향하고 있다. 그녀의 시선은 왼쪽을 향
하여 있다. 그녀는 불타는 지옥에 있으면서도 고통의 표정을 짓지 않는다. 지
옥의 불길들 모두는 화폭 왼쪽 맨 아래에 위치한 발끝에서 터져 나와 오른쪽
으로 향하는 장미꽃 모양을 하고 있다. 불꽃들 모두 위쪽 오른쪽 귀퉁이를
향하고 있어, 마치 그 귀퉁이에서 불꽃들을 빨아들이고 있는 듯하다. 나체 여
인이 아래 왼쪽 귀퉁이를 발끝으로 쑤셔 불꽃을 피어나게 하고 있는 것 같기
도 하다. 그녀는 불꽃이 일어나는 왼쪽 아래 방향으로 빨려 들어가는 모양새

이다. 시간이 지나면, 불길은 더욱 거세질 것이 분명하다.

성경에서 왼쪽과 아래쪽은 지옥의 장소이고, 오른쪽과 위쪽은 천국의 장소이다. 그러나 판화에서 불꽃은 지옥에서 나와 천국을 향하고 있다. 지옥의 불꽃을 피어나게 하는 주체는 나체의 여인이다. 판화의 위쪽 그림 바로 아래 시가 시작되는 부분에 시의 내용에 포함되지 않는 숫자 1790이 검게 도드라져 보인다. 이 숫자 1790은 1957년 스베덴보리가 최후 심판의 환상을 경험하고 33년이 흘러간 해이다. 스베덴보리가 최후 심판 환상을 경험한지 33년이 지났으니, 재림한 예수가 이 세상에서 심판을 행한지 33년이 지난 셈이다. 성경의 예수는 세상에 와서 33년을 살다가 십자가에 못 박혀 죽고, 천국에 가기 전 먼저 지옥으로 가서 지옥문을 열었다(「베드로전서」 4:19). 재림한 예수가 온지 33년이 지났으니, 성경대로라면 예수가 다시 지옥문을 열 것이다. 그리고 우리는 예수가 열어놓은 지옥의 세계를 볼 것이다. 이 여인은 지옥문을 여는 예수와 같은 인물로, 시의 아래쪽에 있는 그림에 그려있는, 지옥의 혁명을 이끌 아이를 낳고 있는 여인이다.

시 아래 두 번째 그림을 보자. 왼쪽으로 드러누워서 아이를 낳고 있는 여성이 보인다. 그녀의 두 다리 사이로 아이가 두 팔을 벌리고 빠져나온다. 그녀는 「요한계시록」 12장에 나오는 여자이다. 「요한계시록」을 보면 해를 둘러 걸치고, 달을 그 발밑에 밟고, 열두 개의 별들이 박힌 면류관을 쓴 임신한 한 여자가 등장한다. 그녀가 해산하려고 하자, 머리 일곱 개와 뿔 열 개가 달린 붉은 용이 머리에는 왕관을 일곱 개나 쓰고 그녀 앞에 서서 해산하면 아이를 삼키려 하고 있다. 이제 그 여인으로부터 쇠 지팡이로 만국을 다스릴 아이가 탄생하자, 아이는 하나님 보좌로 끌려가고, 아이 낳은 여자는 광야로 도망친다. 하늘 전쟁에서 실패한 용은 여자를 찾아 땅으로 내려와, 입에서 물을 강물과 같이 토해 그녀를 죽이려 하지만 실패하고, 하나님의 사람들인 그녀의 자손들을 죽이려고 바닷가 모래 위에 선다. 「요한계시록」 12장의 이 장면은 최후의 심판 직전에 벌어질 천국과 지옥이 벌이는 역동적인 싸움이다.

블레이크는 시의 아래쪽 판화에다 새로운 시대를 열어갈 혁명의 총아를 탄생시키는 여인을 그려 넣었다. 시의 아래쪽 판화 속 해산하는 여인과 지옥의 불길을 들쑤셔대는 시 위쪽의 여인은 동일하다. 두 여인 모두 지옥에서 최후의 심판을 앞당기는 역할을 하고 있다. 최후의 심판은 지옥에서 일어나는 사건이지, 천국에서 일어나는 사건이 아니다. 천국에서 일어날 필요도 없다. 『천국과 지옥 결혼하다』의 마지막 시를 싣고 있는 **판화 25**의 「자유를 노래하다」의 첫 구절에도 영원한 여성이 산고의 고통으로 울부짖고, 그 소리가 세상의 모든 곳에서 들리는 내용이 있다. 모두 같은 여인들이다. 이들은 모두 혁명을 이끌어갈 인물을 잉태하는 여인들이다.

그리고 성경의 내용과는 무관하게 판화 아래 그림 오른쪽을 보면, 나체의 남자가 달려가며 마주 오는 여자에게 키스하며 그녀를 뒤로 넘어뜨리는 장면이 있다. 지옥의 불타는 불속에서도 정열에 휩싸여 사랑을 나누고 있는 두 남녀이다. 마치 단테 『신곡』의 「지옥」편 5장에 나오는 정욕의 죄로 지옥에 떨어진 두 연인 파올로Paolo와 프란체스카Francesca를 연상시킨다. 단테와 버질이 지옥의 죄인들 가운데 제일 먼저 만나는 죄인들은 정욕의 죄를 지은 죄인들이다. 지옥에서 이들 죄인들은 열정으로 소용돌이치는 검은 바람에 휩쓸려 바람 속에서 빙빙 돌고 있다. 이들 정욕에 휩싸인 두 남녀들과는 달리 두 남녀의 위, 시의 9행 끝에는 파란 하늘이 보이고 두 남녀가 평화롭게 손을 맞잡고 배 위에 서 있는 그림이 있다. 두 남녀는 거리를 두고 서서 손을 맞잡고 서로를 바라보고 있다. 그들 두 남녀는 사랑의 열정에 수반하는 역동성이 없이, 정적인 영원함 속에 갇혀있다. 지옥에 그려진 천국은 열정이 배제된 체 욕망이 억압되어 있는 평화이다. 그러나 불타는 지옥은 혁명의 총아를 탄생시키고, 욕망이 들끓어 주체하지 못하는 사랑이 역동적으로 살아 숨 쉬는 곳이다. 지옥은 창조와 욕망이 들끓어 역동적이어서, 휴식이 없다. 평화가 없다.

**

예수가 지상에서 인간으로서의 삶을 마감하고 33살에 죽었을 때, 요셉은 예수의 시신을 삼베로 싸서 바위 무덤 안에 넣어놓고 무덤 어귀에 돌을 굴려 무덤 입구를 막았다(「마가복음」, 15:46). 그러나 안식일 첫날에 막달라 마리아와 야고보의 어머니 마리아, 살로메가 향료를 사서 들고 예수의 무덤을 찾았을 때 무덤은 열려있었다. 그리고 무덤 안에는 흰옷 입은 천사가 오른쪽에 앉아 있다가 일어나 그들에게 다가가서 제자들에게 예수의 부활을 알리라고 말한다(「마가복음」, 16:1-7). 예수는 동굴 속에 삼베옷을 남겨두고, 죽은 후 부활하여 천국에 올라가기 전 먼저 지옥으로 내려가서 지옥문을 열었다(「베드로전서」, 3:19).

스베덴보리는 자신의 환상에 근거하여, 최후의 심판이 1757년에 일어나 새로운 하늘이 열렸다고 말했다(스베덴보리 76). 스베덴보리가 환상을 경험한 1757년은 예수가 재림하여 최후의 심판을 통해 새로운 시대를 열어간 첫 해이고, 또한 블레이크가 태어난 해이기도 하다. 33년이 지난 1790년 블레이크는 33살이 되어 이 시를 쓰고 있다. 최후의 심판으로 새 시대가 열리고 33년이 지난 지금, 33살의 예수가 죽어 부활하고 무덤 속에 있었던 천사처럼, 스베덴보리가 부활한 예수의 빈 무덤 곁에 앉아있다. 그의 작품들은 진리로서의 생명이 다하여 죽은 사람들이 입는 삼베옷에 싸여있다. 예수가 천국에 올라가기 전 지옥에 내려가서 지옥의 문을 열었듯이, 예수의 재림 후 33년이 지났으니 지옥의 문이 열리고, 화자는 지옥에 대하여 이야기할 것이다.

예수가 지옥으로 내려가 지옥문을 열고, 이제 지옥의 시대가 되었다. 지옥의 상징인 에돔Edom의 시대가 시작되었으니, 에서Esau는 동생 야곱Jacob에게 빼앗겼던 유산을 장자의 권리를 주장하여 다시 받을 것이고, 아담Adam은 그가 쫓겨났던 에덴동산으로 다시 돌아올 것이다. **판화 2**의 서시 "문제 제기"의 내용에 따르면, "붉은 몸을 지닌" 에서는 동생 야곱에게 속고, 아담은 사탄에게 속아, 둘 다 광야로 쫓겨나 살아야 했던 의인들이다. 자신들의 어리석음으로 자신의 권리를 빼앗겼던 두 인물들, 에서와 아담은 이제 새 세상이 열리자 자신들의 권리들을 되찾을 것이다.

성경에서 말하는 지옥의 상징인 에돔의 역사는 이렇다. 이삭Isaac의 장자 에서Esau는 붉은 죽 한 그릇을 먹기 위해 어리석게도 자신의 장자 권리를 동생 야곱Jacob에게 판다(「창세기」 27장). 야곱의 꾀에 넘어가 장자의 축복을 상실한 에서는 기름진 땅을 야곱에게 넘겨주고, 자신은 짐승들이 우글거리는 광야에서 살아야 했다. 그는 블레이크의 시 「문제 제기」("Argument")에서 광야로 쫓겨난 의인이다. 에서의 후손들이 사는 땅 에돔Edom은 유대어로 "붉다"는 뜻으로, 몸이 붉은 사람들이 사는 땅이란 뜻이다. 그러나 에서가 지배하는 시대, 에돔이 지배하는 시대가 올 것이다. 에서는 자신이 장자의 축복을 야곱에게 빼앗긴 것을 알고 아버지 이삭에게 자신의 처지를 한탄하며 자신에게도 축복을 내려달라고 간청한다. 이삭은 에서가 살아갈 땅은 기름지지 않고, 하늘에서 이슬도 내리지 않아, 칼에 의지하여 살아야 하는 짐승들만 들끓는 광야로, 에서는 동생 야곱을 섬기며 살아야 하지만 "그가 지배할 날이 올 것이다"라고 예언하였다(「창세기」 27:40). 하나님께 순종치 않아 에덴동산에서 쫓겨난 아담이 다시 낙원으로 돌아오고, 동생의 거짓 음모로 장자권리를 빼앗겨 광야를 헤매고 다녔던 에서가 다시 젖과 꿀이 흐르는 가나안 땅으로 돌아올 것이다.

이사야는 「이사야서」 34장과 35장에서 하나님 나라가 도래한, 새로운 예루살렘을 이야기하고 있다. 하나님은 야곱의 자손들을 선택하여 그들을 축복하고, 에서의 자손들을 저주하였다. 하나님은 에돔을 저주하여 "에돔의 강들이 역청으로 변하고, 흙이 유황으로 변하고, 온 땅이 역청처럼 타오를 것이다. 그 불이 밤낮으로 꺼지지 않고 타서, 그 연기가 끊임없이 치솟으며, 에돔은 영원토록 황폐하여, 영원히 그곳으로 지나가는 사람이 없을 것이다"(「이사야서」 34:9-10). 그리고 그곳은 황폐하여 짐승들만 살 것이다. 그러나 예루살렘은 에돔과 달리 천국으로 변하여, "광야와 메마른 땅이 기뻐하며, 사막이 백합화처럼 피어 즐거워할 것이다. 사막은 꽃이 무성하게 피어 크게 기뻐하며, 즐겁게 소리칠 것이다"(「이사야서」 35:1-2). 그리고 "그때에 눈먼 사람의 눈이 밝아지고 귀먹은 사람의 귀가 열릴 것이다. 그때에 다리를 절던 사람이 사슴처럼 뛰고, 말을 못하던 혀가 노래를 부를 것이다. 광야에서 물이 솟겠고, 사막에 시냇물이 흐를 것이다"(「이사야서」 35:5-6). 그리고 "거기에는 사자가 없고, 사나운 짐승도 그리로 지나가지 않을 것이다. 그 길에는 그런 짐승들은 없을 것이다. 오직 구원받은 사람만이 그 길을 따라 고향으로 갈 것이다"(「이사야서」 35:9).

우리가 진리라고 믿고 있는 개념들은 어떻게 진리임을 주장하고 있는가? 진리는 진리일 수 있기 위하여 진리를 어떻게 만들어가고 있는가? 진리가 아닌 것이 없다면, 진리도 없다. 진리를 이야기하려면 진리가 아닌 것을 말해야 한다. 반대가 되는 대립 구조가 전제되어야 한다. 당김은 떨침이 전제되고, 이성은 욕망이, 사랑은 증오가 전제된다. 두 개의 반대 개념이 함께 존재하지 않으면, 다른 하나의 개념은 홀로 자신의 존재를 증명할 수 없다. 도덕적 가치를 부여받은 대립 구조들인 선과 악, 정신과 육체, 그리고 천국과 지옥 등의 쌍을 이루는 두 대립 개념들도 어느 하나가 다른 하나의 존재가치를 부정하면 자신의 가치도 상실된다. 대립 쌍을 이루는 이들 두 개념들은 단순히 차이와 구별을 위한 객관적 대립 개념들이 아니다. 말하자면, 그들 대립 개념들은 구별 불가능한 것도 아니고, 그렇다고 별개의 것도 아니다. 그들은 혼자 있어도 혼자가 아니다. 함께 하지 않아도 함께 하지 않는 것이 아니다. 그 자체의 의미가 완성되려면 반드시 상대의 반대 항목이 필요하다. 예를 들어, 규제하고 제한하는 이성도 비이성적인 활동이라고 가정되는 대상이 있어야 이성의 활동이 가능하다. 비이성 활동이 전제되어야, 이성이 규제하고 제한할 수 있다. 블레이크는 시에서 "반대 없이 전진 없다"라고 했다. 어느 하나의 의미가 활성화되기 위해서는 그와 반대되는 의미가 전제되어야 한다. 죄가 없다면 구원도 없고, 지옥이 없다면 천국도 아무런 의미가 없다.

　　기독교는 선과 악을 구분하여 선은 하나님에게 순종하는 것이고, 악은 하나님에게 불순종하는 것이라고 한다. 선은 천국이고, 악은 지옥이라 말한다. 인간이 자신의 욕망을 따라 하는 행동, 자신에 대한 사랑에서 비롯된 행동은 죄이고, 자신을 부정하고 하나님의 사랑으로 하는 행동은 선이다. 그러니 하나님 계명에 따라 이웃을 사랑하면 선이고, 세상을 사랑하면 악이다. 하나님은 이성과 동의어이다. 하나님의 뜻을 따라 순종하지 않으면 이성을 따르지 않는 것이어서, 죄가 되고 악이 된다. 그러나 이성이 인간을 억압하면, 인간은 자유를 갈구하여 자신의 욕망을 따라 행동하려 한다. 그때 인간 행동은 하나님에 불순종하는 악이 된다. 성경은 멸망의 구렁으로 떨어진 민족들 모두 하나님의 말에 순종치 않아서 형벌을 받는다고 가르친다. 블레이크가 말하는 이성은 권력을 행사하는 억압의 은유이다. 인간이 무조건 수동적으로 순종하여야만 하는, 이성으로 포장한 도덕과 윤리와 종교도 억압구조이다. 그러나 창조적이고 생산적이며 생명력을 갖게 하는 활력은 이성을 따르는 수동성이 아니라, 이성의 권력구조를 해체하는 능동성에서 나온다. 이성이란 진리의 권위를 뒤흔들 수 있는 것은 상상력뿐이다. 상상력이 없이는 자유도 혁명도 없다.

블레이크는 1790년대 초반 혁명의 주제로 세 편의 시들을 썼다. 「프랑스 혁명」("The French Revolution")과 「미국」("America: A Prophecy"), 그리고 『천국과 지옥 결혼하다』가 그들이다. 당시 그는 다른 낭만주의 시인들 워즈워드나 콜리지와 같이, 1776년 미국 혁명을 시작으로 1789년 프랑스 혁명으로 이어지는 혁명의 물결을 열렬히 지지하였다. 낭만주의자들은 두 혁명이 타락한 세상과 타락한 인간을 새롭게 혁신시킬 수 있는 좋은 계기가 될 것이라고 생각하여, 최후의 심판을 기록한 「요한계시록」의 예언으로 그들이 살고 있었던 시대를 새롭게 해석하려 하였다. "프랑스 혁명과 미국 혁명이 가져온 불안정은, 세상의 끝이 곧 오리라는 것을 보여주는 징후이어서"(Fry 194), 새 세상과 새 인간이 새롭게 정의되어야 했다. 블레이크는 『천국과 지옥 결혼하다』에서 혁명 이후의 새 세상과 새 인간의 모습을 보여준다.

19세기 낭만주의자들이 보기에 18세기 계몽주의자들이 괴물로 만들어 놓은 이성Reason은 "대문자 R"로 시작하는 알레고리로, 하나님과 같이 문제 삼지 말아야 하고 의심하지도 말아야 하는 절대 개념의 뜻을 지닌 진리여서, 지식을 무기로 휘두를 수 있는 위치에 있는 자가 생각하고 있는 것은 모두 이성을 따른 올바른 것이고, 그들과 다른 생각을 가진 사람들은 모두 비이성적인 사람들로 미친 사람들이 되었다. 그렇게 이성은 폭력의 상징이요, 진리를 의미하는 절대자의 은유가 되었다. 이제 정치권력을 손안에 쥐고, 우리 생명을 휘두르는 자의 모든 명령은 이성의 탈을 쓰고 복종을 강요하였다. 그 괴물 이성에 잡혀 목이 조이면 그 누구도 자유롭게 숨을 쉴 수가 없다. 그러한 18세기 이성에 맞서, 19세기 낭만주의자들은 창조의 활력을 갖기 위해 상상력이라는 미학을 내세웠다. 18세기 이성을 신봉하는 계몽주의자들의 입장에서 보면, 19세기 상상력을 주장하는 낭만주의자들은 이성의 정반대 축에 있는 비이성적인 광인들이었다.

E. 스베덴보리. 『최후심판과 말세－바빌론의 멸망과 마태복음 24·25장 영해』. 이영근 옮김. 예수인, 2010.

Blake, William. *Complete Writings*. Ed. Geoffrey Keynes. London: Oxford UP, 1966.

Fry, Northrop. *Fearful Symmetry: A Study of William Blake*. New Jersey: Princeton UP, 1947.

CHAPTER 4

__ 판화 4

판 화 4

악마의 목소리

성경의 모든 내용들과 세상 모든 성서들은 다음 과오들의 뿌리이다.
  1. 인간은 두 가지 원리로 되어있다. 영혼과 육체.
  2. 악이란 동력Energy은 육체에서 나오고, 선이란 이성은 영혼에서 나
     온다.
  3. 하나님은 동력만 주장하는 인간에게 영원한 고통을 주신다.
그러나 이들과 반대가 진실이다.
  1. 이 시대에 영혼의 입구들이라고 말하는 5감각을 통하여 육체가 영
     혼의 일부임을 알 수 있다. 그러므로 인간은 영혼과 분리된 육체를
     생각할 수 없다.
  2. 육체의 동력이 유일한 생명이다. 이성은 동력의 한계이거나 바깥 테
     두리이다.
  3. 동력Energy만이 영원한 기쁨이다.

＊

　　판화 4의 "악마의 목소리"라는 제목의 "악마"라는 글자의 양편으로, 왼쪽으로는 두 명의 천사가 나팔을 불며 왼쪽 하늘로 날아오르고, 오른쪽에서는 한 명의 천사가 나팔을 불며 오른쪽 하늘을 향해 날아오르고 있다. 모두 푸른 하늘을 향하고 날아오르고 있다. 그러나 시 아래에 있는 그림에는 다른 사건이 펼쳐지고 있다. 바다와 하늘 그리고 불길이 세 공간으로 나뉘어 있다. 왼편에는 발버둥치는 벌거벗은 아이를 두 팔로 꼭 안고 있는 여자가, 오른쪽 바다 위에 한쪽 발이 사슬에 묶여 있는 남자를 바라보고 있고, 그녀를 배경으로 하늘은 붉은 태양으로 온통 붉게 타고 있다. 그녀는 「요한계시록」 17장 1-2절에 나오는 바다 위에 앉아있는 바빌론의 창녀이다. 그녀는 거짓된 말로 하나님의 말씀의 신성함을 부정하고 더럽혀, 진리를 모욕하고 오염시킨 창녀이다. 「요한계시록」에서 창녀가 앉아 있는 바닷물은 그녀가 오염시킨 "백성들과 무리들과 민족들과 언어들이다"(「요한계시록」 17:15). 그리고 그림 오른편에서는 한 남자가 바다에 박혀있는 사슬에 한쪽 발목이 묶인 채, 아이를 향하여 두 팔을 활짝 벌리고 있다. 그 남자는 오른쪽에서 왼쪽으로 피어나고 있는, 꽃잎 모양을 한 붉은 불꽃 속에 휩싸여 그 안에 들어있다.

하나님은 태양에 비유된다. 하나님은 태양과 같이 빛Light과 햇볕Warmth을 내보낸다. 스베덴보리는 태양의 빛은 하나님의 진리Divine-True인 지혜를 뜻하고, 하나님의 볕은 하나님의 선하심Divine-Good과 관련하여 사랑을 뜻한다고 했다. 천국에는 빛과 볕이 함께 있지만, 지옥에는 볕은 있지만 빛은 없다고 했다. 구체적으로 "천국의 볕은 '신성한 천국의 불'이지만, 지옥의 볕은 '신성하지 못한 지옥의 불'이다. 각각 사랑과 관련이 있다. 천국의 불은 하나님에 대한 사랑과 이웃에 대한 사랑Charity의 불이다. 그러나 지옥의 불은 욕망과 관련이 있는, 자신에 대한 사랑과 세상에 대한 사랑이다"(Swedenborg 116). 스베덴보리의 태양의 두 가지 속성, 빛과 볕의 비유는 블레이크의 판화에 적용되고 있다.

판화 그림 왼쪽에 아이를 꼭 안고 있는 여성이 바다 위에 있다. 그림의 바다는 성경에서 말하는 바다와 같은 상징적 의미를 지닌다. 「요한계시록」 17장에 바빌론의 창녀가 진리를 오염시키고, 그 오염된 바다 위에 앉아있다. 바다는 하나님의 백성에 대적하는 지옥의 세력이 있는 곳이다. 「요한계시록」 13장에도 악의 세력인 짐승이 바다에 살고 있다. "나는 바다에서 짐승 하나가 올라오는 것을 보았다. 그 짐승은 뿔 열과 머리 일곱이 달려있었는데, 그 뿔 하나하나에 하나님을 모독하는 이름이 붙어있었다." 그리고 바다는 바람과 함께 믿음을 위협하는 지옥의 상징이기도 하다. 예수가 폭풍우 치는 바다 위에 있을 때, 제자들이 예수와 함께 하는 믿음을 갖지 못하고 두려워하자 예수는 바람과 바다를 고요하게 잠재운다(「마가복음」 4:35-41, 「누가복음」

8:22-25). 바다는 하나님의 진리가 부재한 혼돈과 무질서의 세계이다. 하나님은 그런 바다를 평화와 질서의 세계로 개편한다.

그림 왼쪽에는 버둥거리는 아이를 붙잡고 바다 위에 서 있는 여인 뒤로 태양이 붉게 타고 있고, 맞은편인 그림 오른쪽에는 불속에 휩싸여 있지만 발목은 바다에 박혀있는 사슬에 얽매어 있는 한 남자가 있다. 그는 오른 손을 뻗어 여인에게 잡혀 있는 아이를 빼앗으려 하고 있다. 불꽃 사랑의 볕은 받고 있지만, 밝은 빛의 지혜가 부재한 혼돈의 바다 위에 사슬에 발목이 잡힌 남자가 있고, 지혜의 태양 빛은 받고 있지만 거짓된 지혜로 차가운 바다 위에 서서 사랑의 볕 없이, 아이를 안고 있는 여인이 있다. 남자는 거짓된 지혜의 사슬에 묶여 사랑만 가지고 있고, 여자는 사랑이 없이 거짓된 지혜에 사로잡혀 있다. 기쁨과 순수의 상징이요, 장차 인류를 구원할 아이를 안고 있는 여자로부터 남자가 아이를 빼앗으려하고 있다. 여자는 사랑 없는 거짓 지혜로 오만하고, 남자는 지혜 없는 사랑으로 무기력하다. 하나님의 지혜와 사랑이 함께하지 못한 상황에서 벌어진 비극이다.

**

시 제목이 "악마의 목소리"이다. 시 내용은 악마가 하는 말이다. 시의 화자가 악마이다. 구체제의 입장에서 보면, 구세계를 대표하는 권위의 신성성을 거부하고 있는, 시 속 화자의 목소리는 악마의 목소리이다. 시에서 화자는 구세계를 부정하는 악마의 탈을 쓰고, 우리가 너무나 익숙하여 문제 삼을 이유가 전혀 없는 것들 즉, 신성시 되고 있는 규범들과 도덕들 모두를 잘못된 과오들이라고 말한다. 구세계를 거부하고 신세계를 알리는 그의 목소리는, 구세계의 입장에서 보면 악마의 목소리이지만, 신세계의 입장에서 보면 예언자의 목소리이다.

우리는 인간을 육체와 영혼으로 나누어, 거짓되고 죄가 되는 부정적인 것들은 모두 육체의 몫으로, 진실하고 죄가 없는 이상적인 것들은 모두 영혼의 몫으로 돌린다. 보이는 육체를 희생의 제물로 삼아 보이지 않는 영혼은 고고한 위치로 물러나 죄에서 벗어나 있다. 영혼은 육체를 세상에 보내고 자신은 세상에 속해있지 않다고 한다. 그러나 한 인간의 육체와 영혼은 두 개의 개별 존재가 아니다. 한 인간을 두 개의 인간으로 나누어 생각하는 것은 잘못을 회피하기 위한 지적인 사기이다. 육체와 영혼을 분리하여 말할 때, 그 둘은 단지 은유로 생각하여 나누어 말한 것뿐이다. 보이는 것과 보이지 않는 것을 구분하여 보이는 것은 육체의 은유로 생각하고, 보이지 않는 것은 영혼의 은유로 생각하였다. 그러다가 점차 은유의 의미는 사라져 버리고, 은유가 실체가 되어, 정말로 인간은 육체와 영혼으로 구성되어있다고 생각하게 된다. 단지 논리의 전개를 위한 실체 없는 언어뿐이었던 두 개념들이 두 실체들이 되었다. 두 은유는 육체를 입은 유령일 뿐이지, 실체는 아니다.

기독교 역사는 우상숭배에 대한 투쟁의 역사이다. 기독교 교리는 하나님 이외에는 그 어느 신도 숭배하지 말라고 가르친다. 이 교리가 가장 기본이 되고, 가장 중요한 최고의 기독교 율법이다. 눈에 보이는 이교도 신들을 숭배해도 우상숭배이고, 눈에 보이는 물질을 숭배해도 우상숭배이다. 구약의 하나님은 인간의 눈에 절대로 나타나지 않는다. 만일 누구라도 하나님을 보았다 하면, 하나님은 그를 죽인다. 눈에 보이는 물질을 거부하다 보니, "성경은 눈에 보이는 것 모두를 원죄와 결합시켰다"(레지스 드브레 90). 중세 기독교 근본주의자들은 눈에 보이는 모든 예술 작품들이 우상숭배의 온상이 된다고 생각하여 많은 예술 작품들을 파괴하였다. 기독교가 우상숭배를 극단적으로 거부하다 보니, 보이는 것보다 보이지 않는 것에 대하여 더 높은 가치를 부여한다. 눈에 보이는 육체보다, 눈에 보이지 않는 영혼이 더 가치가 있다. 죄에 해당되는 모든 것은 육체에 속하는 것이고, 영혼은 고귀하고 순수한 것이다. 보이는 것들과 보이지 않는 것들의 은유를 만들어, 그들 사이에 등급을 정하는 과정에서 보이는 육체를 억압하고, 보이지 않는 영혼을 칭송하게 되었다. 인간은 죽어서 육체는 땅에 남고, 영혼만이 천국으로 들어간다고 했다. 땀 흘러 노동하는 것이 원죄의 결과이니, 노동의 주체인 육체는 천시될 수밖에 없었다. 눈에 보이는 것은 모두 악이고, 눈에 보이지 않는 것은 모두 선이라고 생각했다. 육체에 활력을 주는 동력Energy은 악이고, 활력을 규제하는 이성은 영혼에 속하는 선이라고 규정했다. 선을 위하여 복종과 순종을 강요하는 하나님은, 이성의 편에 서서 인간의 동력을 악으로 규정하고, 동력을 따르는 인간에게 고통을 준다고 생각했다.

시에서 악마는 말하기를, "이 시대는 영혼의 입구들이라고 말하는 5감각을 통하여, 육체가 영혼의 일부임을 알 수 있게 되었다"고 했다. 인간은 영혼과 분리된 육체를 생각할 수 없다. 육체가 영혼 속에 들어와, 영혼은 육체를 자신의 일부로 생각한다. 영혼이 전부이다. 그러나 영혼의 일부인 육체의 확장이 영혼의 확장이고, 영혼의 확장이 육체의 확장이기도 하다. 왜냐하면 생명은 동력이고, 그 동력은 육체에서 나오기 때문이다. 그리고 시에서 악마는, "육체의 동력이 유일한 생명이다. 이성은 동력의 한계이거나 바깥 테두리이고," "동력만이 영원한 기쁨이다"라고 말한다. **판화 5**에는 "욕망을 억제하는 사람들은 그들의 욕망이 억제될 수 있을 만큼 미약하여 억제한다"라는 말이 있다. 욕망 한계의 가장자리에 이성이 자리한다. 비록 우리의 욕망이 이성한계의 테두리를 벗어나면 상상이라고 말하기는 하지만, 욕망은 이성의 한계를 넓혀가며 욕망을 확장한다. 우리가 순수하게 기쁨으로 생각하는 것은 이성의 한계를 넓혀가는 동력이며, 욕망이다. 그리고 그 욕망이 머무는 곳은 육

체이다. 이성의 한계를 부정하며, 이성을 극복할 수 있는 것은 육체의 은유와
욕망의 은유뿐이다.

레지스 드브레. 『이미지의 삶과 죽음』. 정진국 옮김. 시각과 언어, 1994.

Blake, William. *Complete Writings*. Ed. Geoffrey Keynes. London: Oxford UP, 1966.

Swedenborg, Emanuel. *Heaven and Hell*. Trans. George F. Dole. New York: Swedenborg Foundations, 1758. 1979.

CHAPTER 5
__ 판화 5-6

Those who restrain desire, do so because theirs
is weak enough to be restrained; and the restrainer or
reason usurps its place & governs the unwilling.
⁓And being restraind it by degrees becomes passive
till it is only the shadow of desire.
⁓The history of this is written in Paradise Lost. & the
Governor or Reason is calld Messiah.
⁓And the original Archangel or possessor of the com-
-mand of the heavenly host, is calld the Devil or Satan
and his children are calld Sin & Death
But in the Book of Job Miltons Messiah is calld
Satan.
For this history has been adopted by both parties
It indeed appeard to Reason as if Desire was
cast out. but the Devils account is, that the Messi
-ah

판 화 5

ah fell, & formed a heaven of what he stole from the
Abyss

This is shewn in the Gospel, where he prays to the
Father to send the comforter or Desire that Reason
may have Ideas to build on, the Jehovah of the Bible
being no other than he   who dwells in flaming fire
Know that after Christs death, he became Jehovah.
But in Milton; the Father is Destiny, the Son, a
Ratio of the five senses, & the Holy-ghost, Vacuum!
Note. The reason Milton wrote in fetters when
he wrote of Angels & God, and at liberty when of
Devils & Hell, is because he was a true Poet and
of the Devils party without knowing it/

A Memorable Fancy.

As I was walking among the fires of hell, de
-lighted with the enjoyments of Genius; which to An
-gels look like torment and insanity. I collected some
of their Proverbs; thinking that as the sayings used
in a nation, mark its character, so the Proverbs of
Hell, shew the nature of Infernal wisdom better
than any description of buildings or garments
When I came home; on the abyss of the five sen-
-ses, where a flat sided steep frowns over the pre-
-sent world, I saw a mighty Devil folded in black
clouds, hovering on the sides of the rock, with cor-
ro-

판 화 6

욕망을 억제하는 사람들은 그들의 욕망이 억제될 수 있을 만큼 미약하여 억제한다.

억제된 욕망은 욕망이 그림자로만 남을 때까지 조금씩 작아져간다.

이와 같은 욕망의 역사를 『실낙원』(*Paradise Lost*)이 쓰고 있다. 그 시에서 '메시아'는 '지배자' 또는 '이성'이다.

그리고 타락 이전의 '대천사,' 또는 천국의 천사들을 지휘하였던 자는, '악마'라 하거나 '사탄'이라 불리고, 그의 자식들은 '죽음'과 '죄'라 불린다.

그러나 「욥기」("Job")에서는 밀턴의 '메시아'가 '사탄'이다.

「욥기」와 「실낙원」 모두 욕망의 역사를 다루고 있다.

'이성'에는 '욕망'의 자리가 없다고 한다. 그러나 '악마'의 이야기는 다르다. '메시아'는 하늘에서 '심연'으로 내려와, 악마의 것을 빼앗아 '천국'으로 만들었다. (욕망이 있었다.)

'신약'the Gospel을 보면, 성자 '메시아'는 '성부'에게 '이성'의 자리가 탄탄할 수 있도록 보혜사Comforter, 또는 '욕망'을 보내달라고 기도한다. 구약의 여호와는 불타는 화염 속에 거주하는 자가 되었다.

그리스도가 죽어서 여호와가 되었음을 기억하라.

그러나 『실낙원』에서 '성부'는 '운명'이 되고, '성자'는 5감각 '원리'Ratio가 되고, '성령'의 자리는 없다!

*부가사항: 밀턴은 '천사들'과 '하나님'에 대하여 쓸 때는 사슬에 매여 있는 듯이 글을 썼고, '악마들'과 '지옥'에 대하여 쓸 때는 자유로웠다. 그 이유는 그가 진정한 '시인'이었기 때문이다. 자신은 그 사실을 몰랐겠지만, 그는 '악마'의 편이었다.

*

    판화 5에는 그림이 시의 위쪽 하나뿐이다. 칼끝을 아래로 향하고 떨어지는 칼과, 머리를 아래로 하고 사지를 활짝 편 채 떨어지는 인간과, 둥글게 몸을 말아 머리를 아래로 하고 뒷다리와 머리 갈기가 천둥 번개를 맞아 전기로 불꽃이 튀는 모양새로 하늘로부터 땅을 향하여 아래로 떨어지는 말이 있다. 그리고 떨어지는 인간과 말 사이에 붉은 옷이 장미꽃처럼 펼쳐져 그려져 있다. 인간의 왼발과 그 발과 마주하는 말의 발은 번개를 맞아 전기가 일어나고 있다. 그리고 인간의 오른 다리와 말의 등은 불에 검게 탄 모습이다. 아래에서 위쪽으로 검은 대기를 뚫고 붉은 불꽃들이 폭발하여 올라가고 있는 듯하다. 위쪽 검은 대기를 밝게 밝혀주는 것은 아래쪽에서 폭발하는 지옥의 붉은 불꽃뿐이다. 아래서부터 폭발하여 오르는 불꽃이 활처럼 휘어 떨어지는 말의 오른쪽 하늘까지 깊이 침투하지 못한다. 그쪽 하늘은 검은 빛이 우세하다. 그러나 그림의 오른쪽 아래쪽으로 붉은 불꽃들이 가늘게 검은 빛 연기들을 길게 끌고 올라가고, 인간이 떨어지는 왼쪽에는 붉은 불꽃이 오른쪽보다 더 강렬하게 폭발하여 붉은 불빛을 배경으로 검은 연기들이 흩어져 있다. 왼쪽은 말이 있는 오른쪽과 다르게 붉은 색이 주조이고, 검고 붉은 빛은 불에 타버린 검은 그림자와 같다. 붉게 불타고 있는 화염이 혀처럼 널름대며 아래 지옥으로부터 위를 향하여 불꽃이 되어 피어오르고 있다. 오른쪽 말이 떨어지는 화면은 검게 그을러서 검은 불꽃으로 피어오르고, 왼쪽은 붉은 불꽃에 검은 연기들이 피어오른다. 달리 생각하면, 지옥의 폭발로 말 탄 사람이 하늘로 튕겨 올라갔다가, 시간이 지나자 뿔뿔이 흩어지며 아래로 떨어지고 있는 모양 같기도 하다. 그러나 기독교의 정통적 교리에 따라, 죄를 짓고 지옥으로 떨어지는 죄인을 먼저 생각하자.

　　말 위에서 떨어져 말과 함께 지옥으로 머리박고, 가지고 있던 칼과 함께 떨어지는 인물의 그림은 네 가지 사건과 관련된 인물들을 연상하게 한다. 첫째는 하나님에게 대항하여 싸우다가 패하여 지옥으로 떨어지는 사탄Satan의 모습이다. 두 번째로, 희랍 신화의 인물 파에톤Phaeton을 생각할 수 있다. 파에톤은 바다의 여신 클리메네Clymene와 태양의 신이며 시의 신이기도 한 아폴로Apollo의 아들이다. 파에톤은 친구들과 함께 놀고 있을 때, 자신이 아폴로의 아들이라고 자랑하였다. 그러자 친구들이 그가 아폴로의 아들임을 증명해 보라고 하였다. 그는 자신의 아버지가 아폴로임을 입증하기 위해, 아버지 아폴로를 졸라 하루 동안 태양 마차를 운전할 수 있게 된다. 그가 태양 마차를 몰던 중에 마차를 끄는 말들을 제어하지 못하자, 마차가 지구 가까이 가는 바람에 지구가 다 타버릴 지경이었다. 신들의 아버지이고 하늘나라 왕인 제우스Zeus는 깜짝 놀라 천둥번개를 던져 파에톤을 죽여 버린다. 사탄이나 파에톤 모두 신에게 도전하였다가 재앙을 입었던 인물들이다. 세 번째로 시의 내용에 근거한 예수를 생각할 수 있다. 시에서 사탄은 지옥으로 떨어진 것은 자신이 아니라, 메시아 예수라고 말한다. 시의 화자 악마는 "하늘에 있던 '메시아'가 '심연'(지옥)으로 내려와, 그(사탄)의 것을 빼앗아 '천국'으로 만들었다"라고 주장한다. 승자는 천국에 있고, 패자는 지옥에 있어야 한다. 그러나 승자가 지옥으로 내려왔다. 사탄의 소유인 지옥을 빼앗아 천국으로 만들기 위해 메시아가 지옥으로 내려왔다. 마지막으로 네 번째는 구약의 여호와라고 부르는 아버지 하나님이다. 성자 예수 그리스도는 죽어서 하늘로 돌아가서, 이제 하늘나라 왕 여호와가 되었다. 삼위일체를 고려하지 않는다면, 하늘나라에서 왕이 둘일 수 없으니, 예수의 아버지 구약의 여호와는 패자가 되어 지옥으로 떨어져야 한다. 그렇게 "구약의 여호와the Jehovah of the Bible는 불타는 화염 속에 거주하는 자[악마]"가 되었다라고 악마는 말한다. 그러니 악마의 말대로라면, 판화에서 말에 떨어져 말과 함께 공중에서 머리를 아래로 하고, 가지고 있던 칼과 함께 지옥의 불구덩이로 떨어지는 전사는 예수의 아버지, 구약의 여호와이다.

**

판화 5-6은 밀턴John Milton: 1608-74의 『실낙원』(*Paradise Lost*)을 악마의 목소리로 읽어낸 시이다. 시의 화자인 악마는 하나님과 대항하여 싸웠다가 지옥으로 떨어진 사탄이다. 블레이크는 그 악마의 목소리로 『실낙원』의 내용을 분석하고, 시의 작가인 밀턴의 시-창조 심리도 분석하고 있다. 밀턴은 찰스 1세1600-49 왕정과 크롬웰 공화정 그리고 찰스 2세1630-85의 왕정복고 시대를 살았던 인물이다. 그는 크롬웰과 함께 찰스 1세 왕정을 거부하고 찰스 1세를 단두대로 보내는데 크게 공헌하여, 크롬웰 공화정 때에는 공로를 인정

받아 재상을 지냈고, 크롬웰 공화정이 끝나고 찰스 2세가 왕정을 복고하여 왕이 되었을 때에도 여전히 살아남았다. 『실낙원』은 밀턴이 찰스 2세가 통지하던 때, 공화정이 실패하고 왕정이 복고하자, 자신의 정치적 삶이 실패한 것을 기독교 창세기 이야기로 재해석하여 자신의 삶을 되돌아본 작품이다.

『실낙원』의 처음 시작은 사탄이 하늘나라에서 하나님과 싸우다 패하여 하늘로부터 지옥으로 떨어져, 그의 부하들과 함께 지옥에서 고통 받고 있는 모습을 그리고 있다. 사탄이 하나님께 대항한 이유는 하나님이 하늘나라 제2인자인 자신을 제쳐놓고, 자기 아들에게 왕위를 물려주겠다고 결정해서이다. 밀턴의 정치상황과 유사하게 왕정세습정치에 대한 신하의 불만이 하나님과 사탄 사이에 전쟁을 일으키게 하였다. 『실낙원』에서 말하는 사탄과 지옥이야기는 인간이 아직 탄생하기 이전에 일어났던 일로, 지옥은 타락천사들이 있을 곳으로 하나님이 만든 것이지, 죄지은 인간들을 위해 만든 것은 아니었다.

블레이크가 생각하기에 밀턴은, "자신의 좌절된 계시록적인 희망들을 『실낙원』에서 쓰고 있다. 그것은 경험의 노래이다. 타락한 세계에서 인간은 욕망을 억제해야 한다는 내용의 시이다. 사탄과 이브는 자신들의 욕망을 불만 없이 억제해야 했지만, 욕망을 억제하라는 억압을 받아들이지 않아서 벌을 받았다. 밀턴의 지식에 대한 욕망과, 그의 잠재 능력을 펼치려는 욕망은 제어당할 만큼 강력하지 않았다. 결국 밀턴은 상상의 욕망을 대신하여, 기존의 기독교 교리에서 추론하여 이야기를 끌어갔다. 밀턴의 환상력Visionary Powers은 제어당하지 않으려고 했지만, 결국은 지배당하고 말았다. 점차 밀턴의 상상력은 수동적이 되어갔고, 결국은 『실낙원』의 첫 몇 권들과 『아레오파지티카』(*Areopagitica*)의 예언적 광휘를 창조했던 창조력만이 그림자로 남았을 뿐이다"(Bloom 80). 블레이크가 **판화 6**의 "부가사항"Note으로 적어놓았듯이, "밀턴이 '천사들'과 '하나님'에 대하여 쓸 때는 사슬에 매여 있었고, '악마들'과

'지옥'에 대하여 쓸 때는 자유로웠던 이유는, 그가 진정한 '시인'이었고, 자신은 그 사실을 몰랐지만, '악마'의 편이었기 때문이다." 사탄이 수행한 정치 투쟁의 실패는 곧 밀턴의 정치 인생의 실패와 같다는 것이 블레이크의 입장이다. 왕정에 반대하여 찰스 1세를 단두대로 몰아세웠던 밀턴은, 사탄이 하나님과 싸우는 장면에서 가장 자신의 욕망에 충실하게 상상력을 발휘하여 가장 창조적으로 시를 썼다. 그러나 하나님이 하늘나라에서 사탄을 정복하여 사탄을 지옥으로 보낸 이후에 일어난 인간의 역사는, 밀턴이 보기에, 그가 지지하였던 공화정이 실패하고 찰스 2세의 왕정복구가 일어난 역사와 같이, 하늘의 왕이신 하나님의 역사로, 그 부분에서 시인으로서 밀턴의 상상력과 창조력은 사탄의 정치투쟁을 그린 부분에 비해 크게 떨어진다.

　『실낙원』에서 사탄은 이성Reason을 대신하는 메시아Messiah에 대항하여 반역의 욕망을 드러내었다. 그러나 사탄의 욕망은 이성을 대표하는 메시아에 의해 제압되었다. 메시아는 욕망을 억압하는 억압자Restrainer이다. 사탄의 욕망을 억압하였던 『실낙원』의 메시아는, 구약 「욥기」("Job")에서 인간의 욕망을 억압하는 사탄이 된다. 「욥기」에서 사탄은 하나님의 허락을 받아 정의로운 자 욥의 정의를 검증하는 검사의 역할을 한다. 이 과정에서 사탄은 자신이 천국에서 쫓겨나 지옥에서 고통을 받았듯이, 똑같이 욥에게 지옥과 같은 고통을 가한다. 『실낙원』에서의 메시아 하나님이나, 「욥기」의 사탄이나 모두 똑같이 고통의 지옥을 창조하고, 욕망하는 자를 억압하는 이성으로 행동한다. **판화 4**에서 말하고 있듯이, "자신의 동력[욕망]만 따르는 인간에게, 하나님은 영원히 고통을 가한다." 사탄이 보기에, 하나님은 욕망을 지옥으로 던져 욕망을 영원히 없애버린 것 같지만, 그렇지가 않다. 「욥기」에서 지옥은 다시 부활하였고, 욥이 하나님께 다시 순종하자, 그 지옥은 다시 천국이 되었다. 천국은 지옥에서 만들어진다.

신약 「요한복음」 14:15-6에서 예수는 제자들에게, "너희가 나를 사랑하여 나의 계명을 지키면, 내가 아버지에게 기도하여 너희에게 또 다른 보혜사Comforter를 보내어 너희와 함께 영원히 머물게 하겠다"라고 말한다. 성령Holy Spirit을 말하는 보혜사는 영어의 번역 의미로 보면 "위로해 주는 자"이다. 성령이란 진리의 영으로, 하나님을 믿는 자들이 영적 생활을 할 수 있도록 해준다. 영적 인간이 되게 한다. 그리고 교회를 세우고 다스리는 힘의 원천이 성령이다. 진리여서 마음에 평화를 주는 인격화된 초자연적 존재가 성령이다. 성령이 없으면 교회도 신앙인도 홀로 설 수 없다. "주신 성령의 은혜를 보존하고 있다"는 뜻으로 번역한 "보혜사"는 희랍어 "parakletos"를 번역한 낱말로 "하나님의 중개자"란 뜻으로, 영어로는 하나님 일을 대신하는 "협조자"Counselor, 또는 하나님의 "대변자"Advocate로 번역되기도 한다. 이슬람교에서는 예수가 보낸 성령이 예언자라 생각하여 무하마드Muhammad가 바로 성령, 보혜사라고 주장하고 있다. 살아서 예수는 하나님을 믿는 인간들과 하나님을 연결시켜주는 중간자, 보혜사 역할을 하였다. 그러나 이제 예수가 죽어 부활하여 천국으로 가면 누가 하나님과 인간을 연결해줄 것인가? 그래서 예수는 자신이 없는 이 세상에서 그를 대신해 그를 믿는 사람들을 돕는 보혜사, 곧 성령을 인간들에게 보내 주겠다고 말한다. 블레이크도 시에서 성령을 중간자로 이해하고 있다.

판화 6에서 악마는, "'신약'the Gospel을 보면, 성자 '메시아'는 '성부'에게 '이성'의 자리가 탄탄할 수 있도록 보혜사, 또는 '욕망'을 보내달라고 기도한다." 예수는 인간 세상에서 살아있을 때 많은 법들을 어기면서, 이성에 반대되게, 자신의 욕망에 따라 행동하였다. 그러나 예수는 죽어서 하늘나라로 가면서 욕망도 가져가 버렸다. 예수가 욕망이었다. 예수가 죽어 인간 세상에 욕망이 없어졌으니, 부활한 예수가 자신을 대신하여 세상에 보낸 보혜사, 성령은 곧 욕망이다. **판화 4**에서 이성은 욕망의 한계 가장자리에 위치해 있다고 했다. 욕망과 이성은 함께 하는 까닭에, 욕망이 없으면 이성이 없고, 이성이 없으면 욕망도 없다. 이성이 힘을 발휘하려면, 그 힘을 발휘할 근거로 욕망이 필요하다. 이성은 그것이 제어할 수 있는 욕망이 있어야 자신의 존재 이유가 있다. 천국에 올라가 하나님 아버지가 된 예수는 자신의 이성을 발휘할 수 있는 욕망이 필요하다. 결국 신약의 예수가 죽어 천국으로 가면서 구약의 여호와 아버지에게 성령을 부탁하는 기도를 할 때, 예수는 여호와 아버지에게 자신이 제어할 욕망을 보내달라는 요구를 한다. 그렇게 성령은 욕망이 되었다.

그리고 성부와 성자와 성령이 하나라는 삼위일체의 교리를 따르지 않는다면, 이제 예수가 죽어 하늘나라에 올라와 왕이 되었으니, 하늘나라 왕이었던 여호와 아버지는 왕의 자리를 아들 예수에게 내어준 꼴이 된다. 마치 여호와에 패하여 사탄이 지옥에 갔듯이, 성자 예수에게 자리를 내어준 아버지 여호와는 사탄과 같이 패자가 가는 지옥으로 가야한다. 구약의 여호와가 그렇게 해서 지옥에 떨어진 악마가 되었다. **판화 6**에서 "구약의 여호와는 바로 불타는 화염에 사는 자이다"라고 악마가 말한다. 예수는 죽어서 인간 세상에 성령을 보내놓고는 천국에서 욕망하는 인간 예수Human Divine가 아니라, 인간Human을 떼어버린 신성Divine만 남아 욕망을 제어하는 이성의 여호와가 되었다. 그리고 아들에게 천국의 자리를 내어준 여호와는, 사탄과 같이 욕망이 머무는 지옥에 머물게 된다.

밀턴의 『실낙원』을 보면 하나님 아버지는 천국의 정통파 교리로 인간을 묶어 규제하는 차가운 이성Reason이고, 변화의 동력Energy을 말살하는 운명Destiny으로 그려져 있다. 그리고 성자 예수 역시 인간의 세상을 떠나 하나님과 천사들이 있는 천국으로 돌아가서는, 인간 세상에서 인간의 형상으로 인간의 욕망을 지니고 살았던 예수가 아니라, 5감각의 원리를 따라 자연의 질서를 따르는 법의 수호자와 같이 교리를 따라 행동하고, 그의 명령에 따라 순종하고 복종하기만을 요구하는 구약의 여호와가 되었다. 예수가 죽고 인간들에게 보낸 보혜사, 성령도 마찬가지이다. 예수는 살아서 욕망이었기에, 그가 죽어서 자신을 대신할 욕망으로 성령을 인간 세상에 보냈지만, 밀턴의 『실낙원』을 보면 그의 성령은 인간이 상상을 통하여 5감각을 극복하도록 도와주는 욕망이 아니라, 성부와 성자와 성령이 모두 구별이 없는 이성이고 지배자일 뿐이다. 그래서 시의 화자, 악마는 "『실낙원』에서 '성부'는 '운명'이 되고, '성자'는 5감각 '원리'Ratio가 되고, '성령'은 없다!"라고 말한다. 이성은 욕망의 가장자리 원둘레와 같아서, 원 안의 욕망이 확장되어야 원둘레에 있는 이성도 확장된다. 그러나 『실낙원』을 보면, 살아있었던 예수의 욕망이었던 성령은 없고, 단지 이성만이 있다. 밀턴은 악마들과 지옥에 대하여 쓸 때에는 이성을 따를 필요 없이 욕망에 충실하여 자유롭게 자신의 창조력을 발휘할 수 있었지만, 그 이외의 부분에서는 정통교리에 근거하여 이성의 시를 썼으니, 시인으로서의 그의 재능을 발휘하는데 한계가 있었다고 시의 화자, 악마는 말한다.

Bloom, Harold. *Blake's Apocalypse: A Study I Poetic Argument*. New York: Anchor Books, 1963.

CHAPTER 6
__ 판화 6-7

ah fell, & formed a heaven of what he stole from the Abyss

This is shewn in the Gospel, where he prays to the Father to send the comforter or Desire that Reason may have Ideas to build on, the Jehovah of the Bible being no other than he   who dwells in flaming fire. Know that after Christs death, he became Jehovah.

But in Milton; the Father is Destiny, the Son, a Ratio of the five senses, & the Holy-ghost, Vacuum!

Note. The reason Milton wrote in fetters when he wrote of Angels & God, and at liberty when of Devils & Hell, is because he was a true Poet and of the Devils party without knowing it.

A Memorable Fancy.

As I was walking among the fires of hell, delighted with the enjoyments of Genius; which to Angels look like torment and insanity. I collected some of their Proverbs; thinking that as the sayings used in a nation, mark its character, so the Proverbs of Hell, shew the nature of Infernal wisdom better than any description of buildings or garments.

When I came home; on the abyss of the five senses, where a flat sided steep frowns over the present world, I saw a mighty Devil folded in black clouds, hovering on the sides of the rock, with cor-

ro-

판 화 6

roding fires he wrote the following sentence now per-
ceived by the minds of men, & read by them on earth.

How do you know but ev'ry Bird that cuts the airy way,
Is an immense world of delight, clos'd by your senses five?

Proverbs of Hell

In seed time learn, in harvest teach, in winter enjoy.
Drive your cart and your plow over the bones of the dead.
The road of excess leads to the palace of wisdom.
Prudence is a rich ugly old maid courted by Incapacity.
He who desires but acts not, breeds pestilence.
The cut worm forgives the plow.
Dip him in the river who loves water.
A fool sees not the same tree that a wise man sees.
He whose face gives no light, shall never become a star.
Eternity is in love with the productions of time.
The busy bee has no time for sorrow.
The hours of folly are measur'd by the clock, but of wis-
-dom: no clock can measure.
All wholsom food is caught without a net or a trap.
Bring out number weight & measure in a year of dearth.
No bird soars too high, if he soars with his own wings.
A dead body, revenges not injuries.
The most sublime act is to set another before you.
If the fool would persist in his folly he would become wise
Folly is the cloke of knavery.
Shame is Prides cloke.

판 화 7

기억할만한 공상A Memorable Fancy

나는 지옥 불구덩이들 사이를 걸으며 시인Genius들이 즐거워하는 것을 바라보며 즐거워하고, 천사들이 고통과 광증이라 말하는 시인들의 잠언을 모았다. 한 국가에서 유행하는 속담들이 국가의 성격 말해주듯, 건물이나 복장을 말하는 것보다, 지옥의 잠언이 지옥의 지혜를 더 잘 보여준다 생각했다.

　　나는 집으로 돌아와, 5감각 심연 위로 기울어진 평면 절벽이 현 세계를 굽어보고 있는 것을 보았고, 검은 구름에 휩싸인 거대한 악마가 바위 위를 날고 있는 것 보았다. 악마는 부식시키는 불로 누구나 마음으로 감상할 다음 문장들 썼으니, 이제야 세상 사람들이 읽을 수 있게 됐다.

How do you know but evr'y Bird that cuts the airy way,
Is an immense world of delight, clos'd by your senses five?

우리가 5감각에 갇혀있다면, 공중을 나는 새가
기쁨 가득한 무한 세계라고 어찌 말할 수 있겠나?

*

　판화 6-9의 작은 그림들은 모두 시에서 글자들이 채우고 남은 빈 공간에 그려져 있다. **판화 6**의 「기억할만한 공상」("A Memorable Fancy")이라는 제목의 양편으로, 지하의 지옥불에서 하늘로 올라가는 사람이 왼편에 있고, 반대편 오른쪽에는 하늘로부터 지하의 지옥불 속으로 머리를 거꾸로 박고 떨어지는 사람이 있다. 최후 심판의 날에 인간들이 하나님으로부터 죄의 심판을 받고, 지옥과 천국을 배정받아 올라가고 내려가는 모습이다. 천국을 가는 사람은 지옥불로부터 천국이 있는 하늘로 올라가고, 지옥으로 가는 사람은 하늘에서 아래 지옥불 속으로 떨어진다. 기독교 교리에 따르면, 최후 심판의 날에 하나님 오른편은 천국으로 가는 사람이 위치해 있고, 왼편은 지옥으로 가는 사람이다. 그러나 그림만을 두고 보면, 독자의 입장과 그림 속 인물의 입장에 따라 왼편과 오른편이 다르다. 오른편이나 왼편이라는 은유가 의미가 없다.

**

　5개의「기억할만한 공상」("Memorable Fancies")이라는 제목의 시가 있다. 시의 제목「기억할만한 공상」은 스베덴보리가 쓴『순정 기독교』(*The True Christian Religion*)에서 표제로 사용하고 있는「기억할만한 대화」("Memorable Relations")를 풍자한 것이다. 스베덴보리는「기억할만한 대화」에 인간이 죽어서 현실세계를 떠나 지옥이나 천국에 가기 전에 머무르는 영의 세계를, 살아 있는 몸으로 가서 그곳의 영혼들과 나누었던 이야기 내용들을 기록하였다. 그는 죽은 자들이 머무는 영의 세계에 가서 유명한 학자들이나 사제들과 이야기를 나누었다. 그가 대화를 나누었던 사람들 대부분은 그가 생각하기에 잘못된 생각을 가지고 있다. 그가 그들의 잘못된 생각을 지적해 주던가, 아니면 천국에서 천사들이 직접 내려와 그들의 잘못된 생각을 지적해 준다. 그러나 잘못된 생각을 하고 있는 영혼들이 그들의 잘못을 깨우쳤더라도 잠시이고, 본디 자신들이 가지고 있었던 생각으로 다시 돌아가, 개심 없이 지옥으로 떨어지고 만다. 일단 지옥을 배정받으면, 영의 세계에서 잠시 자신의 잘못을 깨우치더라도 아무 의미가 없다.

　스베덴보리가 그의 책『순정 기독교』에서 처음 소개하고 있는「기억할만한 대화」에서, 그는 환상을 통해 영의 세계에 머무르고 있는 교회 원로들을 만난다. 그는 그곳에서 그들과 삼위일체 이론에 대하여 이야기를 나눈다. 교회 원로들은 성자와 성부와 성령을 별개로 존재하는 세 분의 하나님이라고 말한다. 그리고 스베덴보리는 교회 원로들을 떠나 다시 3명의 성서학자들을 만나, 또 다시 삼위일체이론에 대하여 논의한다. 학자들도 교회원로들과 마찬가지로, 하나님은 세 인격을 가진 세 부류의 하나님이라고 주장한다(스베덴보리 26-32). 그리고 스베덴보리는 그들에게 삼위일체 하나님은 한 분이라고 말한다. 스베덴보리의 주장은 너무나 자명한 진리이다. 블레이크의 시 「기억할만한 공상」에서 화자는 천사Angel와 만나고 두 예언자, 이사야Isaiah와 에스겔Ezekiel을 만난다. 그는 천사와 만나서는 천사의 잘못된 생각들을 폭로하고, 선지자들과 만나서는 5감각의 한계를 너머서는 상상을 통한 "시의 창조성"Poetic Genius에 대한 이야기를 두 예언자들로부터 듣는다. 말하자면, 그가 만난 천사는 교회원로들이고, 그가 만난 두 선지자들은 스베덴보리가 만난 진정한 시인들이다.

시의 화자가 만난 천사는 하나님 즉, 이성의 명령만을 따른다. 천사는 욕망과 상상력이 부재한 채 교리와 원칙만을 주장한다. 천사는 이성에 추방당하여 불타고 있는 지옥의 욕망의 불길이 고통과 광증이라 생각한다. 그러나 악마는 시인Genius의 입장에서, 이성에 의해 추방당한 욕망들을 보고 즐거워한다. 그는 지옥의 성격을 잘 드러내 주는, 악마가 쓴 잠언들을 모아 시로 남겨 사람들이 볼 수 있게 하겠다고 말한다. 잠언들은 모두 이성에 추방당한 욕망들이다. 그는 천사가 생각하고 있는 지옥의 실체를, 이들 지옥의 잠언들을 통하여 분석할 것이다. 그는 5감각에 근거하여 사물을 판단하고 이해하는 이성의 심연으로부터, 마음의 상상력을 동원하여 5감각의 한계를 극복하고, 이성으로는 도저히 도달하기 불가능한 상상의 세계의 경험을 쓴 악마의 시들인 지옥의 잠언들을 읽어낼 것이다. 시의 화자는 이성에 의해 추방당한 악마가 욕망의 불구덩이에서 지옥의 불로 시를 쓰는 것을 본다. **판화 7-11**의 지옥의 잠언들은 모두 악마가 쓴 시로, 이성을 넘어서 상상을 통해서만 얻을 수 있는 시인의 지혜들이다. 지옥의 잠언들은 모두 이성이 추방한 욕망들이다.

블레이크는 이성을 5감각에 근거한 능력이라고 생각하고, 5감각의 이성으로 생각할 수 없는, 이성의 한계를 넘어서는 능력을 상상력이라 했다. 예수는 이성을 넘어선 상상력이고, 이성의 한계를 벗어난 욕망이다. 그렇게 예수는 인간의 몸을 가진 신성Human Form Divine이다. 예수는 인간이면서 동시에 하나님이고, 하나님의 아들이고, 성령으로 신성을 지니고 있다. 예수는 이성이고, 동시에 이성을 넘어선 상상이다. 낭만주의자들은 상상력이 신성하다고 말했다. 인간이 구원을 받으려면 우리의 영혼이 신성을 회복하여야 하는데, 신성은 이성이 아니라 상상력으로 완성되기 때문이다. 인간이 예수와 같이 인성과 신성을 동시에 갓추어야 그때 구원을 받을 수 있다고, 낭만주의자들은 생각했다. 구원에 이르기 위해 우리 모두는 상상력을 갓춘 시인이 되어야 한다.

임마누엘 스베덴보리. 『순정기독교: 상권』. 이모세, 이영근 옮김. 예수인, 1995.

CHAPTER 7
__ 판화 7

roding fires he wrote the following sentence now per-
ceived by the minds of men, & read by them on earth.

How do you know but evry Bird that cuts the airy way,
Is an immense world of delight, clos'd by your senses five?

Proverbs of Hell.

In seed time learn, in harvest teach, in winter enjoy.
Drive your cart and your plow over the bones of the dead.
The road of excess leads to the palace of wisdom.
Prudence is a rich ugly old maid courted by Incapacity.
He who desires but acts not, breeds pestilence.
The cut worm forgives the plow.
Dip him in the river who loves water.
A fool sees not the same tree that a wise man sees.
He whose face gives no light, shall never become a star.
Eternity is in love with the productions of time.
The busy bee has no time for sorrow.
The hours of folly are measur'd by the clock, but of wis-
dom: no clock can measure.
All wholsom food is caught without a net or a trap.
Bring out number weight & measure in a year of dearth.
No bird soars too high, if he soars with his own wings.
A dead body. revenges not injuries.
The most sublime act is to set another before you.
If the fool would persist in his folly he would become wise
Folly is the cloke of knavery.
Shame is Prides cloke.

판 화 7

지옥의 잠언들

파종할 때 배우고, 수확할 때 가르치고, 겨울에 즐겨라.
죽은 자의 뼈 위로 마차와 쟁기를 끌고 가라.
과잉Excess의 길이 곧 지혜의 궁으로 가는 길이다.
신중함Prudence은 부유하고 못난 노처녀가 즐겨 써먹는 무능함이다.
마음에 욕망Desire만 있고, 행동으로 옮기지 않는 자는 질병의 온상이다.
몸뚱이가 잘려나간 지렁이가 쟁기를 용서한다.
물을 좋아하는 자는 강물에 처박아라.
바보와 현자는 같은 나무를 달리 본다.
얼굴이 빛나지 않는 자는 별이 되지 못한다.
영원함은 시간을 생산하기 좋아한다.
바쁜 꿀벌은 슬퍼할 시간이 없다.
바보는 시간을 계산하고, 현자는 영원함을 생각한다.
필수 영양은 그물이나 덫 없이도 구한다.
기근이 든 해에는 숫자와 무게와 크기를 생각한다.
자신의 날개만으로 날려는 새는 높이 날 수 없다.
죽은 자는 상처받아도 복수할 수 없다.
우리 앞에 예를 하나 보여주는 것보다 더 멋진 행위는 없다.
바보가 바보짓을 고집하면 현자로 통한다.
바보짓은 악당이나 하는 거짓이다.
수치는 오만한 자의 사치이다.

　　　　　　　　　　　　　　　*

　　판화 7의 「지옥의 잠언들」은 **판화 6** 「기억할만한 공상」("A Memorable
Fancy")의 하위 제목이다. **판화 6** 「기억할만한 공상」의 제목 왼편으로는 지
옥불에서 천국으로 올라가는 사람이 있고, 오른편에는 머리를 아래로 박고
하늘에서 지옥불 속으로 떨어지는 사람이 있다. 그러나 **판화 6** 「기억할만한
공상」의 하위 제목 「지옥의 잠언들」이 있는 **판화 7**을 보면, **판화 6** 「기억할만
한 공상」에서 지옥의 불길을 떠나 천국에 오르고 있던 사람이, **판화 7**의 「지
옥의 잠언들」이란 제목 오른쪽에서 두 개로 갈라진 나뭇가지 밑에 등이 굽힌
채 땅을 향하고 땅바닥에 무엇인가 쓰고 있다. 그는 종교라는 신비의 교리를
먹고 사는, 땅만 바라보며 율법과 도덕만을 말하며 사는 사람이다. 신비의 나
무인 생명의 나무는 이곳에서 사람을 일어서지 못하게, 나무 가지를 굽혀 인
간을 자유롭지 못하게 하고 있다. 이곳에서 신비의 나무는 교리의 나무이고,

이성의 나무로 변해있다. **판화 7**의 「지옥의 잠언들」이란 제목 오른쪽에 그려진 신비의 나무는 신성한 하늘에서 자라는 신성한 신비의 나무가 아니다. 거짓 종교인이 자신이 만든 거짓 신비의 나무에 스스로 등을 굽혀 땅만 바라보며 거짓의 신비를 땅 위에 쓰고 있다. 그러나 **판화 6** 「기억할만한 공상」에서 지옥불 속으로 머리를 박고 떨어지던 인간은 **판화 7** 「지옥의 잠언들」에 와서는 배를 타듯, 동물의 등을 타고 있다. 그리고 **판화 7**의 지옥의 잠언 5행과 8행 사이에 있는 인물은 배를 타고 오른쪽으로 향하여 있고, 마지막 두 행 사이에 있는 인물은 하늘을 향해 나팔을 불며 날아오르고 있다. 마치 육체에서 영혼만이 빠져 나가 하늘로 날아오르는 노란 불꽃과 같다. 흥미롭게도 지옥의 잠언들을 이야기하는 그림들 모두에는 지옥의 불꽃도 바위도 심연도 구덩이도 없다. 오히려 그곳에는 천국과 같이 살아있는 동물과 식물과 인간들이 아름다운 봄날과 같이 재생의 기쁨으로 가득한 자연세계를 즐기며 살아가고 있다. 그리고 그림에서 동물과 식물과 사람의 형태가 뚜렷이 구별되어 있지 않다.

**

　　판화 7에서 악마가 읽어내고 있는 지옥의 잠언들은 정통교리상의 지옥의 의미로부터 천국의 의미를 읽어내고, 정통교리상의 천국의 의미로부터 지옥의 의미를 읽어내는 방식으로 쓰여 있다. 성경의 잠언들 역시 비유적으로 읽어야 할 내용들이 많아, 세속적 의미와 영적 의미를 구별하여 읽어야 한다. 그들은 문자적으로 읽혀질 경우 도덕의 규범과 위배되는 내용들이어서 독자를 혼란에 빠뜨릴 가능성이 많다. 예를 들어 「잠언」 21장 14절은 "은밀하게 주는 선물은 화를 가라앉히고, 품속에 넣어주는 뇌물은 격한 분노를 가라앉

한다"라고 적고 있는데, 문자적으로 해석하면 화를 가라앉히기 위해 선물을 주고, 격한 분노를 가라앉히기 위해 뇌물을 주라고 말하고 있는 것처럼 읽힌다. 그러나 이 잠언은 영적 의미로 읽어야 한다. 하나님이 화내실 일을 한 죄인이 있다면, 그는 하나님의 화와 분노를 진정시키기 위해 남들 모르게 선행을 해야 한다고 해석해야 한다. 물론 다른 다양한 해석이 가능하다. 그러나 분명한 것은 그 잠언을 문자 그대로 해석하여 화를 내고 분노하는 사람에게 선물을 주고, 뇌물을 주어 화와 분노를 가라앉히라고 가르치고 있는 것은 아니다. 지옥의 잠언들도 마찬가지이다. 문자적으로 해석하면 세속의 지혜이고, 지옥의 지혜이다. 그러나 영적 의미로 생각하면 천상의 지혜로, 구원의 내용이다. 지옥의 잠언들에서 악마는, 우리가 천국의 잠언이라고 생각하는 덕목들은 이성Reason의 통제Restraint와 규제Rules와 피동성Passive에 근거한 지옥의 덕목들이고, 그들 덕목들과 반대되는 상상력Imagination에 근거한 자유Liberty와 활력Energies과 능동성Active이 진정한 천상의 덕목들이라고 주장하고 있다. 지옥의 잠언들은 모두 우리가 5감각에서 해방되어 창조의 활동에 참여하는 상상력을 가져야만 종교적 의미의 구원에 이를 수 있다고 말한다.

지옥의 잠언들 가운데 첫 번째 잠언, "파종할 때 배우고, 수확할 때 가르치고, 겨울에 즐겨라"는 잠언 전체의 총론에 해당되는 말이다. 즉, 지혜를 배울 때와 지혜를 가르칠 때, 지혜를 즐길 때를 알라는 말이다. 지혜를 습득하여야 할 어린 시절에 지혜를 배우고, 장년에는 자신이 수확한 지혜의 열매를 지혜가 부족한 자들에게 가르치고, 노년에는 자신이 장년에 가르친 후학들이 현자가 되어 있는 것을 즐길 수 있다.

지혜의 씨를 파종하기 위해 우리는 옛 땅을 갈아엎어야 한다. 죽은 자의 망령으로 잡초들이 무성한 땅에는 아무리 많은 새 씨들을 뿌려봐야 건실한 열매를 맺기가 어렵다. 혁신이 가능하기 위해서는 현재의 구태의연함을 벗어야 하고, 새 술은 새 부대에 담아야 한다. 그래서 지옥의 잠언 두 번째는 "죽은 자의 뼈 위로 마차와 쟁기를 끌고 가라" 말한다. 새 창조가 일어날 수 있도록 터전이 될 땅을 새롭게 만들라 한다. 그렇다면 창조의 지혜란 어떠한 가? 창조의 활력Energy은 상상력으로 나온다. 상상력은 이성의 5감각의 한계를 벗어난 제6감각이다. 우리의 감각을 이성으로 한계까지 채우고, 상상력으로 이성의 한계를 넘어서라고 한다. 상상은 한계를 넘어선 과잉이다. "이성은 동력의 한계이거나 바깥 테두리"(**판화 4**)일 뿐이니, 그 이성을 넘어 상상에 이르는 "과잉의 길이 곧 지혜의 궁으로 가는 길이다." **판화 8**의 지옥 잠언은 이성을 물통에 담긴 물에 비유하고, 상상을 흘러넘치는 분수의 물에 비유하고 있다. "물통은 물을 채우고, 분수의 물은 넘쳐흐른다." 이성은 규칙을 따르는 행위로 피동성Passive이고 한계이고, 욕망은 이성의 반대 개념으로 창조의 활력을 주는 능동성Active으로 상상이고, 과잉이다. 더구나 이성의 덕목인 신중함Prudence은 적극적Positive이지 못한 소극적Negative 행동이다. 소심함이다. 욕망을 적극적으로 행동으로 옮길 용기가 없어, 이성에 근거하여 소심함을 보이는 것이 신중함이다. 그래서 지옥의 잠언은 "신중함Prudence은 부유하고 못 생긴 노처녀가 즐겨 써먹는 무능함이다"라고 말한다. 신중함은 욕망을 억제하여도 될 만큼 욕망이 크지 않아서 머뭇거리는 무능함이다. 이성의 탈을 쓴 무능함이 신중함이다.

블레이크에게 있어서 욕망은 창조력이고 기쁨이고 상상력이고 이성과 반대되는 활력으로, 혁명의 기운으로 불타는 붉은 지옥의 화신이다. 욕망이 행동으로 발전하지 못하고, 이성에 의해 억제되면, 질병으로 발전하고 말 것이다. "마음에 욕망Desire이 남아 행동으로 옮겨지지 않으면 질병이 된다." 블레이크의 시 「병든 장미」("The Sick Rose")는 욕망의 그림자가 질병으로 발전하는 내용을 잘 보여주는 시이다.

O Rose, thou art sick!
The invisible worm
That flies in the night,
In the howling storm,

Has found out thy bed
Of crimson joy:
And his dark secret love
Does thy life destroy.

오, 장미, 병들었구나!
보이지 않는 벌레
폭풍우 울부짖는,
밤에 날아들어,

붉게 물든 기쁨인
네 침대 보았다:
그리고 그의 검고 내밀한 사랑이
너의 생명을 파괴한다.

장미는 사랑이란 붉게 물든 기쁨crimson joy을 가지고 있다. 어느 날 "보이지 않는 벌레"가 장미를 발견하고 장미와 사랑에 빠지지만, 벌레의 내밀한 사랑이 장미의 기쁨을 파괴하고 만다. 장미를 파괴하는 벌레의 내밀한 사랑이란, 욕망이 행동으로 발전하지 못하고, 억압된 욕망이 질병이 되어버린 사랑을 말한다. 블레이크는 그의 다른 시 「나의 예쁜 장미 나무」("My Pretty

Rose Tree")에서, 「병든 장미」의 보이지 않는 벌레의 내밀한 사랑을 "시기심"
으로 구체화하고 있다.

A Flower was offer'd to me
Such a flower as May never bore;
But I said, "I've a pretty tree,"
And I passed the sweet flower o'er.

Then I went to my pretty rose tree
[In the silent of night]
To tend it by day and night
But my rose [was turned from me]
[was fill'd] turn'd away with Jealousy
And her thorns were my only delight.

꽃 한 송이 나를 사랑하였다.
5월이 되어도 볼 수 없을 꽃이었다.
그러나 "나는 예쁜 장미 한 그루 있다," 말하고,
그 예쁜 꽃 물리쳤다.

그리고 나는 나의 예쁜 장미 나무로 돌아와서
[조용한 밤중에]
밤낮 장미 가꾸었다.
그러나 나의 장미는 [나에게서 돌아서서]
[시기하였다] 시기심으로 나로부터 돌아섰고,
그녀의 가시들 나의 유일한 기쁨 되었다. (Blake 1)

화자는 어느 날 예쁜 여인으로부터 사랑의 구애를 받았다. 꽃들이 만발하는 5월에 피어난 어떤 꽃도 그녀만큼 예쁘지 않았다. 그러나 화자는 사랑하는 사람이 따로 있어서, 그녀의 사랑을 거부하였다. 그는 사랑하는 연인이 이미 있었다. 그는 사랑하는 여인과 함께 밤낮으로 그들의 사랑을 가꾸며 살았다. 그러나 화자가 사랑하는 그 여인은 그가 예전에 예쁜 여인으로부터 구애를 받았다는 사실을 알고 시기심에 눈이 멀었다. 그녀의 시기심은 가시가 되었다. 이제 화자는 가시가 되어버린 그녀의 그 시기심을 사랑하여야 했다. 시 「나의 예쁜 장미나무」에서 장미 여인의 시기심은 가시가 되었고, 「병든 장미」에서 시기심은 남들이 볼 수도 없는 "보이지 않는 벌레"가 되어, 장미를 파괴하는 내밀한 사랑을 하였다. 장미는 그 시기심이 사랑이라 생각하며 내밀한 사랑을 사랑하였다. 시기심이란 사랑이 실현되지 않는 욕망이다. 실현되지 않는 사랑의 욕망이 차츰 시기심으로 발전하고, 그 시기심 때문에 장미는 죽고 말 것이다. **판화 10**의 지옥의 잠언은 "실현되지 않는 욕망을 키우기보다, 요람에 있는 새끼 욕망을 없애는 것이 낫다"라고 했다.

지옥의 잠언들 가운데는 우리가 미덕으로 생각하고 있었던 말들 가운데 얼마나 많은 말들이 위선으로 가득한가를 보여주는 잠언들이 있다. 신중함이 무능함을 포장하는 것일 수 있다는 "신중함Prudence은 부유하고 못난 노처녀가 즐겨 써먹는 무능함이다"라는 잠언이 있고, 용서라는 미덕이 얼마나 위선인가를 보여주는 잠언으로 "몸뚱이가 잘려나간 지렁이가 쟁기를 용서한다"가 있다. 지옥 잠언에서 약자인 지렁이는 강자인 쟁기를 용서한다. 약자가 강자에게 항의해 보았자 질 것이 분명한데, 약자가 달리 어찌 하겠는가? 마치 가진 것이 없는 자가 가진 자에게 주는 것이 미덕이라고 주장하는 위선과 같다. 그러니 "약자가 강자를 용서한다 말하면 위선이다"(김명복 83). 그리고 반대로 강자가 자신이 못난이라고, 어리석었다고 고백하는 겸손함도 위선이다. 악당이 말하는 악어의 눈물이다. 지옥 잠언에 "어리석음의 고백은 악당이 입고 있는 겉옷이다"라 했다. 악행을 저질러 놓고, 후에 자신의 악행이 어리석었다고 고백하는 일처럼 가증스런 위선이 어디 있겠나? 수치심도 마찬가지로 위선이 될 수 있다. 강자는 자신의 자존심에 상처가 생기면, 그때 강한 수치심을 느낀다. 그러나 가지지 못한 자인 약자가 가지지 못한 것에 수치심을 느꼈다면, 그것은 위선이다. 약자가 가지지 못한 것은 수치가 아니다. 부족한 것이 없다고 생각했던 강자가 뭔가 부족할 때, 그때 그는 수치심을 느낀다. 수치심은 자존심에 상처를 받았을 때 느끼는 감정이다. 그러니 약자의 수치심은 위선이다. 자신이 강자라고 생각하여 수치심을 갖는 것이다. 그래서 지옥의 잠언은 "수치심은 거만한 자가 입는 겉옷이다"라 했다. 수치심은 약자의 몫이 아니다. 수치심, 그것은 약자가 강자라고 생각하는 오만함이다. 약자의 위선이다.

인간이 살아가면서 꼭 필요한 것들로, 공기와 물과 땅이 있다. 이들은 우리가 노력하여 얻는 것이 아니다. 자연이 우리에게 공짜로 준 것들이다. 이들은 우리가 태어날 때 자연이 우리에게 준 것들이다. 자연이란 영어 낱말 "Nature"는 라틴어 "Natura"에서 유래한 말로 "가지고 태어난 것"을 뜻한다. 흥미롭게도 자연과 같이 우리가 살아가며 꼭 필요한 것들은 대부분 별다른 노력 없이 태어날 때 가지고 태어난다. 그래서 지옥의 잠언에 "필수 영양은 그물이나 덫 없이도 구한다"란 말이 있다. 자연이 준 것을 겸허히 받아들여야 한다. 그러나 우리는 자연이 준 것들을 우리 방식대로 이야기를 꾸며 거짓 신화를 만든다. 우리는 강자와 약자, 선과 악, 육체와 정신 등과 같이 자연에는 없는 거짓 신화를 만든다. 자연에는 없는 차이를 만들어 자연의 동질성을 세분하고 분류하고 이질화한다. 자연을 거스르는 행위이다. 지옥의 잠언들은 천국의 거짓 가면을 벗기고, 본래의 자연을 드러내 보여준다. 블레이크가 악마를 화자로 삼은 이유가 여기에 있다. 진정한 악은 가면이 없어서 누구나 보고 악인 줄 안다. 그러나 거짓 선은 가면을 쓴 위선이다. 현자는 거짓된 선의 가면을 쓰고 있는 악의 모습을 드러내 보여주는 사람이다. 그의 지혜는 어둠을 밝히는 빛이다. 현자의 별은 진리를 밝히는 빛나는 별이다. "얼굴이 빛나지 않는 자는 별이 되지 못한다."

지옥의 잠언들에서 지혜와 반대되는 어리석음은 5감각의 감옥에 갇힌 이성의 빛으로만 사물을 파악하려고 해서 생긴 오류이다. 우리가 진실을 바라볼 수 있기 위해서는 제5감각의 이성Reason 이외에, 영혼의 눈으로 보는 제6감각으로 상상력Imagination을 가져야 한다. 이성의 빛으로만 사물을 바라보면 바보이고, 상상의 빛으로 사물을 바라보아야 현자이다. "같은 나무라도 바보와 현자는 각각 달리 본다." 지옥의 잠언은 성경에서 말하는 세례의 뜻을 예로 들어 바보와 현자를 구별하고 있다. 세례란 새 사람이 되라고 하는 기독교 제의의 상징적 의미이다. 그러나 그 의미를 모르고, 새 사람으로 새로운 인생을 살지는 않고 단지 세례를 받았다는 그 자체만으로 만족한다면, 그는 세례를 통해 새 사람이 되지 못한 것이다. 형식의 진정한 의미를 모르고 단지 형식만을 고집하는 바보를 꼬집어 지옥의 잠언은 "물을 좋아하는 자는 강물에 처박아라"라고 했다.

우리가 5감각을 통하여 보이는 것만을 믿으면, 인간이 하나님 형상으로 만들어져 신성을 가지고 있다는 의미를 이해할 수 없다. 신성이란 영원함이고 무한함이고 상상력이다. 여기에서 상상력이란 5감각의 이성을 넘어서는 능력이다. 인간은 예수와 같이, 인간이며 동시에 신성을 가지고 있다. 인간은 인간의 한계를 가지고 태어났지만, 인간이 지닌 신성으로 인간의 한계를 극복할 수 있다. 인간이 인간의 한계에만 머무르면, 인간은 신성에 다다를 수 없다. 인간이 신성하려면 신성함의 옷을 입어야 할 것이다. "자신의 날개만을 가지고 날아오르려는 새는 높이 날 수 없다." 인간은 상상력이 없이는 자신이 가지고 있는 신성을 가질 수 없다. 자연의 옷을 입고는, 자연을 뛰어 넘을 수가 없다. **판화 12-13**에는 하나님의 환상을 경험하기 위해 자연을 거스르는 두 선지자, 이사야와 에스겔 이야기가 나온다. 성경의 내용과는 다소 다르지만, 시에서 이사야는 3년 동안 옷을 입지 않고 맨발로 다녔고, 에스겔은 빵 대신에 사람의 똥을 먹고 살았다고 했다. 자연을 거스르는 두 선지자들의 기이한 행동은 자연을 극복하기 위해 행한 행동이었다고, 그들 자신이 말하고 있다. 그들은 남들이 보지 못하는 환상을 보기 위해, 그들 자신이 자의로 남들이 하지 않는 행동들을 하였다고 말한다.

　　판화 10에 실려 있는 지옥의 잠언에 "인간이 살지 않는 곳의 자연은 황폐하다"라는 말이 있다. 블레이크가 생각하는 자연은 5감각에 갇힌 이성이다. 자연이 살아 숨 쉬려면 인간의 상상력이 필요하다. 상상력이 부재한 자연은 자신의 한계만을 고집할 뿐이다. 블레이크 시 「자연 종교는 없다」("There Is No Natural Religion")는 이렇게 시작하고 있다. "인간은 단지 감각기관들만으로 사물을 파악하지 않는다. 인간은 감각기관이 인지하는 그 이상으로 사물을 파악한다"(Blake 97). 인간은 자연이 준 5감각의 기관들만으로 사물을 파악하지 않는다. 잠시 자리를 비워 그 사람이 지금 당장 눈에 보이지 않더라도, 그 사람이 영원히 사라진 것은 아니고 어딘가에 존재하고 있음을 우리는 알고 있다. 작은 사물이 큰 사물 뒤에 가려져 보이지 않는다고 해서, 그 작은 사물이 존재하지 않는 것은 아니다. 현재 눈에 보이지 않는다고, 지금 보이지 않는 것이 존재하지 않는 것이 아님을 우리는 안다. 우리 삶의 많은 부분이 상상으로 채워져 있고, 상상 없이는 우리는 삶 그 자체를 살 수가 없다. 인간을 진정한 인간이게 하는 것은 상상력이다. 상상력이 부재한 채 규칙이기 때문에, 전통이기 때문에, 지키고 따라야 하는 이성이라면, 그 이성은 위험하다.

지옥의 잠언은 그런 바보짓을 비꼬아 말하고 있다. "바보가 바보짓을 고집하면, 그는 현자로 통한다." 그는 상상력 없이 이성을 따르기만 한다. 아이러니하게도 모든 사람은 상상력을 가지고 살아가는데, 그가 상상력을 가진 인간이기를 거부하며 이성만을 고집한다면, 그는 인간의 한계를 넘어선 곳에 위치해 있는 현자가 된다.

지혜란 어떠한가? 시간과 공간의 제한을 받지 않는 지혜라야 영원하다. 창조 활동에 참여하고 있는 사람은 5감각의 제한성을 벗어나 영원성에 머물러 있다. 그러나 창조적이지 못한 인간은 시간의 제한성에서 살아가며, 시간이 그를 지배하는 삶을 살아간다. 그는 시간의 제한성에 수동적으로 대처하며, 영원성이나 무한성은 그의 관심 밖에 있다. 창조하는 사람이 귀히 여기는 "영원함은 시간을 생산하기 좋아하기 때문이다." 그래서 창조하기에 "바쁜 꿀벌은 슬퍼할 시간이 없다." 창조활동에 참여하지 않는 어리석은 자들이나 시간을 재고 앉아있다. 그에게 시간은 유한하다. 그래서 지옥의 잠언은 "바보들이나 시간을 계산하지, 현자들은 시간을 계산하지 않는다"라고 했다. 바보는 유한한 시간을 바라보고, 현자는 무한한 시간인 영원을 바라본다. 창조력이 있는 자와 창조력이 없는 자는, 풍요와 기근에 비유된다. 풍년이면 우리의 마음도 풍요로워 계산을 정확히 하지 않고 자비롭지만, "기근이 있는 해에는 숫자와 무게와 크기를 분명히 계산하듯이" 창조력이 있는 자는 영원성과 무한성에 머물러 있지만, 창조력이 없는 자는 영원성과 무한성에 반대되는 현재와 한계에 충실하여, 상상력을 갖추지 못해 환상Vision을 볼 수가 없다.

김명복. 『그림자만 자라는 저녁』. 이룸, 2007.
Blake, William. *The Note-Book of William Blake Called the Rossetti Manuscript*. Ed. Geoffrey Keynes. New York: Cooper Square Publishers, 1970.

CHAPTER 8

__ 판화 8

Proverbs of Hell

Prisons are built with stones of Law, Brothels with bricks of Religion.

The pride of the peacock is the glory of God.

The lust of the goat is the bounty of God.

The wrath of the lion is the wisdom of God.

The nakedness of woman is the work of God.

Excess of sorrow laughs. Excess of joy weeps.

The roaring of lions, the howling of wolves, the raging of the stormy sea. and the destructive sword. are portions of eternity too great for the eye of man.

The fox condemns the trap, not himself.

Joys impregnate. Sorrows bring forth.

Let man wear the fell of the lion. woman the fleece of the sheep.

The bird a nest. the spider a web. man friendship.

The selfish smiling fool. & the sullen frowning fool. shall be both thought wise. that they may be a rod.

What is now proved was once. only imagind.

The rat, the mouse. the fox. the rabbet; watch the roots, the lion. the tyger. the horse. the elephant. watch the fruits.

The cistern contains; the fountain overflows

One thought. fills immensity.

Always be ready to speak your mind, and a base man will avoid you.

Every thing possible to be believ'd is an image of truth.

The eagle never lost so much time. as when he submitted to learn of the crow.

판 화 8

지옥의 잠언들

감옥은 법의 돌로 지어지고, 창녀촌은 종교의 벽돌로 지어진다.

공작새의 뽐냄은 하나님의 영광이다.

염소의 색욕은 하나님의 풍요이다.

사자의 분노는 하나님의 지혜이다.

여자의 나체는 하나님 작품이다.

슬픔이 과하면 웃고, 기쁨이 과하면 운다.

사자 울음, 늑대 울부짖음, 폭풍우 바다의 아우성, 파괴의 칼, 이들 모두는 인간의 눈으로는 감당키 어려운 영원함의 징후들이다.

여우는 자신이 아니라 덫을 탓한다.

기쁨은 안에서 생겨나고, 슬픔은 바깥에서 들어온다.

남자가 사자 가죽을 입고, 여자가 양털을 입게 하라.

새가 새집 짓고, 거미가 거미집 짓듯이, 인간은 우정을 만들어간다.

자족하여 웃는 바보나, 화를 내며 찡그리는 바보를 보고 현명하다 생각하지마라. 그들 모두 두드려 패야한다.

입증된 것들 모두 예전에 생각했던 것들이다.

생쥐, 쥐, 여우, 토끼는 뿌리를 바라보고, 사자, 호랑이, 말, 코끼리는 열매를 본다.

물통은 물을 담고, 분수는 물을 흘려보낸다.

사고가 무한을 채운다.

자신의 마음을 열고 말하라. 그러면 비열한 인간이 너를 멀리 할 것이다.

믿음이 가는 무엇이나 진리의 한 단면이다.

독수리는 까마귀로부터 배울 시간이 없다.

*

　판화 8 그림에 등장하는 작은 모양들, 식물들과 새들과 동물들과 인간들은 모두 자유로워 아름답다. 자유로움이란 창조된 성품 그대로 자신의 정체성을 순수하게 간직하고 있을 때 발생한다. 창조된 것 그대로를 간직하여야 아름답다. 거짓된 지식의 위선이 시기와 질투로 창조물의 신성한 본성을 뒤틀어놓는다. 추한 것이 악하고, 악한 것이 추하다. 블레이크는 『천국과 지옥 결혼하다』의 마지막 시행에서 "하나님이 창조한 모든 생명체들은 신성하다"라 말했다. 날 수 있는 것은 날고, 웃을 수 있는 것은 웃고, 울 수 있는 것은 울어야 아름답다. 아름다워 신성하고, 신성하여 아름답다. 꾸밈과 거짓이 없어야 신성하고 또한 아름답다. 그러기 위해서는 모든 창조물에 억압과 규제가 없어야 한다. 그래야 자신의 순수한 모습을 드러내 보여줄 수 있다. 타자의 눈에 비친 모습이 아니라, 타고난 자신의 모습으로 살아야, 그때야 진정 자신의 삶을 산다고 할 수 있다. **판화 8**에 그려있는 작은 그림들은 모두 자신의 자리를 지키고 있어 평화롭다. 땅을 바라본다고, 땅 위에 있다고 천박한 것 아니고, 하늘을 바라본다고, 하늘에 있다고 고상한 것 아니다. 땅은 지옥이고, 하늘은 천국이라는 말은 옳지 않다.

**

감옥은 법의 이름으로 지어지고, 매음굴은 종교의 이름으로 지어진다. 감옥과 법과의 관계를 고려하여 법이 죄를 다루는 일을 하니 연관이 있다. 그러나 매음굴과 종교와의 관계는 어떻게 생각해야 할까? 블레이크는 성행위 Sex를 숨어서하는 비밀스럽고 부정적인 비-종교적 행위로 보지 않았다. 그는 "성행위의 신성함과 순수함을 찬양하고, 자유연애는 권리라고 주장하였다" (Damon 367). 그러나 종교는 성행위를 부끄러운 부정행위로 규정하고 억압하였다. 그래서 성행위는 은밀하고 비밀스럽게 행해졌다. 그렇게 종교가 매음굴을 만들었다. 블레이크는 「밀턴」("Milton") 33장에서, 여성이 성행위를 거부함으로 남자를 사랑과 질투로 고통스럽게 한다고 말한다(Blake 522-3). 그의 그런 생각은 **판화 7**에서 분석한 「나의 예쁜 장미 나무」("My Pretty Rose Tree")에서도 볼 수 있었다. 그리고 그의 다른 시 「앨비온 딸들의 환상들」 ("Visions of the Daughters of Albion") **판화 5**를 보면, 이성이란 법의 속박 때문에 자신의 욕망을 충족시켜주지 못하는 남편과 헤어지지 못하고 성적 욕구를 억압하고 살아가야하는 여성의 모습을 보여주고 있다(Blake 192-3). 블레이크는 또한 래버터Lavater의 책을 읽으며 주해를 달아놓은 부분에서 "남자들은 사랑을 추구하는 여성을 죄인으로 규정했다"라고 적고 있다(Blake 88). 남녀가 사랑을 해도 그들 사이에 죄의 문제가 발생하면, 죄를 물어 처벌받아야 하는 쪽은 늘 여성이었다. 성행위와 관련한 죄의 문제가 제기되면, 늘 그 중심에는 종교가 있었다. 종교는 우리의 욕망을 억제하라고 했다. **판화 7**에서 "마음에 욕망Desire만 가지고 행동하지 않는 자는 질병의 온상이다"라고 했다.

『천국과 지옥 결혼하다』의 마지막 시행에서 블레이크는 "살아있는 모든 것은 신성하다"Everything that lives is Holy라고 했다. 인간이 타락하여 에덴동산을 떠났을 때, 인간뿐 아니라 자연도 타락하였다. 이사야는 자연과 인간이 그들의 타락으로부터 구원받아, 하나님이 새 하늘과 새 땅을 창조하는 최후 심판의 때를 이렇게 말하고 있다. "그들이 부르기 전에 내가 응답하며, 그들이 말을 마치기도 전에 내가 들어주겠다. 이리와 어린 양이 함께 풀을 먹으며, 사자가 소처럼 여물을 먹으며, 뱀이 흙을 먹이로 삼을 것이다. 나의 거룩한 산에서는 서로 해치거나 상하게 하는 일이 전혀 없을 것이다. 주님의 말씀이시다"(「이사야서」, 65:24-5). 왜 우리는 하나님의 구원의 역사에 참여하지 못하는가? 하나님이 처음 창조하였을 때 모든 창조물들은, 인간을 포함한 자연 모두가 신성하였다. 그러나 타락이후 인간은 영원성과 무한성에 머무르지 못하고 한계성과 제한성을 고집하며 살아간다. 인간이 타락의 길을 가는 원인은, 타락하기 이전 인간은 모두 신성함의 옷을 입고 있었다는 사실을 몰라서이다. 구원은 인간이 자신이 신성하다는 사실을 깨닫는 바로 그때에 일어난다. 그리고 상상력 없이는 인간은 신성하다는 사실을 깨닫지 못한다. 이성에만 머무르면 그곳에 구원은 없다.

블레이크는 우리에게 구원에 이르려면 상상력을 통해 하나님이 창조한 모든 것에서 신성함을 보아야 한다고 말한다. 우리 모두 우리의 신성함을 노래하는 시인이 되어야 한다고 말한다. 그의 시 「예루살렘」 **판화 77**에는 구원에 이르기 위해 우리는 신성함이 지니고 있는 영원성을 보아야 한다고 말하고 있다. "기독교와 복음서는 육체와 영혼이 자유로우려면 상상, 다시 말해 상상이란 신성한 수단Divine Arts을 사용하라고 하고 있다. 상상이란 영원하고 진정한 세계의 관점으로 바라보면, 이들 식물성 우주Vegetable Universe는 단지 희미한 그림자일 뿐이다. 우리의 육체가 식물처럼 죽어 사라지는 것이 아니라고 생각할 때, 그때 우리는 영원한 육체 그리고 상상의 육체로 살아가게 될 것이다"(Blake 716-7). 블레이크는 모든 사물들에서 신성함의 모습과 하나님이 창조한 영광과 풍요와 공로와 영원함의 징후들을 보았다. 그래서 "공작새의 뽐냄은 하나님의 영광이고," "염소의 색욕은 하나님의 풍요이며," "여자의 나체는 하나님 작품(공로)이고," "사자 울음, 늑대 울부짖음, 폭풍우 바다의 아우성, 파괴의 칼, 이들 모두는 인간의 눈에는 너무 감당키 어려운 영원함의 징후들이다." 영원과 불멸을 추구하는 자는 한계와 필멸을 생각할 시간이 없다. 생명의 진리를 찾아, 태양을 정면으로 바라보며 날아올라 위로 솟구치는 독수리는, 사멸할 낡아 빠진 전통이나 거짓 규칙과 율법을 좋알대며, 죽음의 어둠을 향해 날아가는 까마귀의 말에 귀를 기울일 시간이 없다. "독수리는 까마귀로부터 배울 시간이 없다."

아담이 이브와 함께 선악과를 먹음으로 죄를 짓고 에덴동산에 쫓겨난 이후, 인간은 원죄를 갖게 되었다. 태어나면서부터 타락한 인간은 인간이 본디 지니고 있는 신성의 영원함에 대한 믿음을 잃고, 영원함의 반대인 제한과 한계만의 믿음에 근거하여, 자신의 이득Self-Interest만을 취하는 자기 본위 Selfhood의 인간으로 변하였다. 지옥의 잠언들 가운데는 타락한 인간들의 죄의 유형들을 보여주는 말들이 있다. 자신의 실수를 남 탓으로 돌려 감추려고 자기 스스로를 속이는 자기-기만Self-Deceit의 잠언으로 "여우는 자신이 아니라 덫을 탓한다"는 잠언이 있고, 인간들이 우정을 쌓는 것도 새와 거미가 집을 짓듯이 단지 자신만을 보호하기 위하여, 아니면 그렇게 하면 서로에게 이득이 되기 때문에 학연과 지연을 이용하여 이득에 부합되는 사람들끼리 패거리

집단을 형성한다는 의미로 "새가 새집을 짓고, 거미가 거미집을 짓듯이, 인간은 우정을 만들어가고," 남자는 사자와 같은 강자이고, 여자는 사자 앞의 양과 같이 약자라는 은유를 사용하여, 남자는 여자를 보호의 대상으로 삼아 여자의 욕망을 규정하고 억압하려든다. 여자는 양과 같이 순종하여야고, 남자는 사자와 같이 명령하여야 한다는 논리로, 여자의 권리를 유린하는 잠언으로 "남자기 시자의 가죽을 입고, 여자는 양의 털을 입게 하라"는 말이 있다. 현명함의 거짓 가면을 쓰고 있는 자들의 행태들의 예로, 악덕을 행하는 강자들을 보고는 자신의 작은 미덕에 자족의 웃음을 지으며 약자의 자리로 물러서거나, 약자의 악덕을 보고 스스로 강자라고 생각하여 강자의 화내는 표정을 짓는 위선자들에 대하여 분노하는 잠언도 있다. "자족하여 웃는 바보나, 화를 내듯이 얼굴 찡그린 바보를 보고 현명하다 생각하지마라. 모두 두드려 패버려야 한다." 이들 모두 위선의 탈을 쓴 거짓 지혜들이다.

그렇다면 타락의 시대에 우리는 어떻게 살아야 할까? 시의 화자는 가식이 없이 자신의 마음을 열고, 자신의 마음을 말하면서 살라고 한다. 그 누구도 의식하지 말고, 자신의 마음만을 말하라고 한다. "늘 자신의 마음을 열고 말하라. 그러면 비열한 인간이 너를 멀리할 것이다"라는 잠언과 같이, 그렇게 자신의 마음을 말하며 살면 사악한 마음을 가진 자들이 그를 멀리 할 것이라고 말한다. 그러나 자신의 마음을 말하라는 말은 무슨 말인가? 우리가 우리의 말을 하기는 어렵다. 우리가 무엇이며 우리가 누구인가가 분명하지 않다면, 우리는 올바르게 우리의 말을 말할 수가 없다. 우리의 마음을 말할 수가 없다. 그러므로 타락이전의 신성성을 회복하여, 우리의 영원성과 무한성을 말하여야 올바른 우리의 마음을 말하는 것이다. 타락의 징후인 자기-본위로 말하지 말아야 한다. 우리가 자기-본위로만 말하면, 우리는 비열한 인간이 되어 비열한 인간들만을 우리 주위에 부르게 된다. 타락의 징후인 자기-본위의 말을 피하여 다른 사람들의 말에 귀를 기울이자. 지옥의 잠언에 타인들의 믿음은 진실의 전부는 아니어도 진실의 한 단면일 수는 있다고 말하고 있다. "남들이 믿을 수 있는 것은 무엇이나 진리의 한 단면이다." 그렇게 나를 향한 시선을 거두고, 이제 그 시선을 남들에게 향하라고 말한다. 세상의 진리란 모두 새로울 것이 없다며, "이제야 입증된 것은 예전에 이미 생각하였던 것이다." 그래서 성경 「전도서」의 화자는 세상만사가 헛되고, 세상의 지혜도 헛되고, 세상의 즐거움도 슬기도, 그리고 세상의 수고도 모두 헛되다고 말하며, 인간들에게 하나님, 곧 영원함을 추구하라고 말한다. 세상이 새롭게 창출해낸 모든 진리들도 새로운 것이 아니니 "지금 있는 것 이미 있었던 것이고, 앞으로 있을 것도 지금까지 있었던 것이니, 하나님은 하신 일을 되풀이 하신다"(3:15)라고 했다.

밀턴의 『실낙원』(II, 146-7)을 보면, 하나님에게 대항하여 싸우다가 패하여 하늘로부터 지옥으로 떨어진 사탄은 "아무리 고통스럽더라도 영원 속을 헤매고 다니는 사고는 잃고 싶지 않다"라고 말한다(Milton 260-1). 사탄은 모든 것을 다 포기하더라도, 영원과 무한을 생각할 수 있는 지적인 존재라는 자기-자신을 잃고 싶지 않다고 말한다. 지옥의 잠언에 "사고가 무한을 채운다"라는 말이 있다. 이곳에서 사고란 이성의 사고가 아니라 상상력의 사고를 말한다. 밀턴의 작품 속에서 사탄이 잃고 싶지 않다고 말하는 사고 역시 상상력의 사고이지, 한계를 정하여 유한성을 설파하는 이성의 사고는 아니다.

블레이크가 밀턴의 시에서 높이 평가하고 있는 부분은, 바로 사탄의 상상력이 묘사되어 있는 부분이다. 블레이크가 칭송하는 것은 이성에 사로잡혀 한계 속에서 헤어나지 못하는 사고가 아니라, 상상을 통해 무한과 영원을 돌아다니는 사고이다. 지옥 잠언에 "슬픔이 과하면 웃고, 기쁨이 과하면 운다"고 했고, "물통은 물을 담고, 분수는 물을 흘려보낸다"고 했다. "과하거나,"

"흘러넘침"은 이성의 한계를 벗어나 영원과 무한을 향한 상상력의 은유이다. 물통은 용기의 부피만큼만 외부로부터 물을 담아내는 한계의 이성이고, 분수는 안으로부터 주체하지 못하고 흘러넘치는 무한한 상상력의 은유이다. 슬픔이 상상의 날개를 달면 웃음이 되고, 기쁨이 상상의 날개를 달면 슬픔이 된다. 슬픔과 기쁨이 자신의 형식을 부수고 나아가면, 슬픔은 기쁨이 되고 기쁨은 슬픔이 된다. 분수와 같이 안으로 흘러넘치는 무한함은 기쁨이고, 물통과 같이 외부로부터 들어오는 것을 담아내기만 하면 그것은 유한함이어서 슬픔만 남을 것이다. "기쁨은 안에서 생겨나고, 슬픔은 바깥에서 들어온다." 기쁨은 안에서 바깥으로 향하며 경계를 부정하는 무한함이고, 슬픔은 외부의 무한함을 잊고 내부로 향하는 유한함이다.

Damon, S. Foster. *A Blake Dictionary: The Ideas and Symbols of William Blake*. Colorado: Shambhala Publications, 1979.

Blake, William. *Complete Writings*. Ed. Geoffrey Keynes. London: Oxford UP, 1966.

Milton, John. *The Portable Milton*. Ed. Douglas Bush. New York: Viking Press, 1949. 1961.

CHAPTER 9
__ 판화 9

Proverbs of Hell

The fox provides for himself, but God provides for the lion.

Think in the morning, Act in the noon, Eat in the even-
-ing, Sleep in the night.

He who has suffer'd you to impose on him knows you.

As the plow follows words, so God rewards prayers.

The tygers of wrath are wiser than the horses of in-
Expect poison from the standing water.   struction

You never know what is enough unless you know what is
more than enough.

Listen to the fools reproach! it is a kingly title!

The eyes of fire, the nostrils of air, the mouth of water,
the beard of earth.

The weak in courage is strong in cunning.

The apple tree never asks the beech how he shall grow,
nor the lion, the horse, how he shall take his prey.

The thankful reciever bears a plentiful harvest.

If others had not been foolish, we should be so.

The soul of sweet delight, can never be defil'd.

When thou seest an Eagle, thou seest a portion of Ge
-nius, lift up thy head!

As the catterpiller chooses the fairest leaves to lay
her eggs on, so the priest lays his curse on
the fairest joys.

To create a little flower is the labour of ages.

Damn, braces: Bless relaxes.

The best wine is the oldest, the best water the newest.

Prayers plow not! Praises reap not!

Joys laugh not! Sorrows weep not!

                                                The

판 화 9

지옥의 잠언들

여우는 먹거리를 찾아 나서야하지만, 사자는 하나님이 먹이를 찾아주신다.

오전에 생각하고, 오후에 행동하고, 저녁에 먹고, 밤에 잠자라.

그 자신을 통제하도록 당신을 이용하는 자는, 그가 당신을 알고 있어서 그리 한 것이다.

행동이 말 뒤에 따라오듯, 하나님은 기도를 들어주신다.

가르치려드는 말보다, 분노의 호랑이가 더 현명하다.

고인 물에 독이 있다.

충분함 그 이상을 모른다면, 충분히 안다고 할 수 없다.

광대의 꾸짖음에 귀 기울여라! 왕의 마음이다!

불의 눈, 공기의 콧구멍, 물의 입, 땅의 수염.

용기가 부족하면, 꾀가 많다.

사과나무가 너도밤나무에게 자라는 법 묻지 않고, 사자가 말에게 먹이 구하는 법 묻지 않는다.

감사할 줄 알면 수확이 풍성하다.

상대가 바보짓을 하지 않았다면, 우리가 할 수도 있다.

진정한 기쁨의 정수는 더럽혀지는 법이 없다.

독수리를 보면 천재성이 보인다. 머리를 높이 들어라!

애벌레가 알 낳기 위해 가장 실한 나뭇잎 찾듯이, 사제는 교인들이 가장 즐거워하는 것들에 저주의 말을 퍼붓는다.

작은 꽃 하나를 피우기 위해 수천 년이 수고한다.

저주는 조이고, 축복은 풀어준다.

술은 가장 오래된 것이 최상이고, 물은 가장 최근 것이 최상이다.

기도가 행동은 아니다! 찬양한다고 다 이뤄지는 것 아니다!

기쁘다고 웃지 마라! 슬프다고 울지 마라!

*

　　지옥의 잠언들은 우리에게 너무나 익숙하여 전혀 의심하지 않았던 진리들을 다시 한 번 생각하게 한다. 왜, 그리고 어떻게 진리가 만들어지게 되었는지, 지옥의 잠언들은 구조화된 진리들의 숨겨진 전략들을 폭로한다. 그때 우리는 진리라고 생각하고 믿었던 진리의 허상들을 만날 것이다. 그리고 우리를 억제하고 억압하였던 모든 거짓 진리의 구속들로부터 자유로워질 것이다. 지옥의 잠언들이 우리를 자유롭게 할 것이다. 자유로워진 우리는 기쁘고 즐겁고 환희의 소리를 지르고 감미로워하고 행복해 할 것이다. 자유가 우리를 행복하게 만든다. **판화 9**의 끝 오른편에는 남녀가 손잡고 하늘을 향해 날아오르고 있다. 그 그림은 중력을 거슬러 자연의 질서를 뛰어넘으며 자유를 만끽하는 남녀의 축복받아 행복해하는 환희의 모습을 그리고 있다. 자연을 뛰어넘는 그곳에 기쁨이 있다. 행복이 있다. 블레이크에게 있어서 자연은 구속이고 이성이고 한계이다. 자연을 따르거나 자연에 머무르면 불행하다. 우리의 상상력으로 얻게 되는 자유와 환상과 무한과 영원함에 행복이 있다.

**

블레이크는 1788년경 래버터의 책 『인간에 관한 경구들』(*Aphorisms on Man*)을 읽으며 책 귀퉁이에 메모를 하였다. 그가 읽은 책의 마지막에 가장 길게 메모를 해놓은 곳에는 인간 행동에 대한 그의 생각이 적혀있다. **판화 9** 지옥의 잠언들은 모두 인간 행동을 우화와 풍자로 말하거나, 아니면 알레고리로 말하고 있다. 먼저 블레이크가 인간의 행동에 대하여 메모한 그의 생각부터 살펴보고, 지옥의 잠언에 대하여 이야기하자.

모든 사람의 주요 성향이 바로 그의 주요 덕목이고, 그의 선한 천사이다. 그러나 인간 행동을 원인과 결과로만 해석하는 철학이 당대의 사람들은 물론 래버터Lavater까지도 잘못된 길로 인도하였다. 모든 현상들은 그들 나름의 원인과 결과를 가진다. 자신은 행동하지 않으면서, 타인이 행동하지 못하게 방해하는 행동은 진정한 행동이 아니다. 이런 행동은 악이다. 자신의 성향에 따라 행동하는 행동만이 진정한 덕이다. 다른 사람의 행동을 방해하는 행동은 진정한 행동이 아니다. 그런 행동은 행동이 아니다. 그런 행동은 자신의 행동을 억압하는 행동이고, 또한 방해받고 있는 타인의 행동도 억압하는 행동이다. 타인의 행동을 방해하는 사람은 자신이 행동을 하지 않아, 자신의 의무를 다 하지 않는 사람이다.
살인은 타인의 행동을 거부하는 행동이다.
도둑질은 타인의 행동을 거부하는 행동이다.
타인을 중상하고, 깎아내리고, 함정에 빠뜨리고, 부정하는 것 모두 악이다. 그러나 래버터와 그의 동시대인들은 우리가 잘못하여 죄를 짓는 원인이 모두 여자가 사랑이란 죄를 지어서라고 말한다. 그들이 보기에 모든 사랑과 은총은 죄이다. (Blake 88)

성경은 하나님의 분노의 상징으로 사자와 호랑이를 자주 기록하고 있다. 두 동물의 분노는 하나님의 분노의 두 가지 성격을 규정하고 있다. 사자의 분노는 고통 받는 타인에 대한 연민으로부터 나온 하나님의 사랑의 은유이고, 호랑이의 분노는 하나님의 순수한 열정에서 비롯된, 무력함을 부정하는 하나님의 권능의 은유이다. 두 동물이 분노를 유발하는 것은 연민과 열정이다. 두 동물 모두 자신의 성격에 따라 행동하는 동물이다. 그래서 두 동물은 먹이를 걱정하지 않는다. 그러나 여우는 타인을 속여서 자신의 이득을 챙기는 사기Deceit의 상징이다. 여우는 상대방이 틀린 행동을 하도록 유도하여 이득을 취한다. 그는 자신이 직접 행동하는 것이 아니라, 상대방이 틀린 행동을 하게 하여, 상대방이 했어야 하는 행동을 방해한다. 여우는 자신도 행동하지 않고, 상대도 했어야 하는 행동을 못하게 하는 악행을 한다. 여우는 자신과 타인의 행동을 모두 부정하는 행동을 한다. 그래서 여우는 타인을 함정에 빠뜨려 취한 "먹거리를 찾아 나서야하고," 사자는 자신의 뜻대로 행동하여 "하나님이 직접 먹이를 찾아준다." 자신의 뜻에 따라 행동하는 자는 하나님이 자신에게 주신 타고난 성품에 감사하며 하나님의 창조에 순종하는 자이다. 그러니 우리가 늘 "감사해 하면, 수확물이 풍성하다." 자신의 성품에 감사하며 자신의 성품을 따르는 자는 사자나 호랑이와 같이 행동하는 자이다. 그리고 타고난 성품이란 차이를 만들어내어, "좋은 술은 가장 오래된 것이고, 좋은 물은 가장 최근 것이다." 창조된 무엇이나 최상의 것을 평가하는 기준은 창조물 그 자체의 특성에 따른다. **판화 24** 마지막 시행의 말과 같이, "사자와 황소가 동일한 법을 적용받으면, 그것은 억압이다."

인간 행동은 인간의 언어와 어떤 관계가 있는가? 인간은 행동할 수 없어 말을 한다. 자신이 행동할 수 없어, 남들에게 자신이 할 수 없는 행동을 하라고 가르친다. 현자는 말보다 행동이 앞선다. 그래서 지옥의 잠언은 "가르치려드는 말보다 분노의 호랑이가 더 현명하다"라고 했다. 가르침은 무지와 지혜의 이분법에서 시작한다. 지혜 있는 자가 무지한 자를 가르친다. 상대가 무지하다고 생각하고, 자신이 현자가 되어 가르친다. 가르침이 있는 곳에는 가르치는 자가 현자가 된다. 그러나 왜 그는 현자인 체하며 상대방을 가르치려하는가? 약자가 자신의 이득을 취하기 위해서 가르치려든다. 그가 진정 강자라면, 그는 그 누구도 가르치려하지 않을 것이다. 그럴 필요도 없다. 자신이 할 수 있으면 자신이 하면 된다. 상대를 가르치며 자신이 강자가 되어 상대를 약자의 위치에 떨어뜨려 놓고, 그를 수탈하기 위해 상대가 약자라고 가르친다. 호랑이는 강자이어서 자신의 성벽대로 먹이를 구할 수가 있다. 상대를 가르치려 말할 필요 없이 단지 행동하기만 하면 된다. "사과나무는 너도밤나무에게 자라는 법을 묻지 않고, 사자는 먹이 구하는 법을 말에게 묻지 않는다"라는 지옥의 잠언에서, 먹을 수 있는 열매를 맺는 사과나무와, 자신의 성벽대로 먹이를 구하는 사자는 강자이고, 먹을 수 없는 열매를 양산하는 너도밤나무와 주인의 지시를 받아야만 행동하는 말은 약자이다. 약자이어서 타인을 가르치려한다.

블레이크가 래버터Lavater를 비판하는 글에서 밝히고 있듯이 가르치려하는 자는 자신의 행동도 제어하지만, 상대의 올바른 행동도 제어한다. 그는 타인의 욕망을 제어하고, 타인의 행동을 부정한다. 자신의 욕망 속에 타인을 가두려 하는 자가 가르치려 한다. 가르치려드는 자는 약자로, "용기가 부족하여 꾀가 많다." 때로 그가 겸손하게 약자임을 고백할 때도 있는데, 그때 우리는 조심해야 한다. 왜냐하면 "그 자신을 통제하도록 당신을 이용하는 자는, 그가 당신을 잘 알고 있어서 당신이 그렇게 하도록 유도한 것이다." 문자적으로 통제한다고 다 강자가 아니다. 자신을 통제하도록 상대를 조종하는 자가 더 강자이다. 약자이어서 행동할 수 없어 꾀를 낸다. 그래서 하나님은 말보다 행동하는 자에게 보상을 준다고 지옥의 잠언은 말하고 있다. "말보다 행동하는 자의 기도를 하나님은 들어주신다" 말했고, "기도가 행동은 아니다! 찬양한다고 모두 다 이룰 수 것은 아니다!"라고 말했다. 욕망을 행동으로 옮길 수 없는 자가 남을 가르치려든다. 행동하지 않고 말하려 한다. 그러나 욕망이 행동으로 드러나지 않으면 "고인 물에 독이 있다"라는 잠언과 같이, 행동으로 옮겨지지 않은 욕망은 썩어 질병을 낳는다. 타인의 행동을 억제하거나 부정하는Negative 자가 되지 않으려면, 행동하는Active 자가 되어야 한다. 내가 하지 못하면 남이 해야 한다.

상대방을 약자로 만들어 자신을 강자의 위치에 놓고 군림하려는 논리를 우리는 종교에서 볼 수 있다. 인간이 가장 통제하기 어려운 곳이, 인간에게 즐거움을 주는 욕망이다. 종교는 인간에게 가장 기쁨을 주는 곳을 죄로 포장하여, 인간을 영원히 죄의 굴레에 가두어 놓고 통제하려 한다. 인간의 욕망을 통제 수단으로 삼는 종교의 사제들을 지적하며, 지옥의 잠언은 "애벌레가 알을 낳기 위해 가장 건실한 나뭇잎을 찾듯이, 사제는 교인들이 가장 즐거워하는 것들에 저주의 말을 퍼붓는다"라고 했다. 인간의 기쁨의 원천인 욕망이 없으면 인간도 없다. 욕망이 인간의 활력Energy이고 생명이다. 욕망을 부정하면 생명을 부정하는 것이다. 그러나 종교를 만든 사제들은 인간의 욕망에 죄의 덫을 놓아 저주한다. 욕망이 생명이니 누구나 사제의 덫에 걸려들지 않을 자가 없다. 인간의 욕망에 덫을 놓아 저주를 내린 종교의 신비는 거짓이고, 사기Deceit이다. 블레이크는 그의 시 「인간이 만든 것」("The Human

Abstract")에서 사제들(애벌레)과 교인들(파리)은 사기의 열매를 맺는 교회의 신비의 나무를 가꾸는 일에 공조하고 있다고 쓰고 있다.

Soon spreads the dismal shade
Of mystery over his head;
And the Caterpillar and Fly
Feed on the Mystery

And it bears the fruit of Deceit,
Ruddy and sweet to eat
And the Raven his nest has made
In its thickest shade

...

곧 그의 머리 위로
신비의 어두운 그림자가 펼쳐지고,
애벌레와 파리가
그 신비를 먹고 산다.

그 신비에 먹음직한 붉은
사기의 열매가 열리고
그리고 까마귀가 짙은 나무 잎 속에
집을 짓는다.

...

시에서 신비의 나무는 인간들이 숭배하기 위해 우상으로 만들어놓은 가짜 생명나무이다. 블레이크는 「독 열매 나무」("A Poison Tree")에서도 종교란 신비의 나무에 열린 열매를 몰래 따먹고 죽은 한 사람의 이야기를 쓰고 있다. 그가 보기에 맛있을 것 같아서 먹은 열매는 영원한 생명에 이르는 생명의 열매가 아니라 사기의 열매, 즉 독이든 열매였다. 덫을 놓은 열매이다. 위의 시 「인간이 만든 것」("The Human Abstract")에서도 신비의 나무속에 죽음의 상징인 까마귀가 둥지를 틀고 있다. 인간이 만든 종교에는 하나님이 머무르지 않아 신성이 없다. 그래서 그곳에 머무르는 누구나 생명이 아니라 죽음에 이르게 될 것이다.

　무지하여 저지른 죄라 할지라도, 그 죄가 용서되지 않는다. 죄를 짓지 않으려면 우리는 깨어있는 지성으로 사물을 바라보아야 한다. 무지의 죄를 짓지 않기 위하여, 그리고 사물을 올바르게 이해하기 위하여, 우리는 문자 그대로의 의미를 지닌 "눈 만"with the Eye으로 사물을 보는 것이 아니라, 문자적 의미를 지나쳐through the Eye "지성의 눈으로" 사물을 바라보아야 한다. 블레이크의 시 「영원한 복음서」("The Everlasting Gospel," 1818)에는 우리의 영혼이 잠들어 지성의 눈으로 사물을 보지 못하면, 우리는 죄에 빠지게 된다고 말하고 있다. 무지하여 짓는 죄에 대하여 말하고 있다.

Humility is only doubt,
And does the Sun & Moon blot out,
Rooting over with thorns & sterns
The buried Soul & all its Gems.
This Life's dim Windows of the Soul
Distorts the Heavens from Pole to Pole
And leads you to Believe a Lie
When you see with, not thro', the Eye

That was born in a night to perish in an night,

When the Soul slept in the beams of Light.

Was Jesus Chaste? or did he, &.

겸허함Humility에는 의심이 포함되어 있어서,

태양 빛과 달빛을 가리고,

묻혀있는 영혼과 그 영혼의 보석들 모두를

가시와 줄기 채 뽑아버린다.

영혼이 잠들어 밝은 빛 내지 않아,

밤에 태어나 밤에 죽어버리는,

눈으로만 보고, 눈을 통해 보지 않는,

우리 인생의 희미한 창인 영혼은

하늘을 처음부터 끝까지 비비 꼬아

우리가 거짓을 믿게 한다.

(Blake 1970, 143)

그래서 블레이크는 「최후 심판의 환상」("A Vision of the Last Judgement," 1810)에서 "지성 없이 신성함만 갖춘 바보는 천국에 갈 수 없다"고 했다.

인간이 자신의 욕망Passion을 억제하고 통제하거나, 욕망을 전혀 갖지 않아서 천국에 가는 것은 아니다. 자신의 지성Intellect을 갈고 닦아야 천국에 간다. 천국의 보물은 욕망을 부정한 결과물이 아니다. 지성의 결과물이다. 지성의 결과로, 모든 욕망이 영원한 영광의 옷을 입고 거침없이 분출해 나온다. 지성 없이, 신성만 갖춘 바보는 천국가지 못한다. 신성함Holiness 이 천국의 입장료는 아니다. 천국 입장을 거부당한 자들은, 지성이 없어서 자신의 욕망도 갖지 못한 자들이다. 그들은 자신들의 모든 빈약함과 잔인함의 기술을 총동원하여, 타인을 규제하고 통제하는 일에 인생을 다 소진한 자들이다. (Blake 1970, 132)

구약의 「잠언」은 지혜의 책이다. 지혜로 총명함을 가져야 천국에 간다. "오전에 생각하고, 오후에 행동하고, 저녁에 먹고, 밤에 잠자라"라는 지옥의 잠언은 문자적인 의미로 보면, 일상적인 삶의 형식을 말하고 있다. 그러나 이와 같은 삶의 규제와 통제는 우리의 순수한 욕망과는 전혀 상관없이 일상사의 틀 속에 인간의 삶을 규격화한 것에 지나지 않는다. 우리가 우리의 삶을 통제하고 있다고 생각하지만, 우리는 어떠한 형식으로든 통제당하고 있다. 외부로부터 통제받고 있지 않다면, 적어도 그는 자신의 망령Spectre으로부터 통제받고 있다. 누구나 가지고 있는 자신의 망령이라고 할 자기-본위Selfhood 또한 만들어진 것이다. 자신의 망령은 "순수한 자신의 인간성"Humanity이 아니다. 블레이크의 비망록에서 다음의 시를 보자(Blake 1970, 50-1).

Each Man is in his Specter's power
Until the arrival of that hour,
When his Humanity awake
And cast his own Spectre into the Lake.
And there to Eternity aspire
The selfhood in a flame of fire
Till then the Lamb of God...

인간은 자신의 망령에 사로잡혀 있다.
자신의 본 모습Humanity이 깨어나

자신의 망령을 호수에 던져 버리는
바로 그 순간까지.
하나님의 어린 양이 올 때까지는,
화염에 휩싸인 자기-본위 모습Selfhood이
영원까지 위세를 떨칠 것이다.

블레이크는 우리가 "순수한 우리의 모습"Humanity으로 깨어나기까지,
즉 하나님의 어린 양 예수가 재림하는 최후 심판의 날까지, 우리는 우리 자신
의 망령인 자기본위Selfhood의 모습으로부터 벗어날 수 없다고 말한다. 그의
시 『영원한 복음서』(*The Everlasting Gospel*)에서 하나님은 다음을 말하고 있다.
"네가 스스로를 낮추면, 너는 나에게 낮추는 것이고/ 너는 또한 영원을 사는
것이다"(Blake 1970, 139). 그러므로 우리는 늘, 예수 재림까지는 불가능한
일이기는 하지만, 나 자신의 순수한 모습이란 무엇인가를 생각하며, 자신을
낮추고 자신에게 깨어있어야 한다. 우리는 우리의 망령에서 벗어날 수 없음
을 인정하여야 한다.

우리의 모든 욕망이 통제당하고 규제당한 자연 상태에서, 우리가 표현
하는 기쁨과 슬픔은 순수할 수가 없다. 그래서 잠언은 "기쁘다고 웃지 마라!
슬프다고 울지 마라!"라고 말한다. 우리는 정말 슬퍼서 울고, 정말 기뻐서 웃
는 것인가? 우리가 하는 행동은 어떠한가? 우리가 하는 행동이 바보짓이 아닌
줄 어떻게 알겠는가? 남들이 하는 바보 행동을 보고, 남들의 바보 행동과 다
른 행동으로 우리 행동의 좌표를 삼는 것은 아닐까? 그렇다면 "상대가 바보짓
을 하지 않았다면, 우리가 할 수도 있었을 것이다." 도덕과 규범에 근거한 똑
같은 행동이 남들이 했을 때는 바보 행동으로 보이고, 우리가 무의식적으로
행했을 때는, 내가 바보 행동을 했다는 사실을 모를 수 있다. 우리는 거울을

보고서야 우리의 모습을 알 수 있다. 우리에게 있어서 타인은 우리를 바라볼 수 있는 거울이다. 타인을 통해 우리는 우리의 모습을 본다. 타인이 없다면, 우리는 우리의 모습을 볼 수 없다. 우리를 알 수 없다.

자연의 세계를 떠난 상상의 세계인 천국에서만이 진정한 기쁨이 있다. 천국은 거짓 없이 순수한 기쁨이 있는 곳이다. 천국에서 경험하는 "진정한 기쁨의 정수는 더럽혀지는 법이 없다." 자연세계에서 우리가 충분하다 말하는 것도 진정한 기준이 아니다. 나의 기준은 나에게 이득이 되는 기준이고, 타인의 기준은 타인에게 이득이 되는 기준이다. 내가 충분하다 말하면 나의 기준에 충분한 것이고, 남들이 충분하다 말하면 그들의 기준에 충분하다 말한 것이다. 그러니 우리가 무엇을 안다고 할 때도, "충분함 그 이상을 모른다면, 충분히 안다 말할 수 없다." 나의 기준과 타인의 기준을 넘어서는 기준이 진정한 기준이다. 자연세계의 사람들은 두 부류이다. 강자가 있고, 약자가 있다. 그리고 두 부류의 기준도 다르다. 기준은 모두 각각 자신의 부류의 이득을 대변한다. 약자가 강자를 꾸짖어 강자로부터 이득을 취하고자하는 기준은, 강자의 자비(사랑)와 약자의 궁휼함(무능함)이고, 강자가 약자를 꾸짖어 약자로부터 이득을 취하고자하는 기준은, 약자의 순종과 강자의 권능이다. 그러나 꾸짖음의 정치학에서 꾸짖음은 강자의 몫이지, 약자의 몫이 아니다. 그런데 약자인 광대가 강자인 왕을 꾸짖고 왕이 광대의 말에 귀를 기울인다면, 그 왕은 꾸짖음의 정치학을 위반하고 새로운 질서의 이상향을 꿈꾸는 왕이다. "광대의 꾸짖음에 귀 기울여라! 왕의 마음이다!" 높은 곳에서 아래로 내려온 예수이다.

예수의 제자들은 자신들이 직접 예수를 선생으로 선택하였던, 아니면 그들이 예수로부터 직접 선택을 받았던, 역사 이래 가장 훌륭한 선생을 가지는 행운을 누렸던 사람들이다. 그들은 위대한 선생을 만나, 선생의 제자가 되어 복음서를 쓰는 영예를 누렸다. 블레이크는 래버터Lavater의 책 『인간에 관한 경구들』(*Aphorisms on Man*)을 읽으며 책 귀퉁이에, "그가 좋은 영혼과 교류했느냐 아니면 나쁜 영혼과 교류했느냐에 따라서, 그는 좋은 사람이거나 나쁜 사람이다. 누구와 교류했느냐를 말하면, 나는 당신의 직업이 무엇인지 말해 줄 수 있다"(Blake 1966, 88)라고 메모하였다. 우리가 인생에서 누구를 만났느냐가 바로 우리의 정체성을 말해준다는 것이다. 지혜를 추구하는 사람이면 누구나 지혜가 있는 곳에 머물러 있어야 한다. 밤하늘을 바라보아야 별을 볼 수 있듯이, 태양을 정면으로 바라볼 수 있는 유일한 새인 독수리를 닮아 진리의 빛을 정면으로 마주할 수 있는 사람이라야 진리를 추구하는 진정한 시인이라 할 수 있다. 진리를 추구하려면, 진리의 빛이 흘러나오는 곳인 높은 태양을 바라보아야 할 것이다. "독수리를 보면 천재성이 보인다. 머리를 높이 들어라!" 진리의 빛을 따라 하늘 높이 머리를 들고 살았던 예수의 사도들은 모두 천재들이었고, 진정한 시인들이었다. 사도들은 자신들의 욕망의 충만함을 맛보았던 축복받은 영혼들이었다. 진리의 빛을 따라 살았던 예수의 사도들과 달리, 진리의 빛을 따르지 않고 땅만 바라보는 지옥의 악한 영혼들은 스스로 약자의 위치로 내려갔다. 그들은 진리의 빛을 정면으로 바라볼 수 있을 만큼 강한 영혼들이 아니어서, 늘 불만과 시기심으로 타인의 욕망을 규제하고 억압하고 부정함으로, 타인의 욕망을 축소하였고 저주하였다. 스스로 약자가 된 악한 영혼들은 타인의 욕망을 저주하여 억압하고, 선한 영혼은 강자로 타인의 욕망을 사랑과 자비로 축복하여 그를 자유롭게 할 것이다. "저주는 조이고, 축복은 풀어준다." 저주는 부정이고, 축복은 긍정이다. 저주는 없다 하고, 축복은 차고도 넘친다 한다. 저주는 기근이고, 축복은 풍요이다.

블레이크에게 있어서 상상력Imagination과 영원함Eternity 그리고 환상Vision이란 낱말들은 모두 동의어들이었다. 그리고 이들 영원한 이미지들은 모두 개체성Individuality을 지녔다고 했다. 즉, 개체만이 영원히 죽지 않은 상태로 살아남는다. 개별적 개체만이 영원하다. "일반화한 지식은 명확하지 못하고, 명확한 개별적 개체의 지식만이 지혜이고 행복이다. ... 시가 어느 철자 하나 의미 없는 것 없듯이, 회화 작품에 그려진 모래 한 알, 또는 풀잎 하나 의미 없는 것 없다"(Blake 1970, 125). 각각의 개체는 영원함 속에서 다시는 반복될 수 없는 그 자체이기에 영원하여, "모두가 영원하다. 영원함을 생각하면 한 개체가 다른 개체로 변한 것은 없다. 각각의 개체는 영원하다"(Blake 1970, 118-9). 블레이크의 시 「순수의 징후들」("Auguries of Innocence")에서 우리는 손 안에 움켜 쥔 한 알의 모래알 속에서 영원성을 본다(Blake 1966, 431).

To see a World in a Grain of Sand
And a Heaven in a Wild Flower
Hold Infinity in the palm of your hand
And Eternity in an hour.

모래 한 알에서 세계 보고
꽃 한 송이에서 하늘 보고,
손바닥 안에 무한함 붙잡고
한 시간 안에 영원함 붙잡는다.

모래 한 알과 꽃 한 송이는 하나의 개체로 영원함 속에서 바라보면, 그 둘은 다시는 없을 영원한 것들이다. 다시는 없을 영원함의 이미지들이다. 손바닥 안에 무한한 공간을, 그리고 한 시간에 영원함을 잡는다는 말도 마찬가지다. 이전이나 이후에나 다시는 없을 개체성을 고려한다면, 그 공간 그 시간은 영원함의 이미지들이다. 그러니 지옥의 잠언 "작은 꽃 하나를 피우기 위해 수천 년이 수고해야 한다"는 말은, 지금 이곳에 피어있는 작은 꽃을 피우기 위해 과거의 영원함이 있었고 다시는 그와 같은 꽃이 피어날 수 없으니, 그 꽃 속에는 과거는 물론 미래의 영원함도 함께 하고 있다는 뜻이다. 그리고 추상적인 4원소들이 영원함의 이미지들로 사물의 모습을 띠고 있다. "불의 눈, 공기의 콧구멍, 물의 입, 땅의 수염." 이들 4원소들은 은유들로, 불의 눈은 태양이고, 공기의 콧구멍은 바람이고, 물의 입은 바다로 흘러드는 강물이고, 땅의 수염은 숲이다. 이들 이미지들은 은유가 되어 영원함의 옷을 입는다. 우리는 화분에 있는 한 포기 난초의 가녀린 잎줄기 안쪽으로 흐르는 물줄기에서 태고부터 흐르는 강물과 바다의 물결소리 들을 수 있고, 난초꽃이 처음 꽃잎들을 피울 때 천지 창조의 천둥소리를 들을 수도 있고, 난초 꽃향기에서 에덴동산의 태고의 냄새를 맡을 수도 있다. 난초는 그렇게 과거와 미래의 시공간을 잇는 영원함의 이미지가 된다.

Blake, William. *Complete Writings*. Ed. Geoffrey Keynes. London: Oxford UP, 1966.
Blake, William. *The Note-Book of William Blake Called Rossetti Manuscript*. Ed. Geoffrey Keynes. New York: Cooper Square Publishers, 1970.

CHAPTER 10
__ 판화 10

Proverbs of Hell

The head Sublime, the heart Pathos, the genitals Beauty, the hands & feet Proportion.

As the air to a bird or the sea to a fish, so is contempt to the contemptible.

The crow wish'd every thing was black, the owl, that every thing was white.

Exuberance is Beauty.

If the lion was advised by the fox, he would be cunning.

Improvent makes strait roads, but the crooked roads without Improvement, are roads of Genius.

Sooner murder an infant in its cradle than nurse unacted desires

Where man is not nature is barren.

Truth can never be told so as to be understood, and not be believd.

Enough! or Too much.

판 화 10

지옥의 잠언들

머리는 숭고이고, 가슴은 비애이고, 생식기는 절묘함이고, 손과 발은 균형이다.

새가 공기에, 물고기가 바다에 있듯이, 경멸은 경멸할만한 대상에 있다.

까마귀는 모두 검었으면 하고, 올빼미는 모두 희었으면 한다.

넘쳐나야 아름답다.

사자가 여우에게 충고를 구하면, 그 사자는 영리하다.

개선한다고 도로들 곧게 펴보지만, 개선함 없는 굽은 길들이 천성Genius이다.

실현되지 않는 욕망을 키우기보다, 요람에 있을 때 새끼 욕망을 없애는 것이 낫다.

인간이 없는 곳의 자연은 황폐하다.

진리란 말해서 이해될 수 있는 것 아니고, 믿음으로 되는 것도 아니다.

충분히 하라! 지나치게 하라!

*

판화 10에는 지옥의 잠언들을 마지막으로 끝내며, 그 잠언들을 기록하고 있는 3명의 인물들의 모습이 그려져 있다. 이들은 지옥의 잠언들 내용을 끝내는 바로 그 밑에 그려져 있다. 그림 위에 있는 지옥의 잠언들이 쓰여 있는 행들 사이에 그려놓은 식물들과 인간들 그리고 새들은 모두 환희로 가득한 천국의 춤을 추고 있다. 그러나 그 형상들도 모두 문장 사이의 행간에 그려져 있어, 글자 사이에 갇혀있는 즐거운 욕망들은 아닐까 하는 의심이 들기는 한다. 지옥의 잠언 쓰기를 모두 마치고, 그 잠언들의 내용을 기록하고 있는 3사람을 보자. 그림의 한 가운데 박쥐 날개를 한 지옥의 천사가 악마가 되어 무릎을 꿇고 자신의 무릎 위에 올려놓은 두루마리 문서를 손으로 지적하며, 왼편에 앉아 있는 사람에게 무언가 이야기를 하고 있다. 그리고 왼편에 앉아 있는 사람은 그 악마가 말하고 있는 것을 부지런히 적느라 얼굴도 잘 보이지 않는다. 그리고 오른편에 앉아있는 사람은 왼편 사람이 적은 것을 다시 옮겨 쓰려고 왼쪽 사람 방향으로 목을 돌리고 앉아있다. 그림은 지식을 전달하는 과정을 우화로 보여주고 있다. 흥미로운 것은 왼쪽에서 악마의 말을 받아쓰는 사람이 있는 쪽은 밝은 색깔로, 오른쪽에서 왼쪽 사람이 쓴 것을 보고 다시 기록하고 있는 오른쪽 사람이 있는 곳은 어두운 색깔로 그려있어서, 마치 원본과 사본의 이해 정도의 차이를 구별하여 보여주고 있는 듯하다.

**

산문 시 「최후 심판의 환상」("A Vision of the Last Judgement," 1810)에서 블레이크는 우화Fable와 알레고리Allegory, 그리고 환상Vision을 구별하여 설명하고 있다. 상상력과 구별 없이 동의어로 사용하는 환상은 "영원히 변함 없이 존재하는 진실을 드러내 보여주는" 수사 기법으로, 우화와 알레고리가 "기억Memory의 딸들"에 에워싸여 있는 반면, 환상은 "영감Inspiration의 딸들"에 에워싸여 있다(Blake 1970, 117). 이솝Aesop의 『우화집』(*Fables*)에서 볼 수 있듯이, 우화란 인간의 모습을 한 생물이나 무생물이 인간처럼 살아가며 인간이 생활에 파묻혀 깨닫지 못하고 있었던 문제점들을 지적해 주는 방식으로 도덕적인 교훈을 보여주는 짧은 이야기이다. 그리고 알레고리란 예술 작품 속 인물들이나 사건들이 이념Idea이나 개념Concept을 상징하거나 재현해 내는 방식으로 이야기를 구성하는 수사 기법으로, 우리는 알레고리의 수사를 통하여 복잡한 이념이나 개념을 쉽게 이해할 수 있다. 블레이크가 우화와 알레고리를 "기억의 딸들"이라 말한 것은, 이들 두 수사는 모두 이미 과거에 존재해 있었던 것들로 도덕적 판단이 이미 내려진 개념이나 이념을 알기 쉽게 전달해주는 것이 목적이기 때문이다. 이 두 수사는 과거의 도덕적 판단을 현재로 끌고 와서 알기 쉽게 설명하는 방식을 취하고 있다. 그러나 이들 두 수사들과 달리, 블레이크가 "영감의 딸들"이라고 말한 환상Vision은 창조적이고 미래지향이다. 환상은 현재의 도덕을 새롭게 재해석하거나, 아니면 현재의 도덕을 부정하는 방식으로 전혀 새로운 도덕의 창조를 시도하며 미래를 열어간다. 우화와 알레고리는 과거를 현재에 수용하고, 환상은 과거와의 단절로, 현재가 새로운 미래를 열어갈 대안을 제시한다.

지옥의 잠언들은 대부분 상상이나 환상의 수사로 읽혀져야 한다. 환상을 통해 인간이 영원히 변하지 않을 영원함의 이미지가 되기 위해서는, 인간의 "머리는 숭고이고, 가슴은 비애이고, 생식기는 절묘함이고, 손과 발은 균형"이어야 한다. 숭고Sublime나 비애Pathos나 절묘함Beauty이나 균형Proportion은 모두 미학과 관련된 개념들이다. 인간이 영원함의 이미지로 인식되기 위해서 그는 미적 인간, 아름다운 인간이 되어야한다. 환상 속 아름다움이란 이성의 한계를 뛰어넘는 상상과 같이 "넘쳐나야 아름답다." 모자람이 없는 정도가 아니라, "충분히 하라! 지나치게 하라!"라는 말과 같이 한계를 극복하는 정도가 아닌, 한계를 넘어 무한을 추구하여야 한다. 진리란 변함없는 영원함 속에서만 존재하는 까닭에 "진리란 말한다고 이해되는 것 아니고, 믿는다고 가능해 지는 것도 아니다." 말이나 믿음은 모두 한계를 정하여 의미를 규정한다. 그러므로 진리를 "말"하거나, 진리에 대한 "믿음"을 가진다는 말은 다른 의견을 배제하는 배타성이 내포되어 있다. 주장하는 진리는 폭력이다. 진정한 진리라면 이성의 제어와 통제를 벗어난 과도함이 있어야, 자유로울 수 있어 아름답다. 자유롭게 분출하는 욕망을 이성의 규제로 억압하면, 고인 물이 썩어 독이 되듯이 갇혀 있는 욕망이 독이 될 수 있으니, "실현되지 않는 욕망을 키우기보다 아직 요람에 있는 새끼 욕망을 없애는 것이 낫다."

블레이크는 "모든 개체가 영원하다"고 말한다(Blake 1970, 119). 창조물은 모두 자기 개체성을 지키기 위하여 자신의 위치에서 행동하고 말하며 자신들로부터 떠나 있으려 하지 않는 까닭에, "까마귀는 모두 검었으면 하고, 올빼미는 모두 희었으면 한다." "사자가 여우에게 충고를 구하면, 그 사자는 영리하다"라고 했듯이, 천성을 버리는 행동했을 때 그 행동은 진리에서 벗어난 행위이기에 우리는 그 행동의 거짓 의도를 파악해야 한다. 사자와 같이 강자가 강자이기를 포기하는 말을 할 때, 그 의도를 읽을 줄 알아야 한다. 그는 거짓을 말하고 있기 때문이다. 강자가 약자인 체하거나, 약자가 강자인 체하면, 그곳에 거짓과 속임수가 있다. 천성을 유지하는 것이 진리의 길이니, "개선한다고 도로를 곧게 펴보지만, 개선함 없는 굽은 길이 천성이다." 그리고 "새가 공기에, 물고기가 바다에 있듯이, 경멸은 경멸할만한 대상에 있다."

낭만주의 시인들이 생각하였던 자연Nature과 블레이크의 자연과는 차이점이 있다. 낭만주의 전통을 만들어낸 루소Rousseau는 "자연"과 "순수함" 그리고 "자유"를 동의어로 묶어 낭만주의 신화를 만들어냈다. 그의 책 『사회계약론』의 제1장은 이렇게 시작되고 있다. "인간은 자유롭게 태어났지만, (태어나자마자 곧) 모두들 나서서 사슬로 꽁꽁 묶는다. 자신이 타인을 통제하고 있다고 생각하는 사람은 사실상 타인보다 더 큰 노예 상태에 놓여있다. 어떻게 이런 변화가 일어났을까? 어떻게 그런 일이 합법화되고 있는가?"(2). 인간은 태어나자마자 주위의 사람들이 그를 그들 사회의 적응자로 만들기 위해 교육시킨다. 가정교육이든 학교교육이든 아니면 사회규범교육이든, 이들 교육제도들은 모두 억압구조이다. 루소는 자신이 남들을 통제하고 있다고 생각하는 인간은 더 큰 노예상태에 있다고 말한다. 왜 그는 남들을 통제하려하는가? 그는 통제하려는 욕망에 사로잡혀 그곳에서 벗어날 수 없는 노예상태에 놓여있다. 그래서 루소는 순수함으로 돌아가라고, 속박되지 않는 자유 상태의 추상적 자연 상태로 돌아가라고 말한다. 도시보다는 억압이 덜한 시골의 자연으로 돌아가라는 말을 하였다. 그러한 교육관으로 그가 쓴 책이 『에밀』(*Emile*)이고, 이 책은 낭만주의의 성경이 되었다. 낭만주의자들은 루소의 그런 자연관을 믿고, 그의 자연을 찬양하며 노래하였다. 루소의 자연이 곧 낭만적 자연이 되었다.

그러나 블레이크가 생각하는 "자연"은, 인간의 타락과 함께 타락하였다. 그 자신은 낭만주의자로 분류되지만, 그는 루소나 낭만주의자들과 같이 자연이 순수하거나 자유와 동의어라 생각하지 않았다. 그의 자연은 우리를 구속하고 제어하며 통제하는 타락한 자연이다. 그는 자연이 상상력과 반대라고 생각했다. 자연은 5감각만으로 사물을 바라보는 것을 의미하여, 상상력이 배제된 제한성과 억압과 통제와 유한함의 은유였다. 그의 자연은 이성과 동의어로, 무한과 영원함을 경험할 수 있는 상상력을 통해서만 얻을 수 있는 신성하고 숭고한 이미지들을 생산해내지 못한다. 그래서 "인간이 없는 곳의 자연은 황폐하다." 상상력이 부재한 자연은 황폐하다.

Blake, William. *The Note-Book of William Blake Called Rossetti Manuscript*. Ed. Geoffrey Keynes. New York: Cooper Square Publishers, 1970.

Rousseau, Jean-Jacques. *The Social Contract*. Trans. Maurice Cranston. Penguins Books, 2006.

CHAPTER 11
__ 판화 11

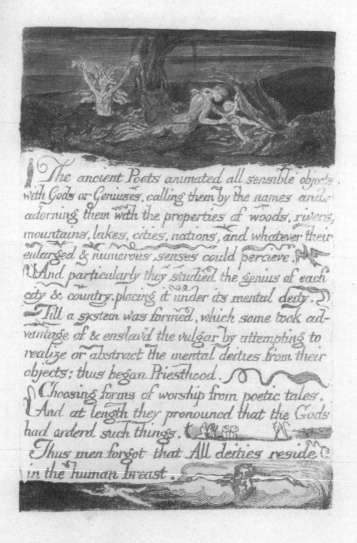

The ancient Poets animated all sensible objects
with Gods or Geniuses, calling them by the names and
adorning them with the properties of woods, rivers,
mountains, lakes, cities, nations, and whatever their
enlarged & numerous senses could perceive.
And particularly they studied the genius of each
city & country, placing it under its mental deity.
Till a system was formed, which some took advantage of & enslav'd the vulgar by attempting to
realize or abstract the mental deities from their
objects; thus began Priesthood.
Choosing forms of worship from poetic tales.
And at length they pronounced that the Gods
had orderd such things.
Thus men forgot that All deities reside
in the human breast.

판 화 11

고대 시인들은 감각으로 인지되는 모든 것을 신이나 수호신Geniuses으로 만들어 놓은 후에 그들 모두에 이름을 지어주면, 그 이름들은 숲이 되고, 강이 되고, 산이 되고, 도시가 되고, 국가가 되고, 시인들의 확대된 여러 감각이 감지할 수 있는 무엇이나 되었다.

특별히 시인들은 모든 도시나 국가의 고유한 특성들을 연구하여, 그들 도시와 국가를 그 특성을 지닌 수호신의 지배하에 두었다.

마침내 몇몇 시인들은 자신의 목적에 맞게 대상들을 마음까지 갖춘 신들로 만들어 내거나 추상화하는 방식으로, 대중들보다 우위에 서서 그들을 노예로 부릴 수 있는 체계를 만들었다. 사제 정치가 시작되었다.

사제들은 시의 형태를 갖춘 이야기들로 예배형식을 만들었고,

그들이 만든 신이 그들에게 그런 예배 형식을 만들라 명령했다고 말하였다.

그 후 사람들은 모든 신이 처음에는 인간의 마음Human Breast에서 창조되었다는 사실을 잊었다.

　　　　　　　　　　　　　*

　　판화 11은 시를 가운데 두고 위와 아래에 두 개의 큰 그림이 있다. 시의 위쪽 그림에는 하늘과 바다와 대지와 함께, 대지 위에서의 창조 신화의 세계가 펼쳐져있고, 아래쪽 그림에는 바다의 신화가 그려있는데, 수영하는 사람과 바다로부터 튀어 올라 독자를 향하여 새처럼 날아 나오는 신화 속 인물이 있다.

　　시의 위쪽 대지의 창조 신화부터 살펴보자. 새벽의 붉은 빛으로 물든 하늘을 배경으로 왼쪽에는 나무 곁에 태양이 여신이 되어, 하늘을 향해 두 팔을 벌려 쭉 뻗고 있다. 그녀는 태양을 연상시키는 해바라기 꽃모습으로 머리카락을 산발하고 대지 위로 새싹과 같이 상반신만 내밀고 있다. 그리고 태양의 여신 바로 곁 오른쪽에는 나무의 신이 물이 솟구치듯 대지로부터 식물과 같이 움터서 올라오고 있다. 나무의 신은 아직 인간의 모습을 하고 있지는 않다. 그리고 나무의 신의 앞쪽으로 대지의 어머니인 나체의 여신이 땅에 하체 일부를 묻고, 상체를 오른편으로 비스듬히 기울이고는, 불꽃같은 꽃으로부터 빠져나오는 꽃의 정령을 두 손으로 잡고 몸통을 빼내고 있다.

그리고 시의 아래로부터 세 번째 행에는 마지막 네 번째 행과 두 번째 행 사이에 그림이 그려져 있다. 그 그림은 "사제들이 시의 형태를 갖춘 이야기들로 예배형식을 만들었고, 그들이 만든 신이 그들에게 그런 예배 형식을 만들라 명령했다고 말하였다"라는 시의 내용을 그린 것이다. 그림의 오른편에는 너무나 커서 상체는 보이지 않고 두 다리만 보이는 거인이 칼을 들고 있고, 거인의 왼편에는 네 사람이 거인을 향해 무릎을 꿇고 손을 맞잡고 기도하고 있다. 그 거인은 그들 네 사람이 만들어 예배드리는 우상이다.

그리고 시의 아래쪽 바닥 그림에는 수염을 기른 바다의 신이 독수리와 같이 두 팔을 벌리고 바다로부터 빠져나와 하늘 위로 날아오른다. 그는 책 바깥으로 날아 나와 독자들을 향하고 있다. 거대한 상체를 드러내는 그는 바다를 다스리는 바다의 신 포세이돈Poseidon이다. 그리고 그 바다의 신이 날아오르자, 놀라서 바다 위를 수영하며 도망가는 인간의 모습이 왼쪽에 그려져 있다. 이 그림은 "그 후 사람들은 모든 신들이 처음에는 인간의 마음Human Breast에서 창조되었다는 사실을 잊었다"라는 시의 내용을 그린 것이다. 인간이 자신이 창조한 신에 놀라는 모습이다.

**

판화 11은 이후 5개의 「기억할만한 공상」 판화들의 서문 형식을 띠고 있다. 시의 내용을 보면, 고대 시인들이 어떻게 자연의 신들을 창조하게 되었는지, 그리고 그들이 만든 자연의 신을 위한 예배 형식은 어떻게 만들어져,

시인들이 사제정치를 시작하게 되었는지를 보여준다. **판화 11**은 자연종교 Deism의 탄생과 종교정치의 역사를 말해주고 있다.

고대의 시인들은 사물들을 이해하기 위하여 사물에 생명을 부여하고, 이름을 지어주고, 그들이 신이며 수호신이라고 했다. 그들 신과 수호신은 숲이 되고, 강이 되고, 산이 되고, 호수가 되고, 도시가 되고, 국가가 되었다. 그리고 시인들은 사물뿐 아니라, 시기심이나 기억 아니면 예술과 같이 자신들의 감각이 확장할 수 있는 모든 것에도 신과 수호신의 이름을 부여하였다. 예를 들어 희랍 신화에 등장하는 아폴로Apollo는 음악과 예술, 지식과 예언과 시의 신이며 또한 태양의 신이고, 그의 쌍둥이 누이 아르테미스Artemis는 처녀 여신으로 정결과 사냥의 여신이자 숲의 여신이며 달의 여신이다. 그리고 지혜의 여신 아테네Athena는 그리스 도시 아테네Athens의 수호신이고, 모든 신들의 왕인 제우스Zeus는 올림퍼스 산Mount Olympus의 신이고, 하늘의 신이며, 천둥과 번개와 질서 그리고 법과 운명의 신이다. 바다의 신 포세이돈Poseidon은 강과 호수와 지진과 가뭄의 신이며, 파도의 모양을 한 말들을 창조한 신이다. 그리고 후에 인간 영웅으로 신에 합류한 인물들로, 헤르쿨레스Hercules, 오르페우스Orpheus, 아킬레스Achilles 그리고 로마의 건국자 아이네아스Aeneas 등이 있다.

고대 시인들은 자연물에 신의 이름을 부여하였다. 그래서 번개의 신이 등장하고, 대지와 태양 그리고 바나의 신이 만들어졌고, 그들의 확대된 감각으로 실체가 없는 시의 신과 결혼의 신과 분노의 신 그리고 기억의 신까지 만들었다. 그러나 이들 고대 시인 가운데 일부는 "자신의 이득"Self-Interest을 위하여 대상에서 신을 떼어내어 인간과 같이 생명을 지닌 신들을 만들어내었다. 만들어진 신들은 마음까지 갖춘 생명체의 신이 되었다. 그리고 시인들은 자신들이 만든 신을 숭배하는 종교 의식을 시의 이야기로 도덕률을 만들어,

대중들로 하여금 그들을 숭배하게 하였다. 시인들은 창조신화를 도덕률의 종교로 바꾸어버렸다. 더구나 그들은 시의 형식에 신비를 더하여 난해한 종교의 교리들을 만들었다. 그리고 종교 신비주의는 그 신비를 설명해줄 사제 계급을 만들었다. 그렇게 사제 계급의 지식이 사회의 지배구조를 형성하며, 사제 정치가 시작되었다. 신비의 세계에 동참하지 못하면 신의 세계에 동참하지 못하고, 신과 함께 하지 못하면 악의 세력으로 지옥에 떨어지게 된다는 신화가 만들어졌다. 자연종교가 탄생하였다.

판화 11은 자연종교Deism의 역사를 설명하며 자연종교를 비판하고 있다. 기독교는 계시의 종교인 반면, 자연종교는 이성에 근거하여 신의 존재를 믿는 종교이다. 17-8세기 자연종교주의자들은 하나님이 세상과 세상의 자연법칙만 창조하고, 세상에는 전혀 관여하지 않는다는 믿음을 가졌다. 현재와 과거와 미래까지 영원히 하나님이 역사할 것이라는 계시종교와는 너무나 이질적인 믿음을 가진 것이 자연종교이다. 자연종교의 신은 인간이 필요에 의해 만든, 실제로는 존재하지 않는 추상화된 신이다. 만들어진 신들은 도덕률을 가지고 전지전능의 탈을 쓴 억압과 통제의 수단으로, 마치 제국의 황제와 같다. 제국과 사제 정치는 함께 성장하였다. 제국의 왕권제도가 생겨나지 않았다면, 자연종교의 전지전능한 신도 없었을 것이다. 자연종교를 따르는 여러 나라의 신들을 보면 그들의 정체성이 곧 그 나라 정치제도의 정체성과 일치하고 있다. 자연종교는 사회제도의 불평등을 합리화하기 위하여 신을 만들었다. 모두가 다 평등하다면, 그들은 신을 만들지 않았을 것이다. 공평하다면 비교할 대상이 없어, 신이 만들어지지 않았을 것이다. 가부장제나 왕의 정치제도가 마련되기 이전의 신은, 그 이후의 신과는 다른 모습이었다. 그 이전에는 왕의 개념이 없었으니, 신이 왕이 될 필요가 없었을 것이다.

블레이크는 「인간 작품」("The Human Abstract")에서 **판화 11**의 내용

이 어떻게 전개되었는가를 구체적으로 표현하고 있다(Thompson 203). 가장 눈에 띄는 변화로는 **판화 11**의 시에서 고대 시인들이 만든 신들은 처음에 "인간의 가슴"Human Breast에서 만들어졌다고 했다. 고대 시인들은 자연을 이해하기 위하여 처음에는 "자신의 이득"Selfhood과는 아무런 관계없이 상상과 환상에 근거하여 자연물들에 이름을 부여하고, 그 자연물들은 후에 신이 되었다. 이들 신은 인간의 가슴에서 만들어진 신이었다. 그러나 점차 사제 계급들은 자신의 이득에 맞는 이성에 근거한 자연종교를 만들었다. 「인간 작품」에서 자연종교의 시인들은 사제가 되어 신들을 만들었는데, 이들은 "인간의 가슴"에서 환상이나 상상으로 만들어진 것이 아니라, "인간 두뇌"Human Brain에서 이성으로 만들어진 것이다.

Pity would be no more
If we did not make somebody Poor;
And Mercy no more could be
If all were as happy as we.

And mutual fear brings peace,
Till the selfish loves increase:
Then Cruelty knits a snare,
And spreads his baits with care.

He sits down with holy fears,
And waters the ground with tears;
Then Humility takes its root
Underneath his foot.

Soon spreads the dismal shade
Of mystery over his head;
And the Caterpillar and Fly
Feed on the Mystery.

And it bears the fruit of Deceit,
Ruddy and sweet to eat;
And the Raven his nest has made
In its thickest shade.

The Gods of earth and sea
Sought thro' Nature to find this Tree;
But their search was all in vain:
There grows one in the Human Brain.

누군가를 불행하게 만들지 않는다면
연민Pity을 가질 일이 없고,
모두가 우리처럼 행복하다면
자비Mercy를 베풀 일도 없다.

이기적인 사랑들selfish loves을 쌓아가는 동안
서로 두려워mutual fear 평화Peace가 생겨나고,
무자비Cruelty가 덫을 놓고
조심스레 미끼를 가져다 놓는다.

신을 두려워하며 앉아서

땅 위에 눈물을 뿌리고
그 다음 겸손Humility이 그의 발아래
겸손의 뿌리 내린다.

곧 신비의 어두운 그림자가
그의 머리 위로 펼쳐지고,
애벌레Caterpillar와 파리Fly가
그 신비Mystery를 먹고 산다.

그 나무는 먹음직스레 실한
사기Deceit의 열매를 맺었다.
나무의 짙은 그늘 속에
까마귀가 둥지를 틀었다.

땅과 바다의 신들이
이 나무를 찾아 자연Nature을 쏘다녔지만,
그들의 추적은 모두 허사였다.
그 나무는 인간의 두뇌Human Brain 속에서 자란다.

「인간 작품」("The Human Abstract")은 자연종교의 신이 만들어지는 과정을 이야기하고 있다. **판화 11**에서 최초의 고대 시인들은 "인간의 마음," 즉 상상과 환상으로 신을 만들었다. 그러나 「인간 작품」에서 인간들은 "인간의 두뇌," 즉 이성과 5감각을 통하여 신을 만들었다. 그래서 이성에 의하여 만들어진 신의 네 가지 이미지들, 사랑Love, 자비Mercy, 연민Pity, 평화Peace는 신과는 상관없이 인간들이 자신의 이득을 위하여 만든 사회제도와만 맞물려

있다. 선한 신의 이미지들이 인간의 이미지로 바뀌어 "악"의 의미를 갖게 되었다. 사랑은 이기심에서 비롯된 인간의 사랑으로 변하고, 평화는 전쟁발발 이전에 존재하는 긴장상태일 뿐이다. 강자가 약자들을 수탈하여 권력과 권위를 획득하여 자비와 연민과 사랑을 베풀 수 있는 자리에 앉아 있게 되면서, 선한 신의 네 가지 이미지들은 강자가 약자를 통제하고 억압하는 수단이 되었다. 종교도 마찬가지이다. 사제들은 인간이 도저히 감당할 수 없을 교리들로 인간의 욕망을 억제하여 선과 악을 나누는 신비Mystery의 나무를 키우고 있다. 그리고 사제Caterpillar와 신도Fly 모두 신비의 나무 열매를 먹는다. 그러나 그 열매는 사제들이 자신의 이기적인 자아로 만들어, 신비의 나무를 키워 맺은 "사기의 열매"the fruit of Deceit이다. 최초의 고대 시인들이 "인간의 가슴"Human Breast에서 상상과 환상을 통해 만들어낸 지상과 바다의 신들이 아무리 이 신비의 나무를 찾아 세상을 다 뒤져봐도 소용이 없다. 그 나무는 환상과 상상의 나무가 아니다. 그 나무는 자신의 이득을 위해 이성에 근거하여 "인간의 두뇌"Human Brain에서 자라고 있는 나무이다. 자연종교의 신은 인간의 이성으로 만든 인간 작품이다. 사제들이 자신의 이득을 취하기 위해 자신들의 이성에 따라 신비의식을 만들어 그 속에 신을 가두어 놓고, 자신들을 합리화하고 합법화하고 신비화하는 자연종교의 역사이다. 자연종교는 사제 계급을 위한 사제들의 종교이다.

Thompson, E. P. *Witness against the Beast: William Blake and the Moral Law.* Cambridge: Cambridge UP, 1993.

CHAPTER 12
__ 판화 12-13

A Memorable Fancy.

The Prophets Isaiah and Ezekiel dined with me, and I asked them how they dared so roundly to assert, that God spoke to them; and whether they did not think at the time, that they would be misunderstood, & so be the cause of imposition.

Isaiah answer'd. I saw no God, nor heard any, in a finite organical perception; but my senses discover'd the infinite in every thing, and as I was then perswaded, & remain confirm'd; that the voice of honest indignation is the voice of God, I cared not for consequences but wrote.

Then I asked: does a firm perswasion that a thing is so, make it so?

He replied. All poets believe that it does, & in ages of imagination this firm perswasion removed mountains; but many are not capable of a firm perswasion of any thing.

Then Ezekiel said. The philosophy of the east taught the first principles of human perception some nations held one principle for the origin & some another; we of Israel taught that the Poetic Genius (as you now call it) was the first principle and all the others merely derivative, which was the cause of our despising the Priests & Philosophers of other countries, and prophecying that all Gods would

would at last be proved to originate in ours & to be the tributaries of the Poetic Genius, it was this. that our great poet King David desired so fervently & invokes so patheticly, saying by this he conquers enemies & governs kingdoms; and we so loved our God, that we cursed in his name all the deities of surrounding nations, and asserted that they had rebelled; from these opinions the vulgar came to think that all nations would at last be subject to the jews.

This said he, like all firm perswasions, is come to pass, for all nations believe the jews code and worship the jews god, and what greater subjection can be I heard this with some wonder, & must confess my own conviction. After dinner I askd Isaiah to favour the world with his lost works, he said none of equal value was lost. Ezekiel said the same of his.

I also asked Isaiah what made him go naked and barefoot three years? he answerd, the same that made our friend Diogenes the Grecian.

I then asked Ezekiel, why he eat dung, & lay so long on his right & left side? he answerd, the desire of raising other men into a perception of the infinite this the North American tribes practise. & is he honest who resists his genius or conscience, only for the sake of present ease or gratification?

판 화 13

기억해야할 공상

선지자 이사야Isaiah와 에스겔Ezekiel이 나와 식사하였다. 하나님이 그들에게 직접 말했다고 그들이 감히 주장할 수 있느냐, 당시 자신들이 잘못 알고 있는 것 아닌가 하여, 혹시 그 일로 부담되지는 않았냐고 물었다.

이사야가 대답했다. "제한된 물리적 의미로 말하면, 나는 하나님 보지 못했고, 그의 음성 듣지도 못했다. 그러나 나는 총명하여 모든 것에서 무한성을 찾는다. 당시 나는 정직한 분노의 음성이 하나님 음성이라 믿었고, 지금도 확신한다. 결과는 걱정하지 않고 기록했다."

나는 다시 물었다. "일이 일어났다는 확고한 믿음만 있으면, 그 일이 정말 일어난 것인가?"

그가 대답했다. "모든 시인들이 그렇게 믿는다. 상상을 믿었던 시대는 확고한 믿음만으로 산들을 옮겼다. 그러나 현재 많은 사람들은 작은 것조차 확고한 믿음이 없다."

그러자 에스겔이 말했다. "동방 철학이 우리에게 인식의 제1원리를 가르쳐 주었다. 어느 국가는 인식의 기원으로 이런 원리를, 다른 나라는 또 다른 원리 주장한다. 그러나 우리 이스라엘 국가는 (당신이 그렇게 말하듯이) '시 창조 원리'Poetic Genius가 제1원리이고, 나머지는 모두 그 제1원리의 곁가지라고 가르쳤다. 우리가 다른 나라 사제들은 물론 그들의 철학까지 경멸하는 이유가 거기에 있다. 우리는 모든 신들이 결국 우리에게서 출발하였고, 그들 모두 시 창조 원리의 아류라고 예언하였다. 그 원리를 가지고 우리의 위대한 시인 다윗 왕은 적들을 정복하였고, 왕국을 다스렸다. 그 원리 덕분이다. 그는 그 원리를 굳게 잡고, 처절히 기도했다. 우리는 우리 하나님을 매우 사랑하는 까닭에, 이웃 나라 신들을 우리 하나님 이름으로 저주하고, 그들의 신이 우리 하나님에게 반역했다고 주장했다. 이 말을 듣고 무지한 자들은 모든 민족이 마침내 유태인들의 신하가 될 것이라 생각하게 되었다."

그가 말했다. "이런 일이 벌어질 것이라는 확고한 믿음이 나에게 있다. 모든 나라 백성이 유태의 규범을 믿고, 유태의 신을 숭배하는데, 그보다 더 신하 됨이 무엇이 있겠는가?"

나는 이 말에 놀라서, 나도 그렇다고 고백해야 했다.

식사 후 내가 이사야에게 그의 분실된 책들의 내용을 세상에 알려줄 수 없느냐고 묻자, 그는 가치로 따질 수 있는 것은 아무것도 분실되지 않았다고 말했다. 에스겔도 그의 분실된 책들에 대해 똑같은 말을 했다.

또 왜 3년 동안 옷도 입지 않고 맨발로 살았냐고 이사야에게 묻자, "희랍인 디오게네스Diogenes와 같은 이유이다"라고 그는 말했다.

그리고 왜 똥을 먹고, 오른편이나 왼편으로 그렇게 오랫동안 누워있었냐고 에스겔에게 묻자, "상대를 무한의 감각으로 끌어올리려고 그랬다. 북미 인디언들도 그렇게 한다. 현재의 안일함과 만족감에 빠져서, 자신의 창조력과 자신의 양심을 거역한다면 그는 정직한 사람이 아니다"라고 그는 말했다.

*

　판화 12-13에 있는 작은 그림들은 모두 시행들의 빈 공간에 그려져 있다. 새들과 두루마리 책, 뱀을 비롯한 모든 동물들, 심지어 글자 모양들까지 모두 상상의 세계에서 자유를 만끽하며 날아오르고 뛰어오르고 천국을 꿈꾸고 있는 영혼들이다. 그 형상들은 중력의 지배를 받지 않는 육체이고 물질이고 의미를 강요받지 않는 실체들이다. 그들은 바닷물 속을 유영하고 있는 부유 물질들과 같이 우주를 자유롭게 떠다닌다.

　판화 13의 본문 시가 모두 끝나고, 맨 아래 시 1행의 공간에 작은 그림이 있다. 끝에서 두 번째 행 "only"의 문자 "y"의 아래쪽 끝 꼬리가 길게 늘어나며 타래실과 같이 길게 풀어져 배가 만들어지고, 그 배 위에 에스겔Ezekiel이 독자들을 등지고 길게 누워있다. 시에서는 그에게 왜 똥을 먹고 그렇게 오래 한쪽으로 누워있었느냐고 묻자, "상대가 무한함을 깨닫도록 하기 위함이다"라고 대답하였다. 상대가 진부함과 익숙함과 일상성과 안일함과 자족감에 빠지지 않도록 그가 광인다운 행동을 했다고 했다. 공간의 한계를 넘어서는 무한함과 시간의 영원함을 경험하기 위해서는, 육체의 한계를 넘어서는 행동으로 우리의 환상을 극대화하여야 한다. 살아서 죽음 이후를 체험하기 위해 우리는 죽음의 가장자리까지 가야 한다.

**

　시의 화자는 성경의 예언서를 쓴 대표적인 두 예언자, 이사야Isaiah와 에스겔Ezekiel과 저녁 식사를 하면서, 먼저 이사야에게 그가 정말 하나님의 음성을 듣고 예언서를 썼는지를 묻는다. 그러자 선지자 이사야는 자연인으로서 아니라, 신앙인으로서 하나님의 음성을 들었다고 대답한다. 자연인으로는 하나님의 음성을 들을 수 없다고 그는 말한다. 그는 환상을 가진 시인으로 하나님을 보았고 하나님의 음성을 들었다. 이사야는 하나님을 보고 하나님의 음성을 듣고자 하는 욕망이 있었고, 하나님이 전지전능하다는 믿음 속에서 환상을 경험하였다고 말한다. 하나님의 음성은 육체가 아니라 영혼을 통해서 들려온 음성이었고, 그는 자신의 영혼의 눈을 열어 하나님을 보았다. 그의 예언의 환상은 자연의 눈과 귀를 가지고 경험할 수 없는, 환상과 상상을 통해서 이루어낸 결과이다. 상상하지 않았다면, 그는 하나님의 환상을 볼 수 없었을 것이다.

　에스겔에게 상상은 "시 창조 원리"Poetic Genius가 되었다. 기독교는 이 "시 창조 원리"를 충실히 지켜 모든 나라의 신을 지배하게 되었다. 다윗 왕을 포함하여 성경의 모든 위대한 인물들은 하나님의 환상을 가졌던 위대한 시인들이다. 다윗 왕King David이 열방의 적을 물리치고 지배하게 된 이유도, 다른 나라 신들은 모두 우상이고, 그가 믿는 하나님만이 오직 유일한 신이라는 시 원리를 그가 충실히 따랐기 때문이라고, 에스겔은 말한다. 위대한 시인들은 모두 위대한 종교 시인들로, 『천국과 지옥 결혼하다』의 마지막 구절인 "살아 있는 모두가 신성하다"라는 시 원리를 따랐던 사람들이다. 그들은 공간의 유한성에서 무한성을, 시간의 제한성에서 영원성을, 죽음에서 불멸을 환상으로 보여줌으로 신성함이 무엇인지를 말한 위대한 환상의 시인들이다.

이사야가 3년 동안 옷을 입지 않고 신발도 신지 않은 채 지낸 것은 하나님의 명령을 따른 것이었다. 성경에 따르면, 아시리아가 이집트와 에티오피아에서 잡은 유태인 포로들을 벗은 몸과 맨발로 3년 동안 끌고 다닐 것이라는 사실을, 하나님은 이사야를 통하여 유태인들에게 보여주고자 하였다(「이사야서」 20장). 그러나 시에서 이사야는, 성경의 내용과는 다르게, 자신이 취한 행동은 하나님의 명령과는 상관없이 이유 있는 행동으로 디오게네스 Diogenes: 기원전 412 또는 404-323가 취한 행동과 같은 이유라고 말한다. 냉소주의Cynicism 철학자 디오게네스는 인간들이 지나치게 문명화되어 가식적이고 위선적인 생활을 한다고 생각하여, 인간을 연구하기보다는 개를 연구하는 편이 낫다고 생각했다. 냉소주의를 뜻하는 영어 "cynicism"의 "cynic"은 희랍어 "kynikos"에서 나온 말로 "개와 같다"란 뜻이다. 사회가 요구하는 위선적인 삶의 방식에 개의치 않고, 디오게네스 추종자들은 마치 개와 같이 공공장소에서 음식을 먹고 사랑하고, 맨발로 거리를 걸어 다니고, 통 속에서 자고, 거리 아무데서나 잠을 잤다. 그들은 아무런 걱정 없이 현재를 살면서, 당시 추상 철학의 허례와 허식을 거부하였다. 그들은 공적으로는 사회규범에, 그리고 사적으로는 도덕법칙에 노예가 되어 고통스럽게 살아가는 인간들을 냉소하였다. 블레이크는 디오게네스의 냉소주의 행동이나, 이사야 예언의 징후를 보여주는 두 행동이 모두 "시 창조 원리"에서 나온 행동들이라고 생각하여, 이사야와 디오게네스를 병치하였다. 두 사람의 기이한 행동은 모두 인간들이 공적은 물론 사적으로 규범에 사로잡혀 살아가고 있다는 사실을 일깨워, 그들을 올바른 지혜의 길로 인도하기 위해 의식적으로 꾸민 것이었다.

에스겔이 똥을 먹고 고통스럽게 오른쪽과 왼쪽으로 오래 누워있었다는 시의 내용도, 시에서의 이사야 일화와 같이, 성경의 내용과 다르다. 성경에서 하나님은 죄악에 빠진 예루살렘이 포위될 것을 예언하며, 에스겔에게 이스라엘 족속의 죄악을 떠맡아 1년을 하루로 계산하여 왼쪽으로 390일, 그리고 유다족의 죄악을 떠맡아 오른쪽으로 40일을 누워있으라고 했다. 그리고 하나님은 이스라엘 자손들이 다른 민족 속으로 내쫓겨 거기서 더러운 빵을 먹을 것을 예언하며, 사람의 똥을 태워 빵을 구워먹으라고 했다. 그러자 에스겔은 자신은 평생 부정한 음식을 먹지 않았다고 말했고, 하나님은 사람의 똥 대신 쇠똥으로 빵을 구워먹으라고 허락하였다(「에스겔서」 4장). 그리고 시에서 에스겔은 북미인디언의 예지능력 수행법을 예로 들어, 그의 행동은 상대방을 "무한대의 예지"로 일깨우려는 욕망에서 비롯되었다고 말한다. 이사야나 디오게네스나 에스겔이나 모두 상대방의 의식을 일깨우는 행동으로 광인의 행동을 하였다.

이사야와 에스겔 두 선지자들은 모두 자연Nature을 거스르는 기이한 행동을 하였다. 그들이 행한 광인의 행동들은 세속인들의 이성을 거스르는 행동이었다. 정상의 행동으로는 상상의 세계인 환상의 세계를 경험할 수 없다. 더구나 타인의 인식을 무한대로 끌어올리는 시 창조 원리는 정상에 근거한 "현재의 안일함이나 만족감"에서는 생겨날 수 없다. 그들 두 선지자들은 달리 생각하기 위해 정상이 아닌 기이한 행동을 하였다. 현상계에서 정상의 탈을 쓰고 있는 비정상을 정상화하기 위해, 그들 두 선자들은 비정상적인 행동을 하였다.

***

    윌리엄 블레이크는 평생을 환상의 세계에서 살았던 인물이다. 그의 예술, 그림과 시는 물리적인 눈, 즉 자연의 눈에 호소하는 것이 아니라, 영Spirit의 눈으로 보아야 하는 환상예술이었다. 그는 "예술뿐 아니라 실생활에서도 환상과 현실을 구별하지 않고, 현실을 환상으로 그리고 환상을 현실로 치환한 인생을 살았다"(김명복 35). 그의 두 장의 편지를 보자. 하나는 1799년 8월 23일자 편지로, 수채화 4장을 부탁한 트러슬러 박사Dr. Trusler에게 보낸 편지 내용 중 일부이다. "나는 이 세상이 상상과 환상Vision의 세계라는 것을 압니다. … 나무를 보고 감동하여 기쁨의 눈물을 흘리는 사람이 있고, 나무를 그의 가는 길을 막고 선 푸른 대상으로 보는 사람이 있을 수 있습니다. … 상상할 수 있는 눈을 가진 사람에게 자연은 상상 그 자체입니다. 나에게 있어서 공상이나 상상에서 비롯된 환상은 모두 이 세상과 하나로 연결되어있습니다"(Blake 30). 그리고 1800년 5월 6일 헤일리William Hayley에게 보낸 편지에서 그는 자신의 죽은 동생과 매일 대화를 나누고, 지금도 동생이 말하는 것을 편지에 받아 적고 있다고 했다. "우리의 죽은 친구들은 그들이 살아있을 때보다 죽어서 오히려 우리와 더 많은 시간을 보냅니다. 13년 전 나는 동생을 잃었습니다. 매일 나는 나의 영혼Spirit으로 그와 대화합니다. … 지금도 나는 그가 말하는 것을 편지에 적고 있는 것입니다"(Blake 35-6). 그러나 무엇보다 그의 환상 경험 가운데 가장 유명한 환상은 그가 여덟 살 때 과수원에 갔다가 천사들이 나뭇가지 위에 별과 같이 매달려 빛나는 날개들을 파닥거리고 있는 것을 본 것이었다. 그리고 그는 1800년 후반 런던에서 서섹스Sussex 해변 시골 마을 펠팜Felpham으로 이사하여 해변을 걸으며 선지자 유령들과 이야기를 나누었고, 요정들의 장례식을 보는 환상을 경험하기도 했다. "나뭇가지와 꽃들 사이에 깊은 정적이 있었다. 그 정적은 보통 공기에 떠 있는 달콤함 그 이상이었다. 나는 낮고 유쾌한 소리를 들었다. 그러나 어디서 들려오는지는 알 수 없었다. 그리고 나는 넓은 꽃잎들이 움직이는 것을 보았다. 작은 피조물들이 장미 꽃잎을 그들 머리 위로 들고 가는 행렬이 있었다. 메뚜기만한 녹색과 회색의 피조물들은 그 장미 꽃잎 위에 시체 한 구를 올려놓고 있었다. 그들은 멈추어 서더니 노래를 부르며 그 시체를 묻고는 사라졌다. 요정의 장례식이었다"(Gilchrist 139). 죽은 동생이 그에게 말하는 대로 편지를 작성하는 것이나, 해변에서 만난 요정의 장례식이나, 모두 그의 환상 경험이다. 그들 환상 경험은 모두 그가 자연인으로서 직접 물리적으로 경험한 것이 아니다. 그들은 상상으로 경험한 영적인 환상경험이다.

블레이크는 "하나님이 창조한 모두가 신성하다"고 했다. 그러나 인간들은 신성한 개념을 분리하고 차별화하여 우상으로 만들어놓았다. 그리고 그들은 자신들이 만들어 놓은 신성화된 우상 밑에 모여서, 아무 생각도 없이 그 우상들의 마법에 마취되어 춤추며 그들을 숭배하는 의식을 거행하고 있다. 두 선지자는 인간들과는 다른 행동, 광인의 행동을 하였다. 그들의 기이한 행동은 세속과 신성이 혼재해 있는 행동이었다. 그들의 광인다운 행동이 오히려 신성한 행동이었다. 왜냐하면 정상이라고 생각하는 우리의 행동 모두 정상화 교육의 세례를 받은 행동들이기 때문이다. 정상화된 정상의 신화를 깨뜨려 진정한 정상을 보여주기 위해서는, 간접적으로 비정상을 보여주는 방법 이외에는 다른 대안이 없다. 블레이크는 스베덴보리의 작품『하나님의 사랑과 하나님의 지혜에 관한 천사들의 지혜』(*Wisdom of Angels Concerning Divine Love and Divine Wisdom*)를 읽으며 메모한 글에서, "천국과 지옥은 함께 태어난다"고 말했다(Blake 96). 지옥이 없다면 천국도 없고, 천국이 없다면 지옥도 없다. 그렇게 선지자들의 비정상은 정상을 말하는 또 다른 방식이었다.

우리는 왜 두 발과 두 손을 땅에 대고 걷지 않고, 두 발로 일어나서 곧게 걷는가? 우리는 어려서부터 그렇게 하도록 훈련되었다. 그렇게 훈련되어서 두 발로 걷는 것이다. 우리가 판단하는 도덕 기준이나 도덕 판단 역시 훈련된 것이다. 그렇게 훈련되었기에, 달리 기준을 세워 달리 생각하고 판단하면 남들의 시선 때문에 불편하고 불안하다. 그렇다면 우리는 제3의 시선 때문에 우리의 재능을 왜곡하고, 양심 따르기를 거부하고 있지는 않은가? 우리는 마음 편히 지내려는 만족감으로, 제3자의 눈에 따라 판단하거나 행동하지는 않는가? 남들이 왜 그렇게 행동하는지 알지도 못하면서, 남들이 뛰어가기 때문에 그들 곁에 뛰어가고, 남들이 기다리고 있기 때문에 우리도 그 줄에 서서 기다리고 있는 것은 아닌가? 위험 부담이 없다고, 아무 생각이 없이 불편함을 참고, 양심에 거리낌이 있으면서도 남들이 그렇게 행동하니 나도 그렇게 행동하고 있지는 않은가?

모든 운동은 불균형에서 나온다. 모두가 뛰고 있다면, 그들 모두는 뛰고 있다는 사실을 모른다. 누군가 정지해 있어야 자신들이 뛰고 있다는 사실을 안다. 이사야와 에스겔은 모두 뛰고 있을 때 서 있었던 사람들이다. 같이 행동하면 행동하고 있음을 깨닫지 못한다. 남들과 같이 행동하지 않아 남들의 행동을 일깨워준 사람들이다. 그들이 예언자이며, 시인이다. 역동성은 비대칭에서 나오고, 건강함은 균형과 불균형의 반복이다. 건강을 위해 쓰지 않는 근육이 없도록 몸을 뒤틀고, 피의 흐름을 뒤집기 위해 거꾸로 물구나무서고, 앞과 뒤의 구별이 신체의 균형감을 깨뜨리는 까닭에 뒤로 걷는가 하면, 서서 한 다리를 들거나 한 손을 들어 불균형한 상태를 유지하며 우리는 균형감각을 키워간다. 그래야 건강하다. 우는 사람은 눈물샘이 마르지 않아, 건조함으로 안구가 아플 염려가 없다. 운동에 도덕적인 가치를 부여하여, 균형이 선이고 불균형이 악이라고 말할 수 없다. 오히려 운동은 불균형에서 나온다.

영혼은 육체보다 정말 귀한 것인가? 보이지 않는 것이, 보이는 것보다 높이 평가받아야 하는가? 구약 시대의 하나님은 보이지 않는 율법의 하나님 이었다. 그러나 신약 시대의 하나님은 예수 그리스도로 성화하여 자신의 모습을 보여주었다. 예수는 눈에 보이는 자신을 믿으면 보이지 않는 하나님 아버지를 믿는 것이라고 말했다. 자신이 하나님이기 때문이다. 구약에는 그리스도가 세상에 올 것이라는 언약이 자주 등장한다. 그리고 하나님이 약속한 말씀이 예수로 육화되었다(「요한복음」 1:14). 그리스도가 오시리라는 구약의 언약이 실제로 예수로 신약에서 계시되었다. 신약 시대이후를 살고 있는 우리는 보이는 것을 믿어도 되었다. 그러나 신약의 시대에도 여전히 구약의 시대와 같이 보이지 않는 것만 믿어 예수를 십자가에 매달았다. 신약 시대 이후 진정한 기독교인이라면 눈에 보이는 육체를 믿어 귀히 여겨야 한다. 눈에 보이는 것을 믿지 않으면 예수를 부인하는 것이다.

김명복. 『영국 낭만주의 꿈꾸는 시인들』. 동인, 2005.

Blake, William. *The Letters of William Blake*. Ed. Geoffrey Keynes. Cambridge, Massachusetts: Harvard UP, 1970.

Gilchrist, Alexander. *The Life of William Blake*. London: J. M. Dent & Sons Ltd, 1863. 1945.

CHAPTER 13
__ 판화 14

The ancient tradition that the world will be con-
sumed in fire at the end of six thousand years
is true, as I have heard from Hell.

For the cherub with his flaming sword is
hereby commanded to leave his guard at tree of
life, and when he does, the whole creation will
be consumed, and appear infinite, and holy
whereas it now appears finite & corrupt.

This will come to pass by an improvement of
sensual enjoyment.

But first the notion that man has a body
distinct from his soul, is to be expunged; this
I shall do, by printing in the infernal method, by
corrosives, which in Hell are salutary and me-
dicinal, melting apparent surfaces away, and
displaying the infinite which was hid.

If the doors of perception were cleansed
every thing would appear to man as it is, in-
finite.

For man has closed himself up, till he sees
all things thro' narrow chinks of his cavern.

내가 지옥에서 들었듯이, 6000년이 지나면, 세상은 불타버릴 것이라는 옛말이 사실이 되었다.

이제 생명나무를 지키고 있던 불 칼 든 천사가 그 자리를 떠나라는 명령받았다. 지금은 유한하고 신성치 못하지만, 천사가 떠나면, 창조물들 모두 불타, 그들은 모두 무한과 신성을 입을 것이다.

그리하여 감각의 기쁨이 더욱 증가할 것이다.

무엇보다 인간의 육체가 영혼과 분리되었다는 생각을 버리자. 나는 지옥의 인쇄소가 하는 방식으로 이 일을 할 것이다. 유익한 약이 되는 부식제corrosives를 사용하여, 딱딱한 표면을 녹이고, 숨겨있는 무한성을 드러내리라.

인식의 문이 깨끗해지면, 모든 것은 원래의 무한대를 인간에게 드러낼 것이다.

인간은 지금까지 자신을 꽁꽁 감싸서는, 자신의 동굴의 작은 틈으로 모든 사물들을 바라보았다.

　　　　　　　　　　　　　　　*

　　최후 심판이 일어나면 온 세상이 불타고, 죽은 자들이 심판을 받기 위
해 무덤 뚜껑을 열고 무덤으로부터 살아서 일어날 것이다. 그들은 육체와 영
혼을 모두 함께 가진 영원한 인간으로 다시 태어날 것이다. **판화 14**의 그림을
보면, 옷 벗은 회색빛 남자가 양팔을 옆구리에 대고 수평으로 길게 바닥에
누워 하늘을 바라보고 있다. 육체가 회색빛을 띠고 있는 상태를 보면, 그는
죽은 시체임을 알 수 있다. 그리고 누워있는 사람을 배경으로 두 팔을 활짝
펴고 불타오르는 화염 속을 뚫고 드러누운 시체를 지나 독자를 향하여 긴 머
리를 불붙은 불꽃처럼 휘날리며 한 여성이 날아 나오고 있다. 활활 타오르는
불꽃들은 모두 드러누운 남성의 발치로부터 시작한 듯 보인다. 그 여성은 최
후 심판의 날에 부활할 육체로 들어가기 위해 불꽃으로 날아오른 영혼이다.
인간의 영혼은 여성이다. 그 여성의 영혼은 죽어서 육체뿐인 남성으로 들어

가 육체와 하나가 될 것이다. 부활의 날에 죽어 누워있는 남자의 육체와 여성의 영혼이 하나가 되어 부활할 것이다. 그림 속 광경은 최후 심판에 일어날 일이다.

**

죽은 사람들의 영혼이 육체의 옷을 입고 부활하는 최후 심판의 날이 도래하였다. 성경에 근거하여 많은 사람들은 인간 창조이후 6000년이 지나면 죽어 부활한 예수가 다시 이 세상으로 돌아와 최후로 심판할 것이라고 말했다. 이제 6000년이 지났으니, 에덴동산에서 아담과 이브를 내쫓아 다시는 들어오지 못하도록 막고 서 있던 불 칼을 든 천사도 에덴동산을 떠날 것이다. 쫓겨났던 아담과 이브가 에덴동산으로 다시 들어올 날이 왔다. 최후 심판의 날에 모든 피조물들은 불신과 유한함을 벗어버리고, 신성함과 무한함의 옷을 입을 것이다. 지금까지 억압되었던 욕망들이 감각의 즐거움들로 활짝 피어날 것이다. 천국의 문이 활짝 열렸으니, 인식의 문도 활짝 열릴 것이다. 그때 인간 영혼은 합리화하고 정상화하고 건전화하고 도덕으로 무장하였던 이성으로부터 자유로워질 것이다.

블레이크가 생각하는 마지막 심판은 언제일까? 블레이크는 보통 기독교인들이 생각하듯이 최후 심판이 예수의 재림으로 시작한다고 생각하지 않았다. 57세에 영적인 눈이 열리며 최후 심판의 환상을 경험한 스베덴보리와 비슷하게, 블레이크는 1810년에 쓴 「최후 심판 환상」("A Vision of the Last Judgment")을 다음과 같이 시작하고 있다. "하나님의 환상을 방해하고 있는 선과 악의 문제나, 혹은 지식이나 추론의 나무 열매를 먹는 문제들로 종교를 혼란스럽게 하고 있는 사람들이 불타 없어지는 불길로 변하여 모두 제거될 때, 그때 마지막 심판이 있을 것이다. 상상력, 예술과 과학, 그리고 모든 지성의 은사, 모든 성령의 은사가 아무 소용이 없다고 생각되어, 단지 인간만을 문제 삼게 될 때, 그때 최후 심판이 시작될 것이다. 최후 심판 환상은, 자신의 처한 상황에 따라, 모든 사람의 상상의 눈에 나타나게 될 것이다"(Blake 114-5). 최후 심판은 기독교가 생각하는 것처럼 예수의 재림과 같이 외부로부터 오는 것이 아니라, 자신의 상상력에 따라 인간의 내부에서 일어날 것이라고 블레이크는 생각했다. 우리의 상상으로 최후 심판의 환상을 경험할 수 있다고 블레이크는 생각했다.

블레이크는 최후 심판의 환상을 경험하려면 먼저 거짓된 환상에 사로잡혀 있는 무지로부터 자유로워야 한다고 했다. 거짓된 환상의 동굴을 빠져나오기 위하여 인식의 문의 입구를 깨끗하게 청소해야 한다. 그는 플라톤Plato이 『국가론』 7권에서 말하고 있는 동굴의 우화를 빗대어(119-29), 인간은 자신이 갇혀있는 동굴의 작은 틈을 통하여 사물을 본다고 말하고 있다. 제7권 처음에 소크라테스Socrates는 제자 글라우콘Glaucon에게 교육을 받지 못한 사람과 교육을 받은 사람을 비유하는 내용으로, 동굴에 갇혀 있는 사람과 동굴을 빠져나온 사람을 예로 들고 있다. 동굴에 갇혀있는 죄수들은 어린 시절부터 다리와 목이 사슬에 묶인 채 머리를 돌릴 수 없이 강제로 앞에 있는 동굴 벽만 바라보도록 되어있다. 그리고 그 죄수들 등 뒤로는 불꽃이 불타오르고 있다. 타오르는 불꽃과 동굴에 갇혀 있는 죄수들 사이에는, 인형극을 하는 사람이 자신은 숨고 인형만을 보여줄 수 있는 높이의 작은 돌담이 나 있다. 이제 그 돌담 뒤로 사람들이 자신의 모습은 감춘 채 나무나 돌로 만든, 사람과 동물 모양을 가지고 지나가며 사람 소리를 내고 동물 소리를 낸다. 죄수들은 동굴 벽을 바라보며 그곳에 비추인 그림자들을 보고 그들이 하는 말소리를 듣고 동작들을 본다. 결국 죄수들은 벽에 그림자로 드러난 사람들과 동물 모양들이 실물이라고 생각할 것이다. 그리고 이들 중에 한 사람이 동굴에서 풀려나 지상에 올라와 실제 사람과 동물을 보았다면, 바로 실물을 본 이 사람이 교육받은 사람이다. 교육받은 사람이란 거짓 환상을 보여주는 동굴감옥에서 벗어나, 세상에서 실물을 본 사람이다. 블레이크는 우리가 사로잡혀있는 거짓 환상을 플라톤의 동굴에 비유해 말하면서, 동굴을 빠져나오기 위하여 인식을 새롭게 해야 한다고 했다. 그리고 인식을 새롭게 하기 위해 인식의 동굴을 깨끗이 청소하라고 말한다.

블레이크의 시 「최후 심판 환상」을 보면, 하늘이 열리고 교육을 뜻하는 무리들이 하나님 보좌의 오른쪽에 위치해 있고, 왼쪽으로는 진리를 뜻하는 무리들이 있다. "하나님 보좌 주위에 하늘이 열리고, 영원한 것들의 본래 모습이 드러난다. 이들은 모두 '신성을 지닌 인성'Divine Humanity으로부터 나온 것들이다. 모든 것은 신성을 지닌 인성의 빛으로부터 나온 것이다. 그는 빵과 포도주이다. 그는 생명의 물이다. 열린 하늘 양쪽으로 사도가 한 명씩 있다. 오른쪽 사도는 세례이고, 왼쪽 사도는 하나님 만찬이다. 모든 생명은 이들 둘로 구성되어있다. 우리는 무리 가운데 있는 과오와 악인들을 지속적으로 제거하고, 무리 속으로 진리와 현자들을 지속적으로 받아들인다"(Blake 127-8). 앞 인용에서 '신성을 지닌 인성'이란 예수를 말한다. 생명을 구성하는 두 가지는 세례와 교제이다. 세례는 물이고, 하나님 만찬인 교제는 빵과 포도주이다. 그리고 "과오와 악인을 제거하는" 세례는 "교육"Education이고, "진리와 현자를 받아들이는" 주의 만찬Lord's Supper은 교제라 할 수 있다. 우리는 진리 안에 있는 자들의 도움과 교제 없이 과오에서 벗어날 수 없다. 친구가 조언해주거나, 하나님이 직접 우리에게 영감을 주지 않으면, 과오에서 예외가 될 수 없기 때문이다(Blake 129-30). 블레이크에게 있어서 교육은 매우 중요하다. 지성을 갖추지 못한 자는 아무리 거룩하다Holy 하여도 천국에 들어갈 수 없다.

"바보가 천국에 들어갈 수 없다. 홀로 영원히 거룩하라고 해라. 거룩함이 천국의 입장표는 아니다. 천국에 들어가지 못한 사람들은, 지성이 없어 열정도 없는 사람이니, 부족함과 잔인함 때문에 온갖 술수를 다부려, 다른 사람들을 억압하고 통제하는 데 그들의 인생을 다 써버린 사람들이다"(Blake 132).

천국에 들어가기 위해 우리는 거짓된 환상에 사로잡혀 동굴에 갇혀있음을 깨닫는 지혜가 필요히다. 지혜를 갖기 위해 인식의 문을 깨끗이 하고, 문 입구를 넓혀 올바른 지성으로 늘 깨어있어야 한다. 그때야 우리는 최후 심판의 환상을 올바로 볼 수 있다. 블레이크는 「최후 심판 환상」의 마지막 구절에서 다음과 같이 말하고 있다. "나는 나 자신에게 다짐한다. 나는 창조물의 외향을 보지 않겠다. 창조물의 외향은 나에게 방해가 될 뿐이다. 나는 보지 않는다. 보이는 것은 나의 발에 묻은 진흙덩이뿐이다. 보이는 것은 나의 일부가 아니다. '그렇다면, 태양이 떠오를 때, 동전 모양의 불붙은 둥근 원반을 보지 않느냐?'고 물을 것이다. 오, 아니다. 아니다. 나는, '거룩하다, 거룩하다, 전능하신 주 하나님 거룩하다'라고 외치는 하늘의 수많은 천사들을 본다. 나는 사물을 바라보는 눈의 본질을 문제 삼는 것이 아니고, 육체적이어서 영혼을 보지 못하는 나의 눈에 문제를 제기하는 것이 아니다. 나는 눈을 통해 사물을 보는 것이지, 눈으로 사물을 보는 것이 아니다(I look thro'it & not with it)"(Blake 135). 그가 "눈을 가지고 보는 것이 아니라, 눈을 통해 본다"는 말은, 그가 물리적인 눈으로 사물을 보는 것이 아니라 지성의 눈, 상상의 눈으로 사물을 본다는 것을 말한다.

Blake, William. *The Note-Book of William Blake Called Rossetti Manuscript*. Ed. Geoffrey Keynes. New York: Cooper Square Publishers, 1970.
Plato. *The Republic Books VI-X*. Trans. Paul Shorey. Cambridge, Massachusetts: Harvard UP, 1935. 2000.

CHAPTER 14
__ 판화 15

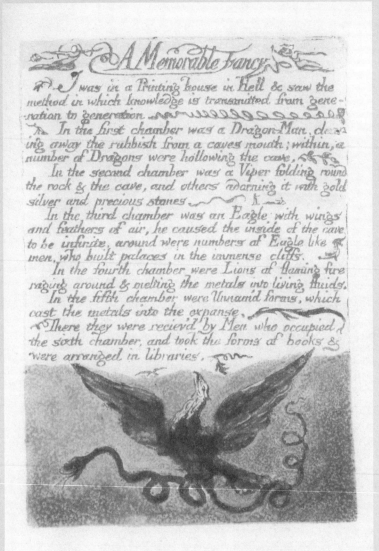

A Memorable Fancy

I was in a Printing house in Hell & saw the method in which knowledge is transmitted from generation to generation.

In the first chamber was a Dragon-Man, clearing away the rubbish from a caves mouth; within, a number of Dragons were hollowing the cave.

In the second chamber was a Viper folding round the rock & the cave, and others adorning it with gold silver and precious stones.

In the third chamber was an Eagle with wings and feathers of air, he caused the inside of the cave to be infinite, around were numbers of Eagle like men, who built palaces in the immense cliffs.

In the fourth chamber were Lions of flaming fire raging around & melting the metals into living fluids.

In the fifth chamber were Unnam'd forms, which cast the metals into the expanse.

There they were reciev'd by Men who occupied the sixth chamber, and took the forms of books & were arranged in libraries.

판 화 15

기억해야 할 공상

나는 지옥의 인쇄소에서, 세대에서 세대로 이어지는 지식의 전달 방식을 보았다.

첫째 방에는 용-인간이 있었다. 그는 동굴 입구에서 쓰레기를 치웠다. 방안에는 여러 용들이 동굴에 구멍을 파고 있었다.

두 번째 방에는 살모사 한 마리가 바위와 동굴을 둘둘 감고 있고, 다른 뱀들은 그 뱀을 금, 은과 보석으로 장식하였다.

세 번째 방에는 바람을 일으키는 날개와 깃털을 가진 독수리 한 마리가 있었다. 그는 동굴 내부를 무한대로 넓혔고, 주위에는 독수리를 닮은 많은 사람들이 광대한 절벽에 궁을 지었다.

네 번째 방에는 불타는 불꽃과 같은 사자들이 주위를 씩씩대고 돌아다니며 금속을 유체로 녹이고 있었다.

다섯 번째 방에는 넓게 펼쳐진 금속들이 있었다. 그 금속들은 알 수 없는 형체를 띠고 있었다.

여섯 번째 방에 있는 사람들은 그 형체들을 받아서 책의 형태로 만들어 서재에 진열하였다.

*

　　지옥의 인쇄소 두 번째 방에서 뱀은 인식의 공간이 확장될 때마다 한계와 경계를 짓고, 인쇄소 세 번째 방에서 독수리는 뱀이 규정해놓은 인식의한계를 무한대로 늘려놓는 시적 원리의 상징으로 표현되고 있다. 시에서 뱀과 독수리는 따로 떨어져 별개로 두 번째와 세 번째 방에 각각 있다. 그러나**판화 15**의 시 아래쪽에 위치한 그림에서 뱀과 독수리 둘은 함께 같은 공간에있다. 독수리는 자신의 발톱으로 뱀을 꼭 잡고, 날개를 활짝 펴고 힘겹게 목을 위로 치켜들고 하늘로 높이 날아오르려 애쓰고 있다. 독수리가 애쓰는 모습과 반대로, 독수리에 잡혀있는 뱀은 아무런 저항도 없이, 땅 위에 있을 때와 같은 자연스러운 모습으로 꼬리와 몸을 말고 있다. 땅 위에 있는 뱀을 땅에서 떼어 하늘로 들어올리기란 쉽지 않다. 불가능을 그려놓은 것 같다. 땅위에 배를 깔고 기어 다니는 가장 물질적인 존재로 육체를 상징하는 뱀과,

눈을 들어 태양을 정면으로 바라볼 수 있는 유일한 동물로 영혼을 상징하는 독수리가 각각 자신의 맡은 본분을 다 하고 있다. 뱀은 땅을 향하고, 독수리는 하늘을 향하고 있다. 육체라는 동굴 속에 갇혀 있었던 뱀을 동굴로부터 끌어내어, 영혼의 상징 독수리가 하늘 높이 들어 올리려고 하고 있다.

**

판화 15에 있는 지옥의 인쇄소는 지식이 어떻게 만들어지고 있는가를 보여주고 있다. 여섯 개의 방들은 각기 창조 작업 활동의 기능들을 보여준다. 첫째 방은 새로운 지식을 받아들이기 위하여 인식 공간을 확장한다. 새로운 지식의 습득을 위하여 먼저 낡은 지식들이 말끔히 치워져야 할 것이다. 그러나 그 일이 쉽지 않다. 안일과 자족감과 나태함이 새로운 질서의 유입을 거부한다. 그래서 그곳에서 옛 것과 새 것 사이의 투쟁이 벌어진다. 인식의 공간을 넓히려는 영혼의 전쟁에서 긍정적 역할을 담당하는 용이 등장한다. 보통용은 부정적인 역할을 한다. 그러나 이곳은 지옥이다. 그리고 두 번째 방에는 감당할 수 있을 만큼의 한계를 정하는 이성을 상징하는 뱀, 살모사Viper가 등장한다. 이성의 살모사가 인식 공간 확장에 경계를 정하면, 그 경계가 그려진 이성을 다른 뱀들이 금과 은과 보석으로 치장하고 합리화한다. 여기까지는 5감각에 근거한 인식의 영역이다. 그리고 세 번째 방에 들어가면 공중을 나는 독수리가 등장한다. 독수리는 5감각의 한계에 갇혀있는 자연의 살모사인 이성을 하늘로 들어 올려 무한대로 확장하는 상상력 풍부한 시의 원리Poetic Genius이다. 인식 공간이 무한대로 넓혀지면, 독수리를 닮은 시인들이 무한한 절벽들 위에 시의 궁전들을 짓는다. 지옥의 인쇄소는 창조 활동하는 시인의 내적 활동 공간이다.

인식의 확장으로 시인만 새로워지는 것이 아니다. 창조적인 시를 받아들이는 독자는 어떠한가? 6개의 방들 가운데 나머지 세 방은 창조적인 시를 읽어나가는 독자들의 창조 활동을 보여주고 있다. 네 번째 방에서는 불꽃과 같이 불타는 사자들이 금속을 유체로 녹이고 있다. 불의에 분노하고, 무지에 분노하는 사자들은 독자들의 딱딱하게 굳어있는 마음을 유체로 녹인다. 정의의 분노는 최후 심판 이후 인간의 낙원이라 할 새로운 예루살렘을 만들기 위한 전조이다. 블레이크는 거듭 최후 심판은 인간들이 진리를 올바르게 인식할 수 있는 지성을 갖추었을 때 온다고 했다. 그때야 인간이 하나님의 환상을 볼 수 있기 때문이다. 독자가 올바른 지성을 갖기 위해, 그는 자신이 지금까지 가지고 있던 질서와 계급과 도덕을 다 내려놓아야 한다. 현재 그가 가지고 있는 언어의 의미로는 시인의 새로운 언어를 이해할 수 없다. 분노의 사자가 새로운 언어로 만들기 위해, 금속같이 굳어있는 우리의 언어를 다 녹여내어야 한다. 새로운 술을 담기 위해 새 술통이 필요하다. 새 언어가 필요하다. 그러니 이전의 언어를 다 녹여내야 한다. 과거의 언어들이 담겨있는 언어의 술통이 새로운 언어가 담긴 언어의 술통으로 대체되려면, 새 진리를 전파하기 위한 영적으로 분노하는 사자들이 필요하다. 그리고 다섯째 방에는 인식의 확장을 위해, 의미 확장을 요구하는 언어들이 있다. 이들 언어들은 아직 창조적인 독자를 만나지 못한, "이름을 부여받지 못한 형식들"Unnamed forms 이다. 이들 "이름을 부여받지 못한 형식들"이 독자의 상상력을 일깨워, 독자의 인식의 창조활동을 활성화시킬 것들이다. 그리고 마지막 방에는 의미를 부여 받지 못한 형식들이 책의 형태를 갖추어, 도서관에서 그 형식들에 의미를 부여해 줄 독자를 기다리며 진열되어있다.

　　시는 크게 두 가지로 분류할 수 있다. 쓰여 있는 언어의 기존의 의미를 붙잡고 더 이상의 의미를 거부하는 평범한 시가 있고, 쓰여 있는 언어의 의미는 단지 방향을 제시하여 주는 지도일 뿐이라거나, 또는 자신은 멀리 다른 곳을 바라보게 할 수 있는 망원경에 지나지 않는다며 시의 평범한 의미 그 자체를 아예 부인하고 나서는 창조적인 시가 있다. 두 번째로 언급한 지도와 같고 망원경과 같은 시는 "이름을 부여받지 못한 형식들"의 언어로 가득한 시로, 독자가 의미를 부여하기를 기다리는 시이다. 자신은 말하지 않고 독자가 말하기를 바라는 시이다. 기호학 용어를 사용하면 기의가 없는 기표의 시이다. 창조적인 독자를 요구하는 시이다. 바르트Barthes가 말하는 "쓰여야 하는 텍스트"이다. 독자가 수동적으로 단순히 읽기만하는 "읽히는 텍스트"가 아니라, 능동적으로 텍스트에 의미를 써 넣어야 하는 "쓰여야 하는 텍스트"이다 (바르트 iii). 이러한 시의 언어는 산문 언어의 기능을 위태롭게 한다. 이러한 시 속에 쓰여 있는 언어들은 겉으로 들어난 의미와는 다른 의미를 요구하는 투쟁을 벌인다. 언어가 언어 속에 갇혀 있기를 거부한다. 언어이면서 언어가 아니라고 한다. 이러한 시는 의사소통이라는 언어의 기능을 무력화시키는 이해불가능의 흔적을 보여준다. 그런 시를 쓸 수 있는 사람은 거인이고 천재이다. 그는 독자가 감당하기 어려운 용량의 활력을 요구하는 사람이다. 그는 진정한 시인으로, 시의 언어가 감당할 수 없을 정도의 긴장된 언어를 사용하여, 언어로 규정 불가능한 활력을 가진 사람이다. 그는 언어의 한계성을 참지 못하여, 자신이 사용하고 있는 언어의 의미를 사납게 파괴하고, 언어의 한계성에 분노하여, 마침내 언어의 의미에서 과잉을 요구한다. 천재란 그가 하지 않아도, 다른 사람이 할 수 있는 일은 하지 않는다. 천재는 남이 할 수 없는 일을 하는 사람이어서, 남의 일을 빼앗는 일이 없다. 천재는 시기의 대상일 수 없이 불가능을 말하는 사람이다. 천재 시인은 불가능의 시를 쓴 사람이다.

롤랑 바르트. 『텍스트의 즐거움』. 김명복 옮김. 연세대출판부, 1990.

CHAPTER 15
__ 판화 16-17

The Giants who formed this world into its
sensual existence and now seem to live in it
in chains are in truth. the causes of its life
& the sources of all activity, but the chains
are, the cunning of weak and tame minds, which
have power to resist energy, according to the pro
-verb, the weak in courage is strong in cunning.

Thus one portion of being, is the Prolific, the
other, the Devouring; to the devourer it seems as
if the producer was in his chains, but it is not so,
he only takes portions of existence and fancies
that the whole. ————————

But the Prolific would cease to be Prolific
unless the Devourer as a sea recieved the excess
of his delights. ————————

Some will say, Is not God alone the Prolific?
I answer, God only Acts & Is, in existing beings
or Men. ————————

These two classes of men are always upon
earth. & they should be enemies; whoever tries
to

판 화 16

to reconcile them seeks to destroy existence.

Religion is an endeavour to reconcile the two.

Note. Jesus Christ did not wish to unite but to seperate them, as in the Parable of sheep and goats! & he says I came not to send Peace but a Sword.

Messiah or Satan or Tempter was formerly thought to be one of the Antediluvians who are our Energies.

A Memorable Fancy

An Angel came to me and said O pitiable foolish young man! O horrible! O dreadful state! consider the hot burning dungeon thou art preparing for thyself to all eternity, to which thou art going in such career.

I said. perhaps you will be willing to shew me my eternal lot & we will contemplate together upon it and see whether your lot or mine is most desirable

So he took me thro' a stable & thro' a church & down into the church vault at the end of which was a mill; thro the mill we went, and came to a cave. down the winding cavern we groped our tedi- -ous way till a void boundless as a nether sky ap- -peard beneath us. & we held by the roots of trees and hung over this immensity, but I said, if you please we will commit ourselves to this void, and see whether providence is here also, if you will not I will? but he answerd, do not presume O young- man but as we here remain behold thy lot which will soon appear when the darkness passes away

So I remaind with him sitting in the twisted root

판 화 17

세상을 감각의 대상으로 만들어 놓았다가, 자신들이 만든 세상의 사슬에 묶여 사는 거인들이 있다. 그들은 사실 그런 인생을 만든 장본인들로, 모든 활동의 근원은 그들의 체계에 준거하고 있다. 그러나 그 허약하고 무기력한 거인들이 만들어 놓은 계략인 사슬들은 모든 욕망의 활력Energy을 억제하는 힘을 가지고 있다. 잠언에, 용기가 부족하면 계략에 강하다는 말이 있다.

모든 존재의 한쪽에는 생산자Producer가 있고, 다른 반대쪽에는 소비자Devourer가 있다. 소비자는 생산자가 사슬에 묶여있다고 생각한다. 그러나 그렇지 않다. 생산자는 단지 생산자로서 자신의 존재 방식을 따를 뿐이다. 생산하는 것이 그의 존재의 전부라고 생각한다.

그러나 소비자가, 바다와 같이, 생산자가 생산한 과잉의 기쁨을 수용하지 못한다면, 생산자는 생산자이기를 포기해야 한다.

누군가 말한다. "하나님 홀로 생산자 아니냐?" 그러면 내가 답하리라. "피조물과 인간들이 있는 곳에서만, 하나님이 행동하시고 존재하신다."

소비자와 생산자는 늘 지상에 존재해 있었다. 그들은 서로 적이었다. 그러므로 그들을 화해시키려 하는 자는 누구나 인간 존재를 파괴하려는 자가 된다.

종교는 두 부류를 화해시키려고 노력한다.

주목하라. 예수 그리스도는 그 둘을 통합시키려 하지 않았다. 양과 염소의 우화와 같이, 둘을 갈라놓으려 했다! 그리고 말했다. "나는 평화가 아니라 칼을 주러 왔다."

메시아나 사탄이나 유혹자나 그들 모두 예전에는 현재 우리의 욕망에 활력을 주고 있는 대홍수 이전 사람들 가운데 하나라고 생각되었다.

*

    판화 16이 시를 시작하기 바로 전 우리에게 보여주는 그림을 보자. 그림 속 5명의 거인들은 5감각의 상징적 대표성을 띠고, 손과 발이 사슬에 묶인 채 어두운 감옥에 갇혀있는 죄수들이다. 가운데 위치한 시각을 상징하는 긴 수염에 눈동자 없는 텅 빈 눈을 가지고 있는 노인을 중심으로, 양쪽으로 각각 두 사람씩 앉아있다. 노인 양쪽에 있는 네 사람은 가운데 노인을 향해 얼굴을 돌려, 자신의 옆에 앉아 있는 상대방 어깨 위에 얼굴을 파묻고 웅크리고 앉아 있다. 그들 5명은 플라톤이 『공화국』에서 말하는 5감각의 동굴 속에 갇혀 있는 다섯 거인의 알레고리들이다. 이들 5감각의 거인들은, 자신들이 동굴에 갇혀있고 사슬에 매어 있다는 사실을 모르고 있다. 그러면서도 그들은 다른 모든 사람들의 활력을 규제하고 통제하여 타인의 창조성을 억압한다. 그 점이 가장 심각하다. 우리는 이들 5감각에 눈멀고 무기력한 다섯 거인들의 손에 이끌려 세상을 살아가는 꼴이다. 유한함에 무한성을 잃고 있다. 우리가 이들 억압구조를 인식하고, 그 억압구조의 사슬을 풀고 자유로울 수 없다면, 우리 도 거인들과 같이 어두운 동굴에서 살아가야 한다. 진정한 시인은 자신뿐 아 니라 독자들도 자유롭게 한다.

**

우리는 모두 체계 안에서 살아간다. 나의 체계를 가지지 못한 사람은 남들의 체계를 빌려서라도 살아가야 한다. 그래서 블레이크는 「예루살렘」 ("Jerusalem," 1장 판화 10:20-1)에서 "나는 하나의 체계를 창조하겠다. 아니 면 남의 체계로 살아야한다./ 나는 추론도 비교도 하지 않겠다. (체계) 창조만 이 내 할 일이다"라고 말하였다. 그 누구도 체계 없이는 살 수 없다. 그런데 **판화 16**의 세계는 어떠한가? 모든 사람들이 빌려서 사용하고 있는 체계를 만 든 거인들이 자신들이 만든 체계에서 노예처럼 살아간다. 그렇다면 그들이 만든 체계를 빌려서 살아가야 하는 사람들도 마찬가지이다. 우리를 지배하는 거인들이 만든 체계는 5감각으로 만든 것으로, 유한함과 영원하지 못한 시간 성에 근거하고 있다. 블레이크는 『천국과 지옥 결혼하다』의 마지막 구절에서 "살아있는 것 모두 신성하다"라고 말한다. 하나님이 창조한 무엇이나 신성하 고, 신성한 것들 모두 공간적으로 무한하고, 시간적으로 영원하다. 신성한 무 엇이나 유한한 5감각의 체계 안에서는 자유로울 수 없다. 그러나 이 세상을 지배하는 자들은 5감각으로 체계를 만든 자들로, 우리의 통치자로 거인 노릇 을 하고 있다. 노예상태이니 그들에 의하여 지배를 받는 우리들도 또한 노예 일 수밖에 없다. 그들 다섯 거인들은 5감각의 체계로 신성하여 무한하고 영원 한 우리의 신성한 활력Energy을 사슬로 묶어 억제하고 있다. 그들이 가지고 있는 욕망이 5감각의 체계로 제어할 수 있을 만큼 적어서이기도 하겠지만, 그들은 자신의 욕망을 분출할 만큼 용기도 없다. 그러나 그들은 제한된 잣대로, 타인이 가지고 있는 욕망을 규제하려한다. 그들은 시기심 때문에 자신들이 가지지 않은 것을 가진 타인의 욕망을 용인하려 하지 않는다. 자신이 가지지 않은 것은 타인도 가지지 말아야 한다. 시기심이다. 타인의 욕망을 제어하는 것은 바로 이 시기심에서 비롯된다.

한계와 제한의 반대편에 놓여있는 무한성과 영원성을 수용하는 환상과 상상의 세계는 어떠할까? 블레이크가 「최후 심판 환상」에서 말하고 있는 상상의 세계를 보자. "상상의 세계는 영원함의 세계이다. 죽을 수밖에 없는 식물과 같은 육체Vegetated Body가 제거되고 나면, 우리 모두가 가는 하나님의 품속이 바로 상상의 세계이다. 하나님이 계시는 상상의 세계는 무한대이고 영원하다. 그러나 태어나서 성장하는 우리의 세계는 공간의 한계가 정해져 있고, 시간도 정해져있다. 자연의 세계에서 우리가 보았던 영원하지 않은 모든 것이, 영원함의 세계에서는 영원한 실체들로 존재한다. 인간은 상상 속에서 구세주의 신성한 몸, 영원함의 상징인 포도나무 등 모두를 영원한 실체로 파악할 것이다. 이들은 최후 심판의 날에 하나님의 성자들과 함께 영원함의 옷을 입고 나에게 나타날 것들이다"(117). 우리가 현재 보고 있는 모든 실체들은 최후 심판의 날에 영원한 실체가 될 것이다. 그러나 그 영원한 모습을 최후 심판이 아니더라도, 상상을 통한 환상으로 우리의 육체를 가지고도 이 세상에서 볼 수 있다고 블레이크는 말한다.

인간을 포함하여, 이 세상을 살아가는 모든 피조물들은 두 부류로 구분하여 생각할 수 있다. 생산하는 자가 있고, 소비하는 자가 있다. 둘의 관계는 어느 한쪽이 다른 한쪽을 지배하거나, 지배당하는 관계가 아니다. 그러나 소비자는 자신이 생산자를 지배한다고 생각한다. 그렇지 않다. 생산자는 생산하는 것이 그의 존재 방식이어서, 소비자를 생각하지 않고 생산한다. 그는 생산 이외의 다른 것은 생각하지 않는다. 그래서 생산자의 충만함을 소비자가 수용하지 못하면, 생산자는 생산하기를 그만둔다. 소비자는 한계가 있지만, 생산자는 무한하다. 생산자는 하나님이고, 소비자는 인간이다. 인간은 자신의 용량만큼 하나님이 생산한다고 믿는다. 그러나 생산자인 하나님은 무한하고 영원하다. 인간이 자신의 한계성을 인식하고, 그 자신이 결정한 한계만큼만 수용하려는 소비자로 전락하면, 그는 무한한 생산자 하나님을 자신의 한계성으로 통제하려한다. 그러나 우리가 무한성을 깨닫고 하나님의 무한성을 수용하면, 우리는 무한하게 된다. 우리의 인식 체계는 하나님의 무한성과 영원성을 받아들일 수 있도록 체계화되어야 한다. 그러기 위하여 인식 체계도 5감각에 의한 유한한 이성의 체계가 아니라, 신성한 환상을 인식할 수 있는 상상력을 기반으로 한 인식 체계로 전환되어야 한다.

인간뿐 아니라 자연의 역사 속에서 생산자와 소비자는 늘 적대 관계이다. 생산자 하나님은 소비자 인간에 대하여 늘 불만이다. 생산자 하나님이 그의 사랑과 지혜를 인간에게 주려고하는 욕망은 무한한데, 인간은 무한과 영원의 하나님의 욕망을 이성의 잣대로 들이대며 자신의 한계만을 주장하며, 이성의 한계에 머물러 있으려고 한다. 생산자인 하나님은 지혜와 사랑을 무한대로 영원히 생산하려하고, 소비자인 인간은 자신의 한계를 주장하며 하나님의 무한한 욕망을 수용할 수 없다고 한다. 인간은 자신이 가지고 있는 자연의 한계성으로 하나님의 무한한 지혜와 사랑을 받기가 쉽지 않다고 말한다. 인간은 모든 강물들을 수용하는 바다가 아니라고 말한다. 하나님이 예수를 통해 인간의 모습으로, 신성이 인성을 입고 이 세상에 와서, 인간은 신성과 인성을 함께 지닌 하나님의 자식이라고 거듭 말한 지가 2000년이 훨씬 넘었다. 그러나 인간은 아직도 자신의 신성을 부인하고 있다. 종교가 해야 할 일은, 결국 생산자인 하나님의 사랑과 지혜를 깨달아 소비자인 인간이 생산자의 욕망을 바다와 같이 수용할 수 있도록 생산자의 인식을 확장하는 것이다. 소비자인 인간을 환상가로 만들어야 한다.

예수는 자신이 평화가 아니라 불화를 주러 왔다고 말하고 있다. "너희는 내가 세상에 평화를 주려고 온 줄로 생각하지 말라. 평화가 아니라 불화를 주려고 왔다. 나는 사람이 자기 아버지와 맞서게 하고, 딸이 자기 어머니와 맞서게 하고, 며느리가 자기 시어머니와 맞서게 하려고 왔다"(「마태복음」 10:34-5). 예수는 이곳에서 우리가 지금까지 믿고 따랐던 하나님의 율법에 대하여 충격적인 말을 하고 있다. 그렇다면 우리더러 십계명을 지키지 말라는 말인가? 왜 하나님은 십계명을 주고 우리에게 그를 지키라고 하였는가? 하나님이 인간에게 십계명을 주었을 때, 그를 통하여 인간들이 하나님 자신을 만나라고 주었다. 십계명은 하나님 없이 인간들끼리 잘 살라고 준 말이 아니다. 십계명은 하나님을 만날 수 있는 통로이다. 그러나 인간은 율법에만 머무르고, 율법을 통하여 하나님을 만나려고 하지 않았다. 하나님 사랑으로 율법을 지키는 것이 아니라, 이성으로 율법을 지키려하고 있다. 그래서 율법은 사랑의 율법이 아니라 억압의 율법이 되었다. 자식이 부모를 사랑하라는 계명은, 자식이 부모를 사랑하여 그 사랑을 통하여 하나님의 사랑을 만나야 하는데, 하나님의 사랑은 부재한 채 부모가 자식에게 사랑을 강요하면, 그 계명은 억압구조가 된다. 예수는 하나님의 사랑이 부재한 율법에 불협화음을 주었다. 율법의 올바른 의미를 알라고 충격의 말을 하였다. 하나님의 율법은 하나님의 사랑의 형식이다. 인간을 사랑하여 인간에 율법을 주었다. 하나님이 인간을 사랑하지 않았다면, 십계명도 없었을 것이다. 평화가 아니라 불화를 주려고 예수가 왔다는 말은, 이성의 억압구조인 인간의 도덕률이 아니라, 하나님의 사랑과 자유의 환상에 근거한 하나님의 도덕률을 따르라는 뜻이다. 하나님의 사랑이 율법보다 먼저이다.

　최후 심판에 예수가 천사와 더불어 영광에 둘러싸여서 선한 자(양)와 악한 자(염소)를 가르듯이(「마태복음」 25:31-46), 예수는 인간의 율법을 지키는 자와 하나님의 율법을 지키는 자를 가르려고 왔다. 둘 사이를 갈라놓으려고 이 세상에 왔다고 했다. 복음서에 나타난 예수는 생산자 하나님이 어떠한 분이고, 소비자 인간은 생산자 하나님과 어떠한 관계에 있는지를 분명히 이야기하고 있다. 예를 들어 「마태복음」 10장 32절을 보자. "누구든지 사람들 앞에서 나를 시인하면, 나도 하늘에 계신 내 아버지 앞에서 그 사람을 시인할 것이다." 예수는 구원받고자 하는 사람은 누구나 사람들 앞에서 자신을 하나님의 아들이라 말하라 한다. 예수를 안다고 말하라 한다. 예수를 구세주로 믿는다는 말을 한다는 것은, 그 진리를 받아들여 그에 따라 행동하며 살라는 말이다. 진리의 생산자인 하나님의 말씀을 따라 행동하는 인간은 진리의 소비자이다. 생산자와 소비자를 가르는 행위, 그 자체는 하나님과 인간 사이의 올바른 관계를 회복하는 정의의 실현이다. 인간은 소비자로서의 자신의 한계를 부정하고 생산자인 하나님과 같이 되려고 하였다가 에덴동산에서 쫓겨났다.

　희랍 신화를 보면, 올림퍼스 신들과 싸움을 벌였던 거인들Giants은 땅의 여신 가이아Gaia와 하늘의 신 우라누스Uranus 사이에서 태어난 자식들이다. 그리고 성경을 보면, 노아Noah의 홍수 이전에 지상에 거인들이 살고 있었다. 이 거인들은 "하나님의 아들과 사람의 딸 사이에 태어난 자식들이었다. 그들은 옛날에 살았던 용사들로 유명한 사람들이었다"(「창세기」 6:4). 하나님은 하나님의 아들과 사람의 딸 사이에 태어난 거인들이 사악하다하여 노아의 홍수를 일으켜 모두 수장시켰다. 거인들은 하나님의 말을 따르지 않아 멸망한 족속이다. 블레이크가 보기에 희랍 신화에 나오는 거인이나 성경에 나오는 거인 둘 다 신과 하나님에 대항하여 싸웠다가 멸망한 족속들이다. 그리고 현재 혁명의 기운이 되는 강한 동력들Energies은 노아의 홍수 이전에 살았던 거인들이 가졌던 것과 같이, 새로운 질서를 갈구하여 발생한 활력이다. 메시아와 사탄 그리고 유혹자Tempter 모두 예전에 거인들이 가졌던 욕망의 동력과 같이 기존의 질서를 부인하고 새로운 질서를 요구하는 활력을 가졌던 인물들이다. 메시아 예수는 살아서 성전에 들어가 거짓 하나님을 주장하는 자들을 향하여 분노하였고, 사탄과 유혹자는 자신들을 억압하는 하나님을 향해 반역의 용기를 내며 억압된 욕망을 표출하였던 인물들이었다. 그들 셋 모두 자신의 욕망을 억압하는 반대편에 대항하여 싸우며 자유의 노래를 불렀던 거인이었다. 시인이었다.

Blake, William. *The Note-Book of William Blake Called Rossetti Manuscript*. Ed. Geoffrey Keynes. New York: Cooper Square Publishers, 1970.

CHAPTER 16
__ 판화 17-20

to reconcile them seeks to destroy existence.

Religion is an endeavour to reconcile the two.

Note. Jesus Christ did not wish to unite but to seperate them, as in the Parable of sheep and goats! & he says I came not to send Peace but a Sword.

Messiah or Satan or Tempter was formerly thought to be one of the Antediluvians who are our Energies.

A Memorable Fancy

An Angel came to me and said O pitiable foolish young man! O horrible! O dreadful state! consider the hot burning dungeon thou art preparing for thyself to all eternity, to which thou art going in such career.

I said. perhaps you will be willing to shew me my eternal lot & we will contemplate together upon it and see whether your lot or mine is most desirable

So he took me thro' a stable & thro' a church & down into the church vault at the end of which was a mill; thro' the mill we went, and came to a cave. down the winding cavern we groped our tedi-ous way till a void boundless as a nether sky ap-peard beneath us, & we held by the roots of trees and hung over this immensity; but I said, if you please we will commit ourselves to this void, and see whether providence is here also, if you will not I will? but he answerd, do not presume O young-man but as we here remain behold thy lot which will soon appear when the darkness passes away

So I remaind with him sitting in the twisted root

판 화 17

root of an oak. he was suspended in a fungus
which hung with the head downward into the deep;

By degrees we beheld the infinite Abyss, fiery
as the smoke of a burning city; beneath us at an
immense distance was the sun, black but shining
round it were fiery tracks on which revolv'd vast
spiders, crawling after their prey; which flew or
rather swum in the infinite deep, in the most ter-
-rific shapes of animals sprung from corruption.
& the air was full of them, & seemd composed
of them; these are Devils. and are called Powers
of the air, I now asked my companion which was my
eternal lot? he said, between the black & white spiders

But now, from between the black & white spiders
a cloud and fire burst and rolled thro the deep
blackning all beneath, so that the nether deep grew
black as a sea & rolled with a terrible noise: be-
-neath us was nothing now to be seen but a black
tempest, till looking east between the clouds & the
waves, we saw a cataract of blood mixed with fire
and not many stones throw from us appeard and
sunk again the scaly fold of a monstrous serpent
at last to the east, distant about three degrees ap-
-peard a fiery crest above the waves, slowly it rear-
-ed like a ridge of golden rocks till we discoverd
two globes of crimson fire, from which the sea
fled away in clouds of smoke, and now we saw, it
was the head of Leviathan, his forehead was di-
-vided into streaks of green & purple like those on
a tygers forehead: soon we saw his mouth & red
gills hang just above the raging foam tinging the
black deep with beams of blood, advancing toward
us

판 화 18

us with all the fury of a spiritual existence.

My friend the Angel climb'd up from his sta-
tion into the mill; I remaind alone, & then this
appearance was no more, but I found myself sit-
ting on a pleasant bank beside a river by moon
light hearing a harper who, sung to the harp. &
his theme was, The man who never alters his
opinion is like standing water, & breeds reptiles
of the mind.

But I arose, and sought for the mill. &
there I found my Angel, who surprised asked
me how I escaped?

I answerd, All that we saw was owing to your
metaphysics: for when you ran away, I found myself
on a bank by moonlight hearing a harper, But
now we have seen my eternal lot, shall I shew you
yours? he laughd at my proposal: but I by force
suddenly caught him in my arms, & flew westerly
thro' the night, till we were elevated above the
earths shadow: then I flung myself with him direct-
ly into the body of the sun, here I clothed myself in
white, & taking in my hand Swedenborgs volumes
sunk from the glorious clime, and passed all the
planets till we came to saturn, here I staid to rest
& then leap'd into the void, between saturn & the
fixed stars.

Here said I! is your lot, in this space, if space
it may be calld, Soon we saw the stable and the
church, & I took him to the altar and opend the
Bible, and lo! it was a deep pit, into which I de-
scended driving the Angel before me, soon we saw
seven houses of brick, one we enterd; in it were a
num

판 화 19

number of monkeys, baboons, & all of that species
chaind by the middle, grinning and snatching at
one another, but witheld by the shortness of their
chains; however I saw that they sometimes grew nu
merous, and then the weak were caught by the strong
and with a grinning aspect, first coupled with & then
devoured, by plucking off first one limb and then ano
ther till the body was left a helpless trunk, this after
grinning & kissing it with seeming fondness they de-
voured too; and here & there I saw one savourily pic-
king the flesh off of his own tail; as the stench ter
ribly annoyd us both, we went into the mill, & I in
my hand brought the skeleton of a body, which in
the mill was Aristotles Analytics.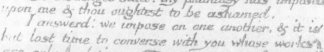

    So the Angel said: thy phantasy has imposed
upon me & thou oughtest to be ashamed.

    I answerd: we impose on one another, & it is
but lost time to converse with you whose works
are only Analytics

판 화 20

기억해야할 공상

천사 한 명이 나에게 와 말했다. "오 불쌍하고 어리석은 젊은이! 오 끔찍해라! 아 너무 불쌍하구나! 뜨겁게 불타는 동굴에 영원히 떨어질 것들을 준비하고 있구나. 그렇게 살다가 그곳에 간다."

내가 말했다. "내 영원한 운명을 보여주시겠습니까? 함께 생각해봅시다. 당신의 운명과 내 운명 중 어느 것이 더 바람직한지 봅시다."

그는 날 데리고 마구간을 지나고 교회를 지나, 교회 지하 납골당 아래로 내려갔다. 납골당 끝에는 공장Mill이 있었고, 그 공장을 지나 동굴에 도착했다. 그 꼬부랑 동굴 아래로 지루하게 더듬어 나아가니, 지하의 하늘같이 끝없는 빈 공간이 우리 아래에 펼쳐져 있었다. 우리는 나무뿌리들을 잡고, 이 무한 공간에 매달려 있었다. 내가 말했다. "괜찮다면, 섭리가 어떠한지 보기 위해, 빈 공간으로 떨어져 내려가 봅시다. 싫으면, 나라도 하겠습니다." 그가 대답했다. "잘난 체하지 말게, 젊은이. 이곳에 있어도, 어둠이 걷히면 당신의 운명이 보일 것이니, 그때 보기로 하세."

그래서 나는 뒤틀어진 참나무 뿌리 위에 앉았고, 그는 빈 공간 아래쪽으로 머리를 아래로 하고, 그곳에 걸려 있는 버섯을 잡고 매달려 있었다.

우리는 불타는 도시의 연기와 같이 무한히 펼쳐져 있는 심연을 조금씩 보았다. 우리 밑으로 아주 멀리 검게 반짝이는 태양이 있었다. 그 태양 둘레로 불타는 길이 나있고, 그 길 위로 거미들이 먹이 쫓아 기어서 돌고 있었다. 거미들의 먹잇감이 무한의 빈 공간을 날아다녔다. 아니 수영하고 있었다. 그들은 부패한 곳에서 생겨나는 아주 끔찍한 동물 모양하고 있었다. 그 공간은 그들 두 무리로 가득했다. 그들이 전부였다. 이들 두 악마는 그 공간의 지배자이다. 난 내 동료에게 어느 것이 내 운명이냐고 물었다. 그가 대답했다. "검은 거미들과 흰 거미들 사이가 네 운명이다."

이제 검은 거미들과 흰 거미들 사이로 구름과 불이 터져 나와 심연을 뚫고 말아 올라가고, 우리의 아래쪽은 모두가 검게 변했다. 아래는 검은 태풍 말고 보이는 것이 없었다. 그러다가 구름과 파도 사이에 드러난 동쪽을 바라보니, 피가 불과 뒤섞인 폭포가 보이고, 돌을 던지면 닿을 곳에 괴물 뱀의 비늘 등이 나타났다가 사라졌다. 그리고 동쪽으로 3도 떨어져 파도 위로 불꽃 버슬 하나 나타났다. 버슬은 천천히 황금 바위 능선같이 일어나더니, 마침내 두 개의 둥근 핏빛 불덩이가 보였다. 바다는 보이지 않고, 온통 구름 연기뿐이다. 리바이어던Leviathan의 머리였다. 앞이마는 호랑이 앞이마 줄무늬같이 초록과 자줏빛 줄무늬로 갈라져 있고, 입과 붉은 아가미는 화내어 생긴 거품 위에 걸려 있다. 검은 심연은 핏빛으로 물들어 있고, 괴물은 영혼 가진 존재a Spiritual Existence처럼 분노를 표출하며 우리를 향해 다가왔다.

나의 동료 천사는 그가 있던 자리에서 공장으로 올라가고, 나 홀로 남아있었다. 그러자 괴물 모습은 더 이상 보이지 않았다. 이제 나 홀로 달빛 비추는 강가 쾌적한 강둑에 앉아, 하프에 맞추어 노래하는 가수의 노래 소리 들었다. 그가 부른 가사 내용은 이러했다. "자신의 견해 바꾸지 않는 사람은 고인 물과 같아서, 그 마음에 파충류들 자란다."

난 일어나 공장 찾아가 내 동료 천사를 보았다. 그는 놀라 내가 어떻게 도망했는지 물었다.

내가 대답했다. "우리가 본 것들은 모두 당신의 형이상학에서 나온 것이었습니다. 당신이 도망하자, 난 홀로 강둑에 앉아 하프 치며 노래하는 가수의 노래 소리를 들었습니다. 자 당신이 내 운명 보여주었으니, 이제 내가 당신의 운명을 보여줄 차례입니다." 그는 내 제안에 웃었다. 나는 강제로 그의 팔을 꼭 잡고, 밤을 날아 서쪽을 향해 갔다. 마침내 우린 지구 그림자 위로 올라가서는, 곧장 태양 안으로 들어갔다. 그곳에서 나는 흰옷을 입고, 손에는 스베덴보리의 무거운 책을 들고, 영광의 나라(태양)를 빠져나와, 일곱 행성들Seven Planets의 가장 끝에 있는 토성에 이를 때까지 모든 행성들을 지나쳤다. 우리는 토성에서 머물러 잠시 쉬었다가, 다시 토성과 7행성 바깥에 있는 항성들Fixed Stars 사이의 공간 속으로 뛰어 들었다.

내가 말했다. "여기에 당신의 운명이 있습니다. 이곳이 어떤 공간인지 알 수 없으나, 우린 이 공간 안으로 들어왔습니다." 우린 그곳에서 마구간과 교회를 보았다. 난 그를 제단으로 데려가, 성경을 열어보였다. 보라! 그곳에 깊은 구덩이가 있다. 나는 내 앞에 천사를 세우고 그곳으로 내려갔다. 우리는 그곳에서 벽돌로 지어진 7채의 집을 보았다. 그들 가운데 하나에 들어가자, 그곳에는 많은 원숭이들과, 추악한 비비들Baboons과 그런 부류 동물들이 허리에 사슬이 묶인 채, 서로 이죽거리며 상대에게 덤벼들었다. 그러나 사슬이 짧아 서로 가까이하진 못했다. 그들은 때로 엄청난 숫자로 자라나서는, 약자가 강자에 의해 잡히면, 우스꽝스럽게도, 처음엔 짝하다가 다음엔 먹혔다. 처음엔 한쪽 사지를, 그리고 다음엔 다른 쪽 사지를 찢어내어, 절망스런 몸통만 남으면, 좋아서 그 몸통을 보고 웃다가 키스하고, 그 몸통마저 먹어치웠다. 이곳저곳에서 자신의 꼬리 살을 입맛 다시며 찢어내는 것을 보았다. 냄새가 지독하게 우리 둘을 괴롭혀서, 우린 공장 속으로 다시 돌아갔다. 나는 그곳에서 뼈대뿐인 시체를 손에 들고 나왔다. 공장에 있던 시체는 아리스토텔레스Aristotle의 『분석』(*Analytics*) 책이었다.

천사가 말했다. "너는 네 환상을 나에게 강요하였다. 창피한 줄 알아라."

내가 대답했다. "우린 서로 자신의 의견을 주장합니다. 당신은 단지 책 『분석』만 가지고 주장하니, 당신과 이야기해보았자 시간만 낭비입니다."

[양립할 때 진정한 우정이 성립한다.]

*

　판화 17의 제목 「기억할만한 공상」의 좌측에는 바다를 바라보는 한 사람이 바닷가에 있는 큰 나무 아래 서있다. 그리고 시 제목 위로는 새 한 마리가 하늘을 향해 위로 날아오르고, 우측으로는 바다는 보이지 않지만 절벽이 있고 절벽과 하늘에는 다섯 마리의 새들이 날고 있다. 그리고 **판화 18**은 글자만 있고 그림은 없다. 그러나 **판화 19**는 위와 아래, 그리고 행간의 빈 공간 3곳에 하늘을 나는 두 사람과 새들이 그려져 있다. 그리고 가운데 그림을 제외하고 위와 아래 두 곳에는 푸른 하늘도 있다. 시에서 볼 수 있는 지옥의 무시무시한 심연과 거대한 거미들 그리고 지하의 공간에 떠있는 태양과는 달리, 새들과 함께 하늘을 나는 인간의 모습이 그려져 있다. 더구나 **판화 19**의 아래쪽 행간에 있는 그림에는 **판화 15**에서 보았던, 독수리가 뱀을 발톱에 잡고 하늘을 나는 모양이 한 번 더 그려져 있다. 시에서 천사는 화자를 데리고 다니며 화자의 운명이라며 지옥을 보여주지만, 화자는 천사가 보여주는 모든 지옥의 환상이 아리스토텔레스Aristotle의 『분석』(*Analytics*)에 근거한 거짓 환상임을 그림을 통해 보여주고 있는 셈이다. 이제 화자는 천사가 자신의 운명을 보여주었으니, 천사에게 천사의 운명을 보여주겠다며 지옥과 같은 교회의 환상을 보여준다. 천사가 믿고 따르는 교회가 지옥이었다. 다른 곳은 볼 것도 없이, 교회가 지옥이었다.

판화 20의 시 아래쪽에 뱀의 모양을 한 바다 괴물 리바이어던Leviathan 이 몸뚱이를 세 번 둥글게 뒤틀어 감으며 바다 위에 떠있다. 입을 벌려 하늘을 향하고 있다. 지옥의 바다답게 좌측 하늘은 폭발한 화산의 불꽃처럼 붉고, 우측은 붉은 빛과 검은 빛이 뒤섞여있다. 바다는 검고 푸른 물빛이다. 그리고 우측 "works"의 "s"의 시작한 부분을 길게 늘여 좌측으로 길게 나뭇가지를 늘이고, 나뭇가지 위에는 두 명의 작은 사람들이 앉아있다. 리바이어던을 바라보는 천사와 화자이다. 「욥기」에 기록된 리바이어던은 "악을 상징하는 거대한 바다-용"이다(Damon 239). 그리고 블레이크에게 있어서 리바이어던은 혼돈과 무질서의 상징인 바다에 살고 있는 사탄과 같은 뱀이다. 유물론을 대표하는 홉스Thomas Hobbes: 1588-1679는 그의 책 『리바이어던』(*Leviathan*, 1651) 에서 우리는 감각을 통하여 배우고, 상상력은 "단지 부패한 감각"(11)일 뿐이라며, 블레이크와는 정반대되는 의견을 제시하였다.

**

화자가 천사를 만났을 때, 천사는 화자에게 다가와 그가 죽어서 지옥의 동굴로 떨어질 것이라고 말한다. 그러자 화자는 천사에게 서로 상대방의 운명을 환상으로 보여주자고 제안한다. 교조주의자인 천사가 먼저 화자의 운명을 보여주기 위해 정통 교리에 근거한 상징 공간으로 그를 데려간다. 천사는 제일 먼저 "말의 교훈"instruction of horses을 상징하는 곳인 예수가 탄생한 마구간으로 화자를 데려간다. 예수의 탄생의 의미를 보여주기 위해서였다. **판화 9**에서 지옥의 잠언들 가운데 다음이 있다. "가르치려드는 말horse보다 분노의 호랑이가 더 현명하다." 가르치려드는 자는 자신이 할 수 없어, 남들이 자신이 해야 할 일을 대신 하도록 가르치려한다. 자신이 할 수 있다면, 자신이 직접 행동했을 것이다. 화자가 생각하기에 "말의 교훈"은 예수 사랑의 상징이 아니라, 교회가 가르치고 제한하고 부정하는 이성의 상징이다. 교회가 하는 일이라고는 예수의 가르침을 따라 행동하는 것이 아니라, 말로 할 수 있는 교리만을 만드는 일을 할뿐이다. 화자는 천사에게 이끌려 이번에는 교회의 지하 납골당으로 인도된다. 시에 그려진 교회 지하 납골당은 예수가 부활한 생명의 장소가 아니다. 그곳은 단지 교리에 따라 천국과 지옥의 심판이 이루어지는 죽음의 장소일 뿐이다. 그리고 다시 그들은 교조주의의 상징으로, 아리스토텔레스 논리학의 정수라고 할 수 있는 책『분석』이 놓여 있는 공장Mill으로 들어간다. 공장은 상상력이 공급한 아이디어들을 가지고 기계적으로 추론만을 반복해서 생산해내는 장소이다. 공장은 이론만을 만들어내는 교조주의Dogmatism의 상징이다. 그리고 그런 교조주의가 만들어낸 지옥의 동굴Cave이 나타난다.

　화자가 보기에 부패한 종교는 신비의 나무 열매를 먹고 자란다. 이곳에서 신비의 나무는 지옥의 나무이다. 그래서 그 나무의 뿌리는 "땅 아래 있는 하늘"nether sky을 향하여 있다. 그리고 그 아래 하늘은 공포를 불러내는 무한히 텅 빈 공간이다. 우리는 환상Vision을 5감각의 자연의 의미Natural Sense로 읽을 것이 아니라, 상상의 눈을 가지고 영적 의미Spiritual Sense로 읽어야 한다. 지금 우리는 천사와 화자가 보여주는 환상 속으로 들어와 있다. 위쪽 하늘은 천국이고, 아래 하늘nether sky이나 심연deep은 지옥이다. 그리고 아래 하늘 텅 빈 공간은 공포를 조장할 뿐 아무 의미도 없는 공간이다. 화자는 그 텅 빈 공간이 허위 공간임을 알기에 천사에게 함께 뛰어내리자고 한다. 그러나 천사는 자신이 만들어 놓은 허구의 공간인데도 불구하고 두려워하며 감히 뛰어내리지 못한다. **판화 16**의 거인들과 같이, 자신이 만들어 놓은 교리에 자신이 얽매어 있는 모습이다. 그리고 천사는 화자를 그와 같이 거짓 환상에 매어놓으려 한다. 그러나 화자는 처음부터 그 공간이 단지 두려움의 대상인 상징으로, 가공의 공간임을 알고 있었다. 그 공간은 두려움을 주기 위하여 만들어진 가상공간이지, 실제 공간은 아니다. 천사는 화자를 "고집스레 뿌리를 내린 과오"(Damon 305)를 상징하는 참나무 뿌리에 앉히고, 자신은 아래쪽 심연으로 향해있는 "기생 식물"인 버섯을 잡고 매달려 있다. 천사는 육체를 거부하는 금욕주의자로, 육체에 기생하는 영혼일 뿐이다.

천사와 화자는 천사가 보여주는 화자의 운명을 함께 본다. 천사가 화자에게 보여주는 환상 공간은 화자가 갈 곳이라고 천사가 생각하는 지옥의 환상이다. 그 지옥에는 불타기는 하나 빛은 없는, 즉 진리의 빛이 아닌 검은 태양이 있고, 그곳에 있는 거미들이 먹잇감을 쫓아서 그 태양 주위를 빙빙 돌고 있다. 태양 주위를 도는 거미들은 먹잇감을 마련하기 위해 자신의 몸에서 빼낸 거미줄로 덫을 쳐놓는다. 거짓과 사기의 덫이다. 그들은 스스로 자신을 구원할 수 있다고 믿는 무리들이다.

천국에서 태양은 하나님이고, 천사들은 태양인 하나님 주위에 앉아있다. 천국에서 천사들은 하나님 주위에 앉아서 하나님의 지혜인 햇빛을 받고, 하나님의 사랑인 햇볕을 쬐며 살고 있다. 그러나 검은 태양의 주위에 몰려 있는 지옥의 천사인 거미들은 검은 태양에 빛도 볕도 없어, 검은 태양으로부터 지혜도 사랑도 받지 못한다. 그들은 스스로 먹이를 찾아야 한다. 그러나 그들이 찾아낸 먹이는 지혜도 사랑도 아니어서, 먹잇감들이 모두 부패하여 생겨난 부산물들이다. 화자는 천사에게 자신의 운명은 어디에 있느냐고 묻고, 천사는 흰 거미들과 검은 거미들 사이에 있다고 말한다. 지옥에서 검거나 흰 것은 옳거나 그르거나 하는 상징적 의미를 전혀 지니지 못한다. 단지 공간을 열어주는 의미로 흑백의 틈새로 "영혼의 존재가 분노하며"all the fury of a Spiritual Existence 분출하여 나온다. 리바이어던이다. 리바이어던은 천사가 화자에게 보여준 화자의 운명이다.

성경의 「욥기」를 보면, 욥이 자신에게 고통을 안겨준 하나님에게 불만을 토로하며 비난하자, 화가 난 하나님은 자신의 지혜와 전지전능을 의심한다며 바다의 괴물 리바이어던을 창조한 하나님에게 미천한 인간이 분노하고 있다며 욥을 꾸짖는다. 「욥기」 41장은 1절부터 마지막 34절까지 바다의 괴물 리바이어던의 괴력에 대하여 말하고 있다. 특히 41장 마지막 33-4절은 리바이어던을 "땅 위에 그것과 겨룰 것이 없으며, 그것은 처음부터 겁이 없는 것으로 지음 받아, 모든 교만한 것들을 우습게보고, 거만한 모든 것 앞에 왕 노릇 한다"고 했다. 그리고 「이사야서」 27장 1절에 이사야는 구체적으로 리바이어던을 뱀이라고 말하고 있다. 심판의 날에 "주님께서 좁고 예리한 칼로 벌하실 때, 매끄러운 뱀 리바이어던, 꼬불꼬불한 뱀 리바이어던을 처치하실 것이다"라고 했다. 하나님을 제외하고 인간인 그 누구도 리바이어던과 싸워 이길 자가 없다. 리바이어던은 뱀의 모습을 한 공포의 대상이다. 괴물 뱀 리바이어던이 "재생"의 상징인 동쪽으로부터 천사와 화자 앞에 나타나자, 천사는 두려워 형이상학의 체계의 상징인 공장Mill으로 다시 돌아간다. 천사가 떠나고 화자 홀로 남는다. 리바이어던은 천사가 만든 괴물이다. 천사에게만 의미가 있을 뿐이다. 리바이어던은 화자에게 아무 의미가 없다. 리바이어던은 자신의 분노를 터뜨려 두려움을 안겨 줄 대상으로 천사가 없어지자, 그 자신도 자리를 떠난다. 그리고 달빛 비추는 강가에서 가수가 나타나 하프를 연주하며 다음을 노래한다. "자신의 견해를 바꾸지 않는 사람은 고인 물과 같아서, 그 마음에 파충류들이 자란다."

화자는 함께 하기를 거부하는 천사의 팔을 잡고, 밤을 지나 서쪽으로 날아 태양으로 들어갔다. 태양 속에서 화자는 흰옷을 입고, 손에는 스베덴보리의 무거운 책을 들고, 태양에서 빠져나와 유성들을 지난다. 그들은 일곱 유성들the Seven Planets: 달, 수성, 금성, 태양, 화성, 목성, 토성을 지나쳐, 일곱 유성들 가운데 마지막 유성인 토성Saturn에 도착한다. 그들은 그곳에서 잠시 쉬었다가 토성과 항성들Fixed Stars 사이에 나있는 빈 공간으로 뛰어내린다. 그들은 그곳에서 마구간과 교회를 본다. 그리고 교회의 제단으로 가서 성경을 연다. 그러자 성경은 깊은 구덩이로 변한다. 그들은 그 구덩이로 내려가 『묵시록』의 일곱 교회를 상징하는 일곱 벽돌집을 보고, 그들 가운데 한 집으로 들어가자 그곳에서는 수많은 원숭이들이 허리는 사슬에 묶인 채, 서로 조롱하며 할퀴고 있다. 그러나 사슬이 짧아 서로 미치지 못하고 조롱하는 흉내만 낸다. 원숭이들은 때로는 약자와 강자로 나뉘어, 강자가 약자의 사지를 뜯어먹고, 심지어 자신의 꼬리 살까지도 떼어먹는다. 냄새가 지독하여 둘은 다시 공장으로 돌아온다. 이 원숭이들은 서로 자신의 이론이 올바른 이론이라고 주장하며 상대방을 헐뜯고 심지어 이단으로 몰아 살해하기까지 하는 신학자들이다.

화자는 아리스토텔레스의 『분석』을 공장에서 가지고 나온다. 그리고 화자는 판화에는 생략되어 있지만 시집에는 들어있는 "양립할 때 진정한 우정이 성립한다"라는 말로, 천사의 지옥 여행과 화자의 지옥 여행의 환상을 마무리한다. 우주질서에 생산자와 소비자가 있듯이, 둘 이상이 모이면 그곳에는 반드시 강자가 있고 약자가 있다. 대립하는 양측이 서로의 이견을 인정할 때, 그곳에 진정한 우정이 성립한다. 차이도 없고 분별도 없으려면, 강자가 약자의 자리로 내려오거나 아니면 약자가 강자의 위치로 올라가야 한다. 그러려면 둘 다 자신의 욕망을 억제해야 한다. 강자나 약자의 욕망이 억압되어 있는 위험한 평화이다. 둘이 상대의 욕망을 인정하고, 양측이 상대방의 욕망을 억압하지 않고 두 욕망이 양립할 수 있다면, 그때 진정한 우정이 성립한다. 우정에 통합이란 존재할 수 없다. 통일과 통합은 강자가 약자를 억압하고 있는 억압구조이다. 양립만이 진정한 자유이고, 평등이고, 사랑이다.

Damon, S. Foster. *A Blake Dictionary: The Ideas and Symbols of William Blake*. Colorado: Shambhala Publications, 1979.

Hobbes, Thomas. *Leviathan*. Ed. J. C. A. Gaskin. Oxford: Oxford UP, 1996.

CHAPTER 17
__ 판화 21-22

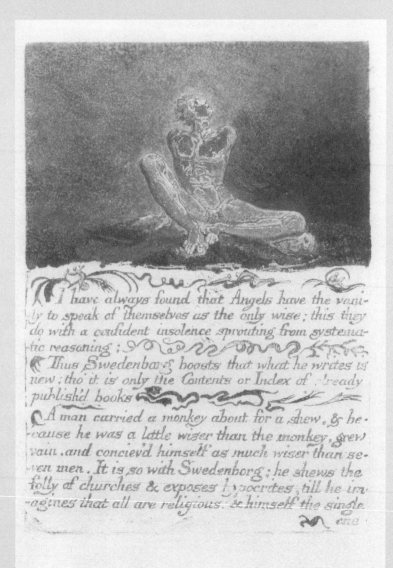

I have always found that Angels have the vani-
ty to speak of themselves as the only wise; this they
do with a confident insolence sprouting from systema-
tic reasoning;

Thus Swedenborg boasts that what he writes is
new; tho' it is only the Contents or Index of already
publish'd books

A man carried a monkey about for a shew, & be-
cause he was a little wiser than the monkey, grew
vain, and conciev'd himself as much wiser than se-
ven men. It is so with Swedenborg; he shews the
folly of churches & exposes hypocrites, till he im-
agines that all are religious. & himself the single
one

판 화 21

one on earth that ever broke a net.

¶ Now hear a plain fact: Swedenborg has not written one new truth: Now hear another: he has written all the old falshoods.

¶ And now hear the reason. He conversed with Angels who are all religious, & conversed not with Devils who all hate religion, for he was incapable thro' his conceited notions.

¶ Thus Swedenborgs writings are a recapitulation of all superficial opinions, and an analysis of the more sublime, but no further.

¶ Have now another plain fact: Any man of mechanical talents may from the writings of Paracelsus or Jacob Behmen, produce ten thousand volumes of equal value with Swedenborgs, and from those of Dante or Shakespear, an infinite number.

¶ But when he has done this, let him not say that he knows better than his master, for he only holds a candle in sunshine.

A Memorable Fancy

Once I saw a Devil in a flame of fire, who arose before an Angel that sat on a cloud, and the Devil uttered these words.

The worship of God is, Honouring his gifts in other men each according to his genius, and loving the

greatest

판 화 22

천사들이 자신들만 현명하다며 주장하는 그들의 허영을 난 알고 있다. 그들은 조직적인 추론에 근거한 거만한 무례함으로 허영을 부리고 있다.

스베덴보리 또한 그가 쓴 것들이 모두 처음이라며 허드레 떤다. 그러나 그 내용은 이미 출판된 책들의 내용이거나, 색인들일 뿐이다.

볼거리를 제공하려고 원숭이 한 마리를 데리고 다니며, 그 원숭이보다 자신이 조금 더 현명하다고 허세부리다가, 급기야 자신은 현자들 7명을 합친 것보다 더 현명하다 생각한다. 스베덴보리가 그랬다. 그는 교회가 저지른 어리석음을 제시하고, 교회의 위선을 노출시키고는, 종교인들은 모두 다 어리석다고 말했다. 그리고 그런 거짓을 들추어낼 사람은 지구상에 오직 자신뿐이라고 생각했다.

사실은 이렇다. 스베덴보리는 새로운 진리를 하나도 쓰지 않았다. 달리 이야기하자. 그는 예전에 있었던 거짓들을 들추어내 재인용했을 뿐이다.

진리일 수 없는 이유는 다음이다. 그는 종교를 잘 안다고 생각하는 천사들과만 이야기를 나누고, 종교를 싫어하는 악마들과는 전혀 이야기하지 않았다. 그는 자신을 과신한 탓에 그럴 필요가 없었다.

이와 같이 스베덴보리는 모두 피상적인 견해들을 요약하였을 뿐이다. 그리고 좀 더 고상한 방식으로 분석하였다—그 이상은 아니다.

좀 더 분명한 사실이 있다. 조작 능력이 있는 누구나 파라셀수스Paracelsus 또는 야곱 베멘Jacob Behmen의 저서들로부터 스베덴보리 작품에 버금가는 일만여 권의 책을 만들어낼 수 있다. 아니면 단테Dante나 셰익스피어Shakespeare 작품을 뒤지면 무한히 셀 수 없을 정도의 책들을 끝도 없이 써낼 수 있다.

그러나 그가 이런 일을 해놓고, 자신이 그의 선생보다 더 많이 안다고 말하지 말게 하자. 그는 대낮에 켜놓은 촛불에 지나지 않는다.

＊

　　판화 21의 시 시작 부분 바로 위에, 고개를 꺾어 동쪽 하늘을 바라보며
두 팔은 뒤로 기댄 나체의 한 남성이 풀밭 위에 앉아 있다. 마치 화산이 폭발
한 곳에 앉아 있는 것 같다. 동쪽 하늘엔 검은 태양이 떠오르고 있건만, 그의
몸은 온통 빛으로 반짝인다. 그가 발산하는 빛은 빛을 받아 빛나는 것이 아니
라, 그가 바로 빛이어서 그로부터 흘러나오는 황금빛이다. 그는 두 팔을 등
뒤로 받쳐 허리를 펴고, 두 다리를 끌어당겨 오른 다리를 45도 정도 들고,
왼쪽 다리의 굽은 무릎으로 해골 하나를 꼭 누르고 있다. 그의 오른 다리 아
래로 몸을 받쳐 주는 오른 손이 보이고, 그의 손에서 조금 떨어진 곳에 검은
책이 보인다. 그는 죽었다가 다시 살아난 사람 같다. 그는 해골에서 막 빠져
나온 영혼일까? 왼쪽 무릎으로 누르고 있는 해골은 이전에 죽었던 그의 옛
모습일 것이다. 그는 젊다. 그는 젊음을 간직한 채 땅이 아니라 하늘을 바라

보고, 그 뒤로는 그가 뿜어내는 빛으로 가득하다. 그가 뿜어내는 빛으로, 그의 몸도 황금빛이다. 황홀하다.

**

글쓰기에 가장 기본이 되는 방식이 두 가지가 있다. 하나는 긍정적 글쓰기Positive Writing이고, 다른 하나는 부정적 글쓰기Negative Writing이다. 긍정적 글쓰기란 자신이 쓰고 있는 주제와 유사한 주장을 하는 예들을 제시하여, 자신의 주장도 그들과 다르지 않으니 그의 주장이 옳다고 말하는 방식이다. 보통 글쓰기는 이 방식을 많이 따른다. 자신의 글의 주제를 입증할 여러 자료들, 특히나 누구나 다 알고 있어 이의를 제기하지 않을 자료들을 근거로 들어, 자신의 주장이 올바름을 간접적으로 주장하는 방식이다. 아주 유명한 사람들, 이를테면 아인슈타인이나 공자나 플라톤 또는 셰익스피어와 단테 같은 과학자나 철학자 또는 작가가 한 말을 인용하여, 자신이 주장하는 내용도 그들과 다르지 않다고 말하는 방식이다. 또 다른 글쓰기 방식으로는 부정적 글쓰기가 있다. 자신의 주장과 반대되는 주장들을 예로 들어, 자신의 주장이 올바름을 입증하는 방식이다. 이때 타인의 주장은 명백히 오류임이 입증된 주장들이어야 한다. 명백히 틀린 증거들을 제시하여, 그들과 자신의 주장이 다르다는 방식으로 자신의 주장이 올바름을 입증하는 방식이다.

블레이크는 스베덴보리의 글쓰기 방식이 부정적 글쓰기 방식을 취하고 있다고 말한다. 블레이크가 시의 제목으로 사용한 "기억할만한 공상"A Memorable Fancy은 스베덴보리가 쓴 책 『순정 기독교인』(*True Christian Religion*)에 나오는 작은 제목 「기억해야할 대화」("Memorable Relation")를 풍자한 것이다. 스베덴보리는 「기억해야할 대화」에서 "종교를 잘 안다고 생각하는 천사들과 이야기를 나눈다." 종교를 잘 안다고 생각하는 천사들이란 종교 지도자들이다. 그는 그들과 대화를 나누는 동안 그들의 의견과 다른 입장을 취하는데, 그가 제시한 그들의 의견이란 모두 예전에 거짓으로 판명 난 내용들이다. 새로울 것이 전혀 없다. 그는 천사들이 틀린 이야기를 하게 해놓고 그들의 주장이 틀렸다고 반박한다. 예를 들어, 『순정 기독교인』의 제1장에서 스베덴보리는 천사들이 삼위일체의 신을 개별적인 3개의 신으로 나누어 생각하고 있어, 그들의 이런 의견은 틀리다고 말한다. 하나님은 한 분이시기 때문이다(26-32). 그가 쓴 내용은 이미 누구나 다 알고 있는 진리이다. 모두 다 틀렸다고 예전에 벌써 다 증명한 허위 이론을, 스베덴보리는 새삼 들추어 내어 다시 틀렸다고 증명하고 있다고 블레이크는 말한다.

파라셀수스Paracelsus: 1493?-1541는 필명이고 그의 본명은 "테오프라스투스 봄바스투스 폰 호헨하임"Theophrastus Bombastus von Hohenheim이다. 그는 스위스 태생의 의사, 식물학자, 연금술사, 점성술가, 그리고 종교 환상가 Visionary였다. 그는 여러 분야에서 개척자였으며, 만물박사 르네상스 인으로 연금술과 철학논문을 다수 썼다. 그는 독물학의 기초를 다졌고, 고대 문헌들의 연구보다 자연을 관찰하고 실험하라 말한 현대과학자였고, 아연Zinc이라는 이름을 지어냈으며, 질병은 심리 질환이라고 말한 첫 사람이었다. 무엇보다 그는 점성술로 질병을 치료한 점성술사요, 환상가였다. 특히 파라셀수스는 상상력이 인간의 모든 활동에 가장 근본이라고 생각했다. 파라셀수스는, 인간은 자신이 상상하는 만큼 그 자신일 수 있으니, 그가 상상하는 그가 바로 그 자신이라고 했다(Damon 322). 이와 같은 상상에 대한 파라셀수스의 생각은 바로 블레이크의 생각이고, 낭만주의자들의 생각이 되기도 했다.

16세기 영국인들은 독일의 기독교 신비가요 신학자인 야콥 뵈메Jakob Böhme: 1575-1624를 야콥 뵈메Jacob Boehme라 불렀고, 17세기에는 베멘Behmen

으로 불렀다. 뵈메는 가난한 농부 아들로 태어나 구두장이 견습생으로 맡겨졌으나, 일은 하지 않고 허구한 날 신비의 환상에 자주 빠져있어 결국 일터에서 쫓겨났다. 그는 환상에 빠져도 아무 불편함 없이 생활할 수 있는 구두 수선하는 일을 평생 직업으로 가졌다. 그는 자신의 신비 경험을 기록한 환상가로, 신비 경험에 관한 많은 작품을 남겼다. 그는 자신의 신비한 경험을 표현하기 위해 파라셀수스가 사용한 연금술 용어들을 차용하였다. 1600년 경 그는 반짝이는 금속 접시에 반사된 빛이 그를 신의 빛으로 가득 채워, 우주의 신비를 경험하게 되었다. 그는 1612년, 그의 대표 작품 『오로라』(*Aurora*)를 쓰다가 내용이 발각되어 동네에서 추방당하기도 하였다. 1645-62년 영국의 존 스패로우John Sparrow가 그의 작품들을 번역하였고, 뉴턴Sir Isaac Newton도 그의 작품에 깊이 심취하였다(Damon 39). 블레이크도 그의 작품들을 읽어 그를 잘 알고 있었다. 1800년 9월 12일 플랙스먼Flaxman에게 보낸 편지에서 블레이크는 미국 혁명이 발발하기 바로 전 "파라셀수스와 뵈메가 그에게 나타났다"고 썼다(Blake 1970, 38). 뵈메는 파라셀수스와 마찬가지로 상상력이 인간에게 있어서 가장 중요하다고 생각하였다. 그는 상상력이 "창조의 힘이고, 모든 것은 상상력으로부터 나온다"고 말했다. 블레이크도 진실을 파악하는 환상Vision을 경험하는 데 이성Reason은 상대가 되지 않는다며, 이성을 계속 비판하였다(Damon 41).

파라셀수스와 뵈메 두 사람 모두 신비 체험의 환상을 기록한 종교 환상가로, 블레이크와 마찬가지로 인간이 진실과 진리를 인식하는 데 이성으로는 부족하고, 창조적인 힘이 되는 "상상력"Imagination이 가장 중요하다고 생각하였다. 그러나 블레이크 자신도 환상가이기는 하지만, 그는 이 두 환상가보다 시인 단테와 셰익스피어를 더 높이 평가하였다. 그는 말하기를, 스베덴보리와 같은 유형의 책을 쓸 때 두 환상가, 파라셀수스와 뵈메의 책을 읽고 요약하고 분석하면 일만여 권의 책을 쓸 수 있지만, 단테와 셰익스피어로부터는 셀 수도 없을 만큼 무한히 많은 책들을 끝없이 쓸 수 있다고 했다. 블레이크는 환상가가 촛불이면, 시인은 햇빛이라고 했다. 종교 환상가가 글을 쓸 때의 입장은 밀턴이 『실낙원』에서 취하였던 입장과 유사하다. 밀턴은 기독교 교리에서 벗어나 사탄을 이야기할 때는 자유로웠지만, 하나님을 이야기할 때는 기독교 교리를 벗어나 열린 사고를 할 수 없었다. 그는 하나님을 이야기할 때는 기독교 교리를 떠나서 이야기할 수 없었다. 그래서 블레이크는 밀턴이 사탄을 이야기할 때만 진정한 시인이었다고 했다. 밀턴은 사탄을 이야기할 때 상상력에 규제를 받지 않았다. 진정한 시인은 그의 상상력을 발휘할 때 교리에 얽매이지 않는다. 스베덴보리는 "종교를 싫어하는 악마들과는 이야기하지 않았다"고 블레이크는 비판하였다. 스베덴보리는 종교의 교리를 벗어나 상상력을 발휘한 시인과 같은 사람들과는 이야기를 하지 않아, 그의 대화는 한계가 있다는 말이다. 상상력이 부재한 채, 이성에 근거한 기독교 교리에 얽매인 배타적인 기독교를 진정한 시인들은 거부한다. 그래서 위선적인 종교인들이 보기에 그런 기독교를 비판하는 진정한 시인들은 모두 악마들이다.

블레이크는 **판화 21**을 시작하며, 위선적인 종교가로 대표되는 천사들이 조직적인 추론에 근거하여 자신만만한 무례함을 보이며, 자신들만이 현명한 존재라고 생각한다고 말한다. 그들 스스로 현명하고 정의롭다고 주장하며, 거짓 교회와 위선적인 종교를 주장하고 옹호하는 천사들이 바로 사탄이다. 블레이크는 「밀턴」("Milton" 38:29-57)에서 밀턴을 사탄과 다시 대면하게 하여 진정한 시인으로 만들고 있다. 다음 시는 밀턴이 사탄이 지배하는 우주의 동쪽 입구에 서서 거짓 교회인 사탄을 향해 말한 내용이다.

Satan! my Spectre! I know my power thee to annihilate
And be a greater in thy place & be they Tabernacle,
A covering for thee to do thy will, till one greater comes
And smites me as I smote thee & becomes my covering.
Such are the Laws of thy false Heav'ns; but Laws of Eternity
Are not such; know thou, I come to Self Annihilation.
Such are the Laws of Eternity, that each shall mutually
Thy purpose & fear, terror, constriction, abject selfishness.
Mine is to teach Men to despise death & to go on
In fearless majesty annihilating Self, laughing to scorn
Thy Laws & terrors. shaking down thy Synagogues as webs.
I come to discover before Heav'n & Hell the Self righteousness
These wonders of Satan's holiness, shewing to the Earth
The Idol Virtues of the Natural Heart, & Satan's Seat
Explore ain all its Selfish Natural Virtue, & put off
In Self annihilation all that is not of God alone,
To put oss Self & all I have, ever & ever. Amen.

사탄! 나의 망령이여! 너를 없앨 수 있는 힘이 내게 있고,
내가 너를 대신하여 너보다 더 위대하게 되거나,
네가 네 맘대로 행동했다고 핑계 댈 너의 교회가 될 힘도 있다는 것 안다.
그러나 그것도 나보다 더 위대한 자가 나타나 내가 널 뭉갠 것처럼,
날 뭉개고 내 위에 올라설 때까지 뿐이다.
너의 거짓 천국 법률은 그런 짓을 한다. 그러나 영원한 하나님 법은
그렇지 않다. 내가 날 희생할 것을 넌 알고 있다.
내가 널 위해 하였듯이, 타인의 선을 위하여

자신을 희생하는 것이 영원한 하나님 법이다.

네 의도와, 너의 사제들과 너의 교회 의도는

사람을 죽음의 공포로 몰아서, 그들에게 전율과 두려움,

공포, 주눅, 자기 비하를 가르치는 것이다.

나의 의도는, 사람이 죽음을 경멸하고, 두려움 없이 당당하게

자기를 희생하고, 너의 법과 공포를 비웃어 조롱하고,

거미줄 같은 너의 교회를 흔들어 파괴하기를 가르치는 것이다.

천국과 지옥 찾기 이전에 먼저, 위선의 악덕의 온상인 스스로 정의롭다며

행한 모든 일들을 찾아, 모든 사람들에게 사탄이 행한 놀라운 일들을 보여주고,

모든 사람들에게 영적이지 않은 정신이 낳은 덕의 우상들과, 사탄이 있는

곳을 보여준 후, 영적이지 않은 이기적인 덕성들 모두를 찾아,

자기-희생으로, 하나님에 속하지 않은 것 모두 폐기할 것이다.

자아와 내게 속한 것 모두 영원히 몽땅 다 없애 버릴 것이다. 아멘.

(Blake 1966, 529-30)

사탄은 밀턴이 상상을 통하여 만들어 놓은 그의 망령my Spectre이다. 사탄은 밀턴의 상상만큼의 크기이다. 밀턴은 사탄을 작거나 크게 만들 수 있다. 밀턴의 자아 크기가 사탄의 크기이다. 밀턴보다 더 위대한 자가 나타나 또 다른 사탄을 만들 때까지는, 밀턴이 만들어놓은 것이 사탄의 모습일 것이다. 그러나 하나님은 그렇지 않다. 하나님이 시인에 의해 만들어지는 것이 아니라, 하나님이 시인을 만든다. 사탄을 만든 자는 밀턴이기에 사탄 위에 밀턴이 있다. 그러나 밀턴은 하나님 앞에서 자신을 희생할 각오가 되어 있고, 희생한다. 사탄의 법에는 늘 내가 먼저이고 내가 무엇보다 위에 있다. 내가 무엇보다 앞에 선다. 그러나 하나님의 법은 내가 맨 나중이고, 늘 나는 하나님 앞에 나를 희생한다. 나를 부인한다.

임마누엘 스베덴보리. 『순정기독교: 상권』. 이모세, 이영근 옮김. 예수인, 1995.

Blake, William. *Complete Writings*. Ed. Geoffrey Keynes. London: Oxford UP, 1966.

Blake, William. *The Letters of William Blake*. Ed. Geoffrey Keynes. Cambridge, Massachusetts: Harvard UP, 1970.

Damon, S. Foster. *A Blake Dictionary: The Ideas and Symbols of William Blake*. Colorado: Shambhala Publications, 1979.

CHAPTER 18
__ 판화 22-24

one on earth that ever broke a net .

Now hear a plain fact : Swedenborg has not writ-
ten one new truth : Now hear another : he has written
all the old falshoods .

And now hear the reason . He conversed with Angels
who are all religious , & conversed not with Devils who
all hate religion , for he was incapable thro' his conceited
notions .

Thus Swedenborgs writings are a recapitulation of
all superficial opinions , and an analysis of the more
sublime . but no further .

Have now another plain fact : Any man of mechani-
cal talents may from the writings of Paracelsus or Ja-
cob Behmen . produce ten thousand volumes of equal
value with Swedenborgs . and from those of Dante or
Shakespear an infinite number .

But when he has done this , let him not say that he
knows better than his master , for he only holds a can-
dle in sunshine .

A Memorable Fancy

Once I saw a Devil in a flame of fire , who arose be-
fore an Angel that sat on a cloud . and the Devil ut-
terd these words .

The worship of God is . Honouring his gifts in other
men each according to his genius . and loving the
great

판 화 22

greatest men best, those who envy or calumniate
great men hate God, for there is no other God.
The Angel hearing this became almost blue
but mastering himself he grew yellow, & at last
white pink & smiling, and then replied,

Thou Idolater, is not God One? & is not he
visible in Jesus Christ? and has not Jesus Christ
given his sanction to the law of ten commandments
and are not all other men fools, sinners, & nothings?

The Devil answer'd; bray a fool in a morter with
wheat yet shall not his folly be beaten out of him;
if Jesus Christ is the greatest man, you ought to
love him in the greatest degree; now hear how he
has given his sanction to the law of ten command-
ments: did he not mock at the sabbath, and so
mock the sabbaths God? murder those who were
murderd because of him? turn away the law from
the woman taken in adultery? steal the labor of
others to support him? bear false witness when
he omitted making a defence before Pilate? covet
when he prayd for his disciples, and when he bid
them shake off the dust of their feet against such
as refused to lodge them? I tell you, no virtue
can exist without breaking these ten command-
ments: Jesus was all virtue, and acted from im-
-pulse

판 화 23

pulse. not from rules.

When he had so spoken: I beheld the Angel who stretched out his arms embracing the flame of fire & he was consumed and arose as Elijah.

Note. This Angel, who is now become a Devil, is my particular friend: we often read the Bible together in its infernal or diabolical sense which the world shall have if they behave well.

I have also: The Bible of Hell, which the world shall have whether they will or no.

One Law for the Lion & Ox is Oppression

판 화 24

기억해야할 공상

나는 예전 화염에 휩싸인 악마를 보았다. 악마는 구름 위에 앉아 있는 천사 앞에 나타나, 이렇게 말했다. "하나님께 예배드린다는 말은 이것이다. 자신의 창조 능력genius에 따라, 하나님이 인간에게 주신 은총에 경의를 표하고, 가장 위대한 사람을 가장 많이 사랑하는 것이다. 위대한 사람을 시기하고 헐뜯는 사람은 하나님을 미워하는 것이다. 왜냐면 위인들이 아니면 달리 하나님 만날 곳이 없다."

이 말을 들은 천사는 얼굴이 파래졌다가, 자제를 하자 노래졌다가, 다시 희어지더니 차츰 핑크빛으로 변하였다. 그리고 웃으며 그가 대답했다. "우상숭배자여! 하나님은 한 분이 아니냐? 그 분은 예수 그리스도가 아니냐? 예수 그리스도가 10계명을 증거로 보여주지 않았느냐? 그 분을 제외한 모든 인간은 어리석은 자요, 죄인이며, 허깨비가 아니냐?"

악마가 대답했다. "밀과 함께 회반죽 뒤집어 쓴 바보를 마구 때려댄들, 그의 어리석음이 그에게서 빠져나오겠는가? 예수 그리스도가 가장 위대한 사람이라면, 너는 그를 최고로 사랑해야 한다. 자, 그가 10계명의 증거를 어떻게 보여주었는지 보자. 그가 안식일을 조롱하지 않았느냐? 안식일의 하나님을 조롱한 것이 아니냐? 자신 때문에 죽은 사람들을 죽게 놔둔 것이 아니냐? 간통한 여인이 법을 피해가게 한 것이 아니냐? 자신이 먹기 위해 남들이 수고한 것을 훔치지 않았느냐? 빌라도 앞에서 변호하기를 거부했을 때, 그가 거짓의 증거를 보인 것이 아니냐? 자신의 제자들을 위해 기도한 것은 욕심 부린 것이 아니냐? 제자들을 재워주지 않았다고, 그들의 발에 묻은 먼지를 털라고 한 것은 무엇이냐? 내가 말하는데, 10계명을 깨지 않고는 덕이 존재할 수 없다. 예수는 덕 그 자체이다. 예수는 계명에 따라 행동한 것이 아니고, 충동impulse에 따라 행동했다."

악마가 그렇게 말하자, 내가 보니, 천사는 그의 두 팔을 활짝 펴고, 화염을 감싸 안더니, 엘리야Elijah가 그러했듯이 불타서 하늘로 올라갔다.

주목할 사항: 지금 악마가 되어있는 이 천사가 바로 나의 특별한 친구다. 우리는 자주 함께 성경을 지옥의 의미로, 악마의 의미로 읽었다. 세상

사람들이 올바르게 행동하게 하려면 그렇게 해야 했다.

　나는 지옥의 성경을 가지고 있다. 세상 사람들이 원하던 원하지 않던,
그들도 갖게 될 것이다.

　사자와 황소가 동일한 법을 적용받으면, 그것은 억압이다.

           *

    판화 24의 마지막 시행 "사자와 황소가 동일한 법을 적용받으면, 그것은 억압이다"의 바로 위로, 수염을 기른 나체의 늙은 남자가 어두운 숲 속 나무들이 빼곡한 그 사이를 배경으로 두 팔과 두 무릎을 땅위에 대고 엎드려 기어가며 얼굴은 독자를 향하고 있다. 동굴 속 같기도 하고 숲속 같기도 하다. 그는 사자이건만 황소와 동일한 법의 적용을 받는 바람에, 자신의 자아를 잃고 기력을 상실하고 당황하여 두려움까지 더해 독자를 바라보고 있다. 머리에는 뾰족한 왕관까지 쓴 것을 보면, 기어가는 피지배자가 아니라 곧게 서서 명령하고 호통 쳐야 마땅한 지배자이다. 이 인물은 시에는 나오지 않지만, 블레이크가 구약 「다니엘서」(4:33)에 기록된 이스라엘 민족을 노예로 만든 바빌론 왕 느브갓네살Nebuchadnezzar: 605~562 B.C.을 염두에 두고 그린 것이다. 성경 내용은 이렇다. "그가 사람 사는 세상에서 쫓겨나서, 소처럼 풀을 뜯어

먹었으며, 몸은 하늘에서 내리는 이슬에 젖었고, 머리카락은 독수리의 깃털처럼 자랐으며, 손톱은 새의 발톱같이 자랐다." 성경에서 바빌론 왕은 하나님에게 벌을 받아, 동물처럼 광야에서 살아가는 사자가 아니라 황소의 모습이다.

**

성경에서 악마는 불길에 휩싸여 있고, 천사는 구름 위에 있다. 그러나 블레이크의 시에서 불과 구름은 성경의 상징과 달리, 각각 자유와 억압의 상징이다. 구름은 진리의 빛을 막는 이성으로 자유를 억압하는 상징이고, 불은 재생을 향한 혁명과 자유의 상징이다. 시에서 악마는 인간을 창조적인 인간으로 고양시켜서 신성을 부여하여 하나님 가까이 인도하려고, 천사는 인간을 가치 없는 바보로 전락시켜, 인간이 하나님에게로 가까이 갈 수 없게 한다. 천사는 하나님 사이를 갈라놓으려하고, 악마는 인간과 하나님 사이를 가깝게 하려고 노력한다. 악마는 인간에게 신성을 부여하려한다. 인간이 신성을 부여받지 받지 못하면 하나님 가까이 갈 수 없어서이다. 인간이 창조적Creative이고 영적Spiritual인 존재로 신성을 입어야, 그는 하나님에게 다가갈 수 있다. 인간이 영적인 것에 반대가 되는 자연의 존재Natural Being로 머물러 자연의 순환 속에 머물러 있게 되면, 그는 절대로 하나님 가까이 갈 수 없다.

구약의 하나님은 인간에게 모습을 드러내지 않고, 인간에게 말로 명령하며, 그에게 가까이 오지 말라고 명령하는 무서운 분이다. 「출애굽기」에서 모세가 시내 산에서 10계명을 받을 때 하나님은 그에게 가까이 하는 자는 모두 불로 쳐 죽이겠다고 했다. 그러나 신약의 예수는 인간과 가까이 하기 위하여 인간의 몸으로 세상에 온 하나님이다. 예수는 제자들에게 그와 늘 함께 하라고 했다. 그를 떠나면 하나님을 떠난 것이니, 늘 그를 떠나지 말고 가까이하라고 했다. 마음에 늘 그를 품고 다니라고 했다. 예수를 마음에 품고 있는 사람들이 모여 있는 곳 어디나, 그가 함께 하겠다고 약속했다. 예수는 "인간의 몸을 가진 신성"Human Form Divine으로, 인간의 몸을 가지고 세상에 태어난 하나님이다. 인간은 예수를 통해 인간이 신성을 지님을 알게 되었다. 예수가 인성을 지니고 세상에 오지 않았다면, 인간은 우리가 신성을 지녔음을 감히 이야기하지 못했을 것이다. 예수 탄생이전과 같이 우리는 눈에 보이지 않는 하나님의 음성을 들으려고만 했을 것이다.

프로테스탄트Protestant 교리는 신앙인이면 누구나 사제이고, 선행과 별도로 믿음만으로 의로울 수 있다고 했다. 선행과 관련된 외적인 자연Nature보다, 내적인 영혼Spirit을 가진 인간이 더욱 강조되었다. 성경은 우리 영혼의 내적 빛을 통해 읽혀야 했다. 그러므로 신앙의 깊이에 있어서, 개인의 내적 능력이 무엇보다 중요하게 되었다. 영혼의 내적 능력이란 "창조 능력"Genius을 말한다. 그리고 이 창조 능력은 하나님이 준 은총으로, 신성하다. 우리는 하나님의 위대함을 하나님의 은총을 입은 위대한 인간을 통하여 본다. 위인에게서 위대함을 보지 못하고 알지 못하면, 우리는 하나님의 위대함을 보지 못하고 알지도 못한다. 『천국과 지옥 결혼하다』의 마지막 구절에서 "살아있는 모두가 신성하다"라고 했듯이, 인간에게서 볼 수 있는 최상의 것들은 모두 신성하다. 인간의 신성함을 믿지 못하면, 하나님도 믿을 수 없다. 그래서 "위대한 사람을 시기하고 헐뜯는 사람은 하나님을 미워하는 것이다."

악마가 인간의 신성함을 말하자 천사는 악마를 우상 숭배자라 말하고, 하나님과 예수는 하나이고, 하나님은 10계명을 지키시는 분이시니, 예수 또한 10계명을 지켰다고 말한다. 그러자 악마는 예수가 10계명을 파기한 예들을 열거하며, 다음과 같이 결론지어 말한다.

내가 말하는데, 10계명을 깨지 않고는 덕이 존재할 수 없다. 예수는 덕 그 자체이다. 그는 계명rules에 따라 행동한 것이 아니고, 충동impulse에 따라 행동했다.

천사는 예수를 규칙으로 묶어 무한한 신성을 부인하고, 유한한 인간으로 끌어내리려한다. 천사는 자신의 인식의 한계를 벗어난 예수를 생각할 수 없다. 그러나 악마는 예수를 규칙에서 풀어 인간의 자리를 떠나 하나님의 자리로 옮겨놓았다. 천사는 인간의 규칙을 통해서 하나님을 만나려고, 악마는 예수의 행동이 유한한 율법이 아닌, 율법의 한계를 벗어난 신성의 충동을 따른 것이라고 말한다. 하나님의 전지전능함은 유한한 율법이 아니라, 무한한 충동이다. 충동에는 거침이 없다. 하나님의 행동에 율법과 제한이 있다면 그 행동은 전지전능하다 할 수 없다. 천사는 하나님을 제한하려하고, 악마는 하나님을 율법의 바깥에 두고 있다.

블레이크가 『천국과 지옥 결혼하다』(1790)를 쓰고 거의 20년이 지나서 1818년에 쓴 시, 「영원한 복음서」("The Everlasting Gospel")에서도 복음서에서 10계명을 파괴하고 있는 예수의 행동을 들어, 우리에게 성경을 새롭게 읽으라고 말하고 있다. 그는 성경을 자연Nature의 눈이 아니라, 영Spirit의 눈으로 읽어, 자연의 눈으로 읽는 다른 사람과 다른 방식의 사고를 하고 있다.

The Vision of Christ that thou dost see
Is my Vision's Greatest Enemy:
Thine has a great hook nose like thine,
Mine has a snub nose like to mine:
Thine is the friend of All Mankind,
Mine speaks in parables to the Blind:

Thine loves the same world that mine hates,

Thy Heaven doors are my Hell Gates.

Socrates taught what Meletus

Loath'd as a Nation's bitterest Curse,

And Caiaphas was in his own Mind

A benefactor to Mankind:

Both read Bible day & night,

But thou read'st black where I read white.

네가 본 예수 환상은

내가 본 환상의 최대의 적이다.

너의 환상 예수는 너의 코같이 끝이 뾰족한 매부리코이다.

나의 환상 예수는 나의 코같이 끝이 뭉뚝한 사자의 코이다.

너의 환상 예수는 모든 인류의 친구이다.

나의 환상 예수는 우화로 맹인에게 말한다.

너의 환상 예수는 내가 증오하는 세계만을 사랑한다.

너의 천국문은 나의 지옥문이다.

멜레투스Meletus가 국가에 최악의 저주라고

증오하였던 것들을 소크라테스Socrates가 가르쳤고,

가야바Caiaphas는 그가 생각하기에

그 자신이 인류에게 은혜를 베푸는 자였다:

우리 둘은 밤낮 성경 읽으나,

내가 희다고 읽으면, 너는 검다고 읽는구나. (Blake 136)

블레이크 자신과 정반대의 생각을 가진, 코끝이 뾰족한 매부리코를 가진 인간은 세상의 법을 대표하는 유태인이다. 매부리코 인간은 인간의 입장

에 서서 모든 것을 물질적이고 이성적으로 생각한다. 그러나 코끝이 뭉뚝한 사자의 코를 가진 인간은, 하나님의 입장에서 신성한 빛으로 창조적 시인의 영적이고 상상의 눈으로 사물을 바라본다. 사자의 코를 가진 인간은 이성으로 규제하지 않고, 충동으로 인간을 자유롭게 한다. 그는 세상 사람들이 좋아하는 말을 하지 않는다. 그래서 그는 세상 사람의 친구가 아니라 적이다. 그는 또한 눈에 보이지 않는 영적인 언어들만을 사용하는 까닭에, 자연의 눈이 아닌 "영적인 눈"(맹인)을 가진 사람만이 알아들 수 있는 우화로 말을 한다. 「요한복음」 10:39절과 10:41절에는 다음과 같은 장님의 우화가 있다. "나는 이 세상을 심판하러 왔다. 못 보는 사람은 보게 하고, 보는 사람은 못 보게 하려는 것이다. … 너희가 눈이 먼 사람들이면, 도리어 죄가 없을 것이다. 그러나 너희가 지금 본다고 말하니, 너희의 죄가 그대로 남아 있다." 매부리코 인간은 눈에 보이는 "자연 세계"Nature를 사랑하고, 사자의 코를 가진 인간은 자연과 반대인 눈에 보이지 않는 "영혼의 세계"Spirit를 사랑한다. 그래서 두 사람이 생각하고 말하는 천국과 지옥은 서로 반대의 의미를 가진다. 한 사람이 지옥을 말하면 다른 사람은 그 지옥을 천국으로 알아듣는다.

시에서 두 인물 멜레투스Meletus와 대제사장 가야바Caiaphas는 각각 소크라테스와 예수를 죄인으로 몰아 재판하였던 인물들이다. 소크라테스를 재판하였던 젊은 검사 멜레투스는 소크라테스가 국가가 지정한 신들을 믿지 않고 이방의 신들을 믿고, 그 이방신들을 아테네 젊은이들에게 가르쳐, 젊은이들을 타락시켰다고 기소하였고, 가야바는 예수가 자신이 하나님의 아들 그리스도라 말한 것에 죄를 물었던 유태교 대제사장이다. 멜레투스와 가야바는 진리를 진리가 아니라고 말했던 인물들이다. 그들은 흰 것을 검다고 말하였다. 매부리코 인간은 멜레투스와 가야바이고, 사자의 코를 가진 인간은 소크라테스와 예수이다.

가야바와 같은 인물들은 예수와 10계명의 관계를 어떻게 읽고 있는가? 「영원한 복음서」("The Everlasting Gospel")의 다음 마지막 부분을 보자. 이곳에서 시의 화자는 이성에 근거한 자연종교주의자들인 볼테르Voltaire와 베이컨Bacon의 입장에서 그들이 묻고 싶어 하였던 것들을 대신하여 질문하고 있다.

Was Jesus Born of a Virgin Pure
With narrow Soul & Looks demure?
If he intended to take on Sin
The Mother should an Harlot been,
Just such a one as Magdalen
With seven devils in her Pen;
Or were Jew Virgins still more Curst,
And more sucking devils nurst?
Or what was it which he took on
That he might bring Salvation?
A Body subject to be Tempted,
From neither pain nor grief Exempted?
Or such a body as might not feel
The passions that with Sinners deal?
Yes, but they say he never fell.
Ask Caiaphas; for he can tell.
"He mock'd the Sabath, & he mock'd
The Sabath's God, & he unlock'd
The Evil spirits from their Shrines,
And turn'd Fishermen to Divines;

O'erturn'd the Tent of Secret Sins,

& its Golden cords & Pins —

'Tis the Bloody Shirne of War

Pinn'd around from Star to Star,

Halls of justice, hating Vice,

Where the devil Combs his lice.

He turn'd the devils into Swine

That he might tempt the Jews to dine;

Since which, a Pig has got a look

That for a Jew may be mistook.

'Obey your parents.' What says he?

'Woman, what have I to do with thee?

No Earthly Parents I confess:

I am doing my Father's Business.'

He scorn'd Earth's Parents, scorn'd

Earth's God,

And mock'd the one & the other's Rod;

His Seventy Disciples sent

Against Religion & Government:

They by the Sword of Justice fell

And him their Cruel Murderer tell.

He left his Father's trade to roam

A Wand'ring Vagrant without Home;

And thus he others' labour stole

That he might live above Controll.

The Publicans & Harlots he

Selected for his Company,
And from the Adulteress turn'd away
God's righteous Law, that lost its Prey."

예수는 진짜 처녀에게서 태어났나?
편협한 영혼과 젠체하는 모습을 하려고?
그가 진정 죄를 떠맡을 작정이었다면
엄마는 창녀여야 했다.
자신의 몸 안에 일곱 귀신들을 가졌던
막달라 마리아와 같은 창녀여야 했다.
유태 처녀들이 더 많이 저주를 받아,
더 많은 미숙한 악마들이 양산되었는가?
인류 구원하기 위해
그가 떠맡았던 것은 무엇이었던가?
고통이나 슬픔에서 벗어날 수 없이
유혹을 감당해야 하는 육체였던가?
아니면 죄인들이 받게 될 고통을
받지 않아도 되는 그런 육체였던가?
그렇다. 그러나 그는 승리했다고 사람들이 말한다.
가야바Caiaphas에게 물어라, 그가 대답할 것이다.

"그는 안식일을 조롱했고, 안식일의 하나님을
조롱했고, 갇혀 있는 악령들을
그들의 집에서 풀어 놓았고,
어부들을 성자들로 바꾸어놓았다.
은밀한 죄의 장막, 그 장막의 황금 줄들과

그 장막의 말뚝들을 다 뽑았다-

그 장막은 피 묻은 전쟁의 성전으로,

별에서 별까지 그 주위로 장막의 말뚝들이 박혀있었다.

그곳은 악을 미워하는 정의의 재판소로,

안에서 악마가 그의 이들을 빗질하고 있다.

예수는 유태인들이 먹을 수 있도록 하기 위해,

귀신들을 돼지로 바꾸어 놓았으니,

돼지는 유태인으로 불려도 될

그런 모습을 갖추었다.

'너희 부모에게 순종하라.' - 예수가 뭐라 했나?

'여인이여, 내가 당신과 무슨 관계입니까?

자백하건데, 난 이 세상에 부모가 없다:

난 나의 아버지 일을 하고 있다.'

그는 [그의] 지상의 부모를 모욕하고,

[그의] 지상의 하나님을 모욕하고,

부모와 하나님의 벌을 조롱했다.

그의 70명 제자들을 보내

종교와 국가에 대항하게 했다.

그들은 정의의 칼에 쓰러져,

그가 그들의 잔인한 살인자 되게 했다.

그는 아버지 일을 하지 않고

집도 없이 방랑하는 방랑자로 돌아다니며,

남들의 노고를 훔쳐 먹고 살아가며,

통제 받지 않는 인생을 살았다.

그는 세리들과 창녀들을

그의 친구로 선택하였고,

하나님의 공정한 법으로부터
간부를 빼내어, 법망을 피하게 했다." (Blake 147-8)

　　자연종교주의자들의 입장에서 보면, 예수가 진정 우리의 죄를 대신하여 죽어서 우리를 죄로부터 해방시키고자 이 세상에 왔다면, 동정녀 마리아에게서 태어날 것이 아니라 죄 많은 창녀의 몸에서 태어났어야 한다고 말한다. 왜냐하면 자신은 죄와는 상관없다며 허영으로 뽐낼 수 있는 천박한 마음을 가질 수 있기 때문이다. 그리고 성모 마리아 이외에 유태인 처녀들 가운데, 예수의 탄생이후 아버지가 없이 자식을 낳은 처녀들이 있는지 묻는다. 그리고 예수도 우리와 같이 고통과 슬픔을 갖는 육체를 가지고 있었는지, 아니면 우리와 같은 죄인들이 받는 고통과 슬픔을 느끼지 않았는지를 묻는다.

　　위의 시에서 가야바는 「출애굽기」 20:2-17에 나오는 10계명을 예수가 어겼다고 말한다. 예수는 제4계명 안식일을 지키라는 명령을 따르지 않고 제자들과 안식일에 밀밭을 지나가다가 밀 이삭을 잘라 먹었음으로(「누가복음」 6:1-5, 「마태복음」 12:1-8, 「마가복음」 2:23-28), "안식일을 조롱했다"고 가야바는 말한다. 예수가 12살 때 3일 동안 집을 가출하였다가 돌아와 부모에게 하는 말이, 자신의 부모는 지상의 부모가 아니라고 말하고, 그가 떠나있던 3일 동안 그는 하나님의 일을 하였다고 했다(「누가복음」 2:41-52). 그는 부모에게 순종하라는 제5계명과, 하나님의 이름을 함부로 부르는 제3계명을 어기고, "지상의 부모를 모욕하고, [그의] 지상의 하나님을 모욕했다." 그는 또한 살인하지 말라는 제6계명을 어기고, "그의 70명 제자들을 보내 종교와 국가에 대항하게 하여, 정의의 칼에 쓰러져," 순교자로 죽게 만들었으니, 그는 살인자이다. 그는 도둑질하지 말라는 제8계명을 어기고, "아버지 일을 하지 않고, 집도 없이 방랑하는 방랑자로 돌아다니며, 남들의 노고를 훔쳐 먹고 살아가며, 통제 받지 않는 인생을 살았다." 그는 음행한 여인을 처벌하려는 사람들로부터 그녀를 구하여 그녀가 벌 받지 않게 하였으니, 제7계명 간음하지 말라는 계명을 옹호하였다. 이들이 예수를 처형한 가야바가 예수를 비난한 내용이다. 가야바는 예수를 인간의 계명으로 엮어, 예수를 자신의 통제 권한 안에 두려고 했다. 그러나 예수는 인간이지만 또한 신성을 갖춘 하나님이다. 바리새파 사람들이 예수의 제자들이 밀 이삭을 먹는 것 보고, 왜 그들이 안식일을 지키지 않느냐고 예수를 비난하자, 예수는 "인자는 안식일의 주인이다"라고 말한다. 예수는 10계명을 지켜 죄를 짓지 말아야 하는 인자가 아니다. 예수는 죄를 묻는 인자이지, 우리가 그에게 죄를 물을 수 있는 인자가 아니다. 그는 흠 없는 인자이다. 음행한 여자를 향하여 죄 없는 자만 남아서 그녀에게 돌을 던지라고 말했을 때도, 남아 있는 사람은 음행한 여자와 예수뿐이었다. 죄가 있는 자가 남의 죄를 물을 순 없다. 죄를 물을 수 있는 인자는, 최후 심판에 재판관으로 자리할 예수뿐이다.

블레이크가 시에서 쓰고 있는 악마는 자신의 친구로 그의 천사였고, 성경을 읽을 때 그 의미를 지옥의 의미로 또는 악마의 의미로 함께 읽은, 시인 블레이크라 할 그의 시적 자아Poetic Self였다. 그는 세상 사람들이 올바르게 살려면 원하던 원하지 않던 자신의 시, 지옥의 의미로 성경을 깊이 이해하고 늘 그 의미를 마음에 깊이 간직해야 할 것이라고 말한다. 그리고 마지막으로 상반된 성격을 지닌 두 개인에 내하여 똑같은 잣대를 대고 판단하는 것은 옳지 않다고 말한다. 마치 예수의 행동을 인간들이 지켜야할 10계명의 잣대로 재서, 예수 행동의 옳고 그름을 판단하려고 했을 때 생기는 오류와 같다.

사자와 황소에 하나의 법칙을 적용하면 그것은 억압이다.

사자와 황소는 두 가지 상반된 성격을 지녔다. 사자는 자신의 성품을 타고난 그대로 간직하고 있지만, 황소는 거세된 수소로 쟁기를 끌도록 억압되었다. 황소는 억압이 가능할 정도의 욕망을 지녔지만, 사자의 욕망은 억제가 불가능하다. 사자는 강자의 성품을 그대로 유지하고 있지만, 황소는 억압이 가능한 강자로, 억압되어 이제 약자가 되었다. 억압구조인 법칙을 그들 모두에게 강요할 경우, 사자는 그 억압을 거부하겠지만, 황소는 그 법칙을 겸허히 받아들일 것이다. 그러나 황소가 법칙을 겸허히 받아들이기는 하겠지만, 황소의 겸손함은 억압된 욕망으로, 고인 물과 같은 독성을 품고 질병이 될 것이다. 가르침을 겸손히 받아들인 황소는 억제된 욕망을 감춘, 약자의 가식의 탈을 쓴 위선자가 될 것이다.

Blake, William. *The Note-Book of William Blake Called Rossetti Manuscript*. Ed. Geoffrey Keynes. New York: Cooper Square Publishers, 1970.

CHAPTER 19
__ 판화 25-27

A Song of Liberty

1. The Eternal Female groan'd! it was heard over all the Earth:

2. Albions coast is sick silent; the American meadows faint!

3. Shadows of Prophecy shiver along by the lakes and the rivers and mutter across the ocean? France rend down thy dungeon.

4. Golden Spain burst the barriers of old Rome;

5. Cast thy keys O Rome into the deep down falling, even to eternity down falling,

6. And weep

7. In her trembling hands she took the new born terror howling;

8. On those infinite mountains of light now barr'd out by the atlantic sea, the new born fire stood before the starry king!

9. Flag'd with grey brow'd snows and thunderous visages the jealous wings wav'd over the deep.

10. The speary hand burned aloft, unbuckled was the shield, forth went the hand of jealousy among the flaming hair, and

판 화 25

hurl'd the new born wonder thro' the starry night.

11. The fire, the fire, is falling!

12. Look up! look up! O citizen of London. enlarge thy countenance; O Jew, leave counting gold! return to thy oil and wine; O African! black African! (go. winged thought widen his forehead.)

13. The fiery limbs, the flaming hair, shot like the sinking sun into the western sea.

14. Wak'd from his eternal sleep, the hoary element roaring fled away:

15. Down rush'd beating his wings in vain the jealous king: his grey brow'd councellors, thunderous warriors, curl'd veterans, among helms and shields, and chariots horses, elephants: banners, castles, slings and rocks,

16. Falling, rushing, ruining! buried in the ruins, on Urthona's dens.

17. All night beneath the ruins, then their sullen flames faded emerge round the gloomy king.

18. With thunder and fire: leading his starry hosts thro' the waste wilderness

판 화 26

he promulgates his ten commands, glancing his beamy eyelids over the deep in dark dismay,

19. Where the son of fire in his eastern cloud, while the morning plumes her golden breast.

20. Spurning the clouds written with curses, stamps the stony law to dust, loosing the eternal horses from the dens of night, crying Empire is no more! and now the lion & wolf shall cease.

Chorus.

Let the Priests of the Raven of dawn, no longer in deadly black, with hoarse note curse the sons of joy. Nor his accepted brethren whom, tyrant, he calls free: lay the bound or build the roof. Nor pale religious letchery call that virginity, that wishes but acts not!

For every thing that lives is Holy

판 화 27

자유를 노래하다

1. 영원한 여성Eternal Female이 내는 산고의 신음이다! 그 소리가 지상 어디나 들린다.
2. 앨비온Albion 해안이 병들어 조용하고, 미국 초원은 기절해 있다!
3. 예언의 그림자가 호수와 강을 따라 움직이다가, 바다를 건너며 중얼거린다. 프랑스여, 너의 동굴을 파괴하라!
4. 황금시대를 살았던 스페인아, 고대 로마의 장벽을 부숴라!
5. 아, 로마여, 아래쪽 심연으로 너의 열쇠를 던져라, 영원히 떨어지게 하라,
6. 그리고 울어라.
7. 아우성치며 새로이 탄생한 공포를, 그녀가 떨리는 손으로 움켜쥐고 있다.
8. 대서양 바다 아래 묻혀있는, 끝없이 펼쳐진 빛 가득한 산들에서 "새로이 태어난 불"the new born fire이, 별 같은 왕 앞에 섰다!
9. 회색 눈썹을 가진 눈처럼 하얀 노인들grey brow'd snows이 불길한 모습을 하고, 시기의 날개를 펴고 있는 왕과 함께 심연 위를 움직인다.
10. 창과 같이 위로 곧게 뻗은 불붙은 손, 시기의 왕의 손이, 무장 해제된 그 불타는 자, 그 "새로이 태어난 기적"the new born wonder의 머리카락 사이로 손을 들이밀어 붙잡아서, 별빛 가득한 밤 속으로 던져버린다.
11. 불, 불이 떨어지고 있다!
12. 위를 보라! 위를 보라! 런던 시민들이여, 얼굴을 활짝 펴라! 오, 유태인들이여, 황금 돈 세기를 멈춰라! 기름과 포도주 흐르는 당신들 땅으로 돌아가라! 오, 아프리카인이여! 검은 아프리카인이여! (날개를 달고 나는 생각들이여, 가서, 그의 이마를 넓혀라.)
13. 불붙은 사지와 불타는 머리털을 가진 자가, 떨어지는 해와 같이, 서쪽 바다 속으로 사라졌다.
14. 영원한 잠에서 깨어난 늙은이the hoary element가 소리를 지르며 도망간다.
15. 시기가 가득한 왕이 날개를 헛되이 퍼덕이며 달려 내려간다. 회색 눈썹의 늙은 신하들grey brow'd counsellors, 불길한 모습한 전사들, 그리

고 꼬부라진 노병들이, 투구, 방패, 마차, 말, 코끼리, 깃발, 고성, 돌팔매 줄, 그리고 돌들 사이에서 우왕좌왕하고 있다.

16. 넘어지고, 도망하고, 패배하였네! 어스오운어Urthona의 동굴 폐허들 속에 묻혔다.

17. 폐허 한가운데서 밤새우다가, 잦아드는 불길같이 음울해 하는 사람들이, 그 침울해 하는 왕의 주위에 나타났다.

18. 왕은 천둥과 불을 가지고, 별무리들을 이끌고 황야를 가로질러 간다. 왕의 10계명이 공표되고, 왕의 빛나는 눈은 혼란에 빠진 어둔 심연의 위를 바라본다.

19. 불의 아들이 동쪽 구름 사이에 나타나자, 아침은 황금빛 가슴을 뽐낸다.

20. (불의 아들이) 저주가 가득한 구름들을 휘저어 사라지게 하고, 먼지 위에다 돌 같은 법을 찍어댄다. 밤의 동굴로부터 영원한 말들을 풀어놓으며, 그가 소리쳤다.

제국은 더 이상 없네! 이제 사자와 늑대는 없다.

합 창

새벽 까마귀the Raven of dawn 사제들이 거친 목소리로 기쁨의 아들들을 새까맣게 저주하지 못하게 하라. 독재자가 그를 따르는 형제들을 마음대로 불러내어 경계를 긋게 하고 집을 짓는 일을 못하게 하라. 창백한 색골 사제들이, 욕망은 있으나 행동은 하지 못하는 것을 두고, 처녀성이라 부르지 못하게 하라!

살아있는 모두 신성하다.

*

　판화 25의 시행 사이에 그려진 낱개의 그림들에는 하나님 나라를 상징하는 포도원에서 자라는 포도 넝쿨과 나뭇잎, 나뭇가지 그리고 하늘을 날아다니는 새들이 등장한다. 이 그림들은 모두 「자유를 노래하다」에서 말하는 자유의 의미를 생각하게 만든다. 예를 들어 "4. 황금시대를 살았던 스페인아, 고대 로마의 장벽을 부숴라!"란 시행 아래 그려진 그림을 보면, 로마 구교의 억압에서 벗어난 스페인 사람들이 하늘을 나는 새와 같이 자유로워져 하나님의 나라 포도원에서 평화롭게 살고 있고, "5. 아, 로마여, 아래쪽 심연으로 너의 열쇠들을 던져라, 영원히 떨어지게 하라"라는 시구를 보면, 열쇠들을 던져 버리라고 말할 때, 열쇠를 뜻하는 영어 "Keys"에서 "s"를 시작하는 처음 부분이 길게 늘어 포도넝쿨이 되어 두 시행들 사이에 자리 잡고 있다. 그리고 왼쪽으로는 새 두 마리가 서로 다른 방향으로 하늘 위를 향하여 날아오르고 있다. 평화가 있는 곳에 자유가 있고, 자유가 있는 곳에 평화가 있다.

판화 25의 평화로운 분위기와 다르게 판화 26은 어둡다. 판화 26의 1행과 3행 사이 빈 공간에는 혁명의 총아, "새로 태어난 기적"the new born wonder이 별이 빛나는 밤에 던져지는 모습이 그려져 있다. 그는 판화 25의 끝 부분부터 시작하여 판화 26의 처음 2행까지의 시 내용, "10. 창과 같이 위로 높이 곧게 뻗은 불붙은 손, 시기의 왕의 손이, 무장 해제된 그 불타는 자, 그 새로이 태어난 기적의 머리카락을 움켜잡아 별빛 가득한 밤 속으로 던져버린다"를 그린 것이다. 여기에서 "새로이 태어난 기적"이란 "영원한 여인"이 산고를 거쳐 탄생시킨 혁명의 총아로, "7번" 시에 나오는 "새로이 태어난 공포"new born terror와 같은 인물이다. 판화 25에서는 불꽃으로 그려져 있던 그가 판화 26에 와서는, 복종을 강요하는 시기심 가득한 왕에 대항하여 자유를 위하여 싸웠으나 패하여 하늘로부터 땅으로 추락하는 모습으로 그려져 있다.

판화 27의 시 20행에서 화자는 "불의 아들"son of fire이 "밤의 동굴"dens of night에서 "영원한 말들"eternal horses을 해방시켰다고 말한다. 시 19행을 짧게 끝내고 생겨난 시의 오른쪽 빈 공간과 줄을 바꿔 시작한 시 20행 사이 공간에는, 기수가 말을 타고 하늘로 뛰어오르고, 그 기수 뒤로 기수 없이 말 홀로 하늘을 향해 뛰어오르며 앞의 기수를 뒤쫓는 그림이 있다. 블레이크에게 있어서 말horse은 이성Reason을 뜻하는 신화의 인물 "유리즌"Urizen: You Reason의 동물들이다. 아이러니하게도 절대 권력의 상징인 이성과 싸움을 시작하였던 혁명의 총아, 불의 아들이 새로운 시대를 준비하기 위하여 그가 대항하여 싸웠던 이성의 상징인 말들을 풀어놓는다. 그럴 수밖에 없는 것이, 5감각과 동의어로 사용되기도 하는 이성은, 표현을 가능하게 하는 도구이기 때문이다. 우리는 5감각을 뜻하는 이성의 도구 없이 그 무엇도 표현할 수 없다. "표현 한다"는 그 자체가 표현 가능한 틀 속에 표현하고자 하는 내용을 집어넣어야 하는 억압구조인 것도 사실이다. 이성이 억압구조이기는 하지만, 표현하기 위하여 이성을 사용하지 않을 수 없다.

「합창」이라는 제목을 가운데 두고 제목의 양쪽으로 밤의 동굴에서 풀려난 영원한 말 두 마리가 하늘을 향해 머리와 두 앞발을 높이 쳐들고 뛰어오르고 있는 그림이 있다. 블레이크의 상징구조로 생각해보면, 말은 이성을 상징하니 이성이 폭력을 휘두르는 그림이다. 그리고 마지막 시행 "살아있는 모두 신성하다" 위쪽 빈 공간에는, 앞 시행에서 언급하고 있는 새벽을 알리는 까마귀 사제들이 까마귀가 되어 하늘을 날고 있다. 까마귀는 죽음의 상징이다. 새로운 날이 탄생하는 새벽은 새 생명의 탄생을 알려야 하는데, 새벽 까마귀 사제들은 죽음을 말한다. 죽음의 그림자를 말하여 인간 욕망의 기쁨을 저주하고, 인간의 무한하고 영원함에 유한성과 한계의 선을 긋고, 실현되지 못한 성적 욕망을 처녀성으로 포장하여 칭송한다. 욕망이 피어나기도 전에 죽여 버린다. 까마귀 사제들은 생명을 이야기하지 않고, 죽음을 이야기한다. 시는 이들 까마귀들에게 이성의 잣대로 인간의 욕망을 억압하지 말라고 한다. 왜냐하면 욕망의 기쁨인 생명만이 신성하기 때문이다. 죽음은 신성하지 못하다. 죽음을 이야기하는 까마귀 사제들은 신성하지 못하다.

**

「자유를 노래하다」라는 시는 마치 「창세기」 첫 장과 같이 시작한다. 창조와 생산의 상징인 영원한 여성이 창조와 생산을 위한 산고의 신음 소리를 내고 있고, 지구 어디에서나 그녀의 산고 소리가 들린다. 비록 「밀턴」 ("Milton" 33:2-7)에서와 같이 여성은 자주 자신의 성을 거부함으로써 남성을 지배하고, 남성은 그런 여성의 태도 때문에 사랑과 시기심으로 고통 받는 이미지로 그려지고 있기는 하지만, 이곳에서의 "영원한 여성"Eternal Female은 생산성을 뜻하는 영원한 이미지이다. 대지의 여성이다. 그녀는 시에서 새 세계의 창조와 탄생을 가져올 혁명의 총아를 탄생시킬 영원한 창조의 여성이다. 구세계의 억압과 구속의 구조 속에서 절대 권력을 휘둘렀던 이성Reason의 세계를 파괴하고, 신세계의 상징인 새로운 예루살렘을 건설할 혁명의 총아로, "새로 탄생한 불"the new born fire을 세상에 내놓기 위해, 영원한 여인이 산고의 고통을 겪고 있다. 자유는 구세계를 파괴하고 새 세계를 건설하는 산고의 고통을 통해서만 얻어질 수 있다.

영국을 상징하는 신화의 인물 "앨비언"Albion은 영국을 정복하고 자신의 이름으로 나라 이름을 정한 고대의 거인으로, 그의 아내는 브리타니아Brittannia이다. 『천국과 지옥 결혼하다』가 써진 연대인 "1790년"을 고려해보면, "새로 탄생한 불"이란 프랑스 혁명(1789)을 말한다. 1789년 프랑스에서 혁명의 불길이 치솟았지만, 영국 앨비온Albion은 이성의 탄압으로 자유의 욕망은 거세당하고, 자유롭지 못해 아무 말도 하지 못하고 병들어 있었다. 미국의 상황도 영국과 크게 다르지 않았다. 14년 전인 1776년, 미국은 영국의 식민 지배의 억압으로부터 어렵게 벗어나 독립하였지만, 아직은 영국과의 독립 전쟁의 후유증에서 기력을 회복하지 못하고 있었다. 프랑스 혁명이 일어났을 때 영국은 병들고 미국은 기절해 있었다. "2. 앨비온Albion 해안은 병들어 조용하고, 미국의 초원은 기절해 있다!" 그러나 프랑스 혁명의 세력은 자국은 물론 바다를 건너 세계를 향하여 출렁이고 있었다.

3. 예언의 그림자가 호수와 강 따라 움직이다가 바다를 건너며 중얼댄다.
   프랑스여, 너의 동굴을 파괴하라!

4. 황금시대를 살았던 스페인아, 고대 로마의 장벽을 부숴라!

5. 아, 로마여, 아래쪽 심연으로 너의 열쇠를 던져버려라, 영원히 떨어지게 하라,

6. 그리고 울어라.

혁명은 프랑스에서 시작하였으니, 프랑스가 먼저 자신이 갇혀 있는 동굴을 파괴하고 자유를 노래하여야 한다. 플라톤의 『공화국론』에서 인간들은 동굴에 갇혀 있다. 그들은 자신들이 만들어 놓은 동굴이란 이념의 틀 속에 갇혀서, 그 동굴의 틈을 통해서만 바깥의 사물을 바라본다. 인간 스스로 자신을 규제하는 법칙을 세워, 그 법칙에 따라 자신의 행동을 규제하며 스스로를 구속하고 있다. 프랑스도 마찬가지이다. 화자는 프랑스에게 스스로 만든 구속의 동굴을 파괴하고, 자유의 세계로 나오라고 말한다. 한때 찬란한 황금시대를 누렸던 스페인은 현재 어떠한가? 스페인은 고대 로마제국 시대의 정치 제도를 아직도 그대로 가지고 있어, 그 구태의연함에서 벗어나지 못하고 있다. 그렇다면 이와 같은 구속과 억압의 정치 제도를 세계에 수출하고 있는 로마는 정작 어떠한가? 「마태복음」 16장 18-19절에서 예수가 베드로에게 말한 것을 보자. "너는 베드로다. 나는 이 반석 위에 내 교회를 세우겠다. 죽음의 문들이 그것을 이기지 못할 것이다. 내가 너에게 천국의 열쇠를 주겠다. 네가 무엇이든지 땅에서 매면 하늘에서도 매일 것이요, 땅에서 풀면 하늘에서도 풀 것이다." 이 성경의 권위에 근거하여, 로마 교회의 교황은 베드로의 권위를 물려받아 지상의 권력과 천상의 권력을 모두 움켜쥐었다. 그렇게 로마 교회는 종교와 정치, 양쪽 모두를 손안에 움켜쥔 권위의 상징이었다. 그러나 진정한 자유는 종교든 정치든 모든 권위로부터 자유로워야 한다. 그래서 화자는 로마에게 모든 권위와 권력을 상징하는 열쇠를 버리라고 말하고 있다. "5.

아, 로마여, 아래쪽 심연으로 너의 열쇠를 던져라, 영원히 떨어지게 하라." 자유를 노래하기 위해, 로마는 새로운 혁명의 깃발 아래 모든 권위를 내려놓고, 회개의 눈물을 흘려야 할 것이다. "6. 그리고 울어라."

영원한 여성이 "새로이 탄생시킨 불길"new born fire은 자유를 구속하는 구세계의 기득권자들에게는 "새로이 태어난 공포"new born terror의 대상이 된다. 블레이크는 이 새로이 태어난 공포의 불을 아틀란티스Atlantis 신화에서 가져 온다. "대서양 바다 아래 묻혀있는 끝없이 펼쳐진 빛 가득한 산들에서 새로이 태어난 불길이 별의 왕 앞에 섰다!" 아틀란티스는 플라톤이 그의 책 『티마에우스』(Timaeus)와 『크리티아스』(Critias)에서 언급한, 대서양 한 가운데 있었다고 가상했던 이상적인 상상의 섬나라이다. 아틀란티스 사람들은 풍부한 자연 자원 덕분에 부유하게 살고 있었고, 그 섬은 무역과 상업의 중심지였다. 그러나 단순하고 유덕한 삶을 살아가던 아틀란티스 섬사람들은 문명이 발전하자, 욕심과 권력으로 부도덕한 사람들로 전락하였다. 이때 신들의 제왕인 제우스는 그들이 부도덕한 것을 보고, 벌로 그가 거느린 신들과 함께 그 섬나라를 대서양 한 가운데 가라앉게 하였다. 그런데 이제 시에서 영원한 여성이 탄생시킨 혁명의 총아인 "새로이 탄생한 공포"는 이상적인 섬나라 아틀란티스의 휘광을 등에 업고, 이성의 상징인 "별의 왕"the starry king 앞에 섰다. 블레이크에게 있어서 태양은 상상력을, 달은 사랑을, 별은 이성을, 그리고 땅은 5감각을 상징하였다. 블레이크의 이 상징체계를 따르면, 이곳에서 언급하고 있는 "별의 왕"은 "이성"을 뜻하는 절대 권력을 상징하는 프랑스 왕이다. 진리의 빛으로 새로이 태어난 혁명의 불꽃이 이제 이성의 왕과 싸우기 위해 그 앞에 서있다.

왕의 모습을 하고 있는 이성은 우상 숭배를 용납하지 않는 "질투의 하나님"(「출애굽기」 20:5)과 같이 질투와 동의어이다. 이성은 정통성Orthodox을 부정하는 모든 자유로운 행위를 용납하지 않는다. 그렇게 자신이외에 그 누구도 인정하지 않는 질투의 상징이다. 그렇다면 정통성이란 무엇인가? 이성으로 포장하고 절대 권력을 누리는 정통성이란 단지 이해관계Selfhood로 만들어진 억압구조일 뿐이다. 하나님은 자신 이외에 그 누구도 사랑하지 말라고 하였다. 그처럼 우상숭배를 절대로 용납하지 않는 질투의 은유인 하나님을 닮은 이성의 왕starry king은 「창세기」 1장 2절에 나오는 하나님과 같은 자세를 취하고 있다. 먼저 「창세기」 구절을 보자. "땅이 혼돈하고 공허하며, 어둠이 심연 위에 있고, 하나님의 영이 그 심연 위에 움직이고 있었다." 시기와 질투의 날개를 펴고 이성으로 무장한 왕이 늙고 불길한 모습을 한 신하들과 함께 나타나는 모습은, 위에 성경에서 언급한 하나님의 성령이 심연 위를 움직이는 표현과 닮았다. "9. 회색 눈썹을 가진 눈처럼 하얀 노인들grey brow'd snows이 불길한 모습들을 하고, 시기의 날개 편 왕과 함께 심연 위를 움직인다." 창조하기 위하여 하나님의 성령이 심연 위를 움직이듯이, 이성의 왕도 성서에서 성령이 비둘기와 같이 날개를 펴듯 시기의 날개를 펴고, 그의 신하들도 새로운 세계를 창조하는 왕의 자리에 함께 동참하고 있다.

　　"별의 왕"이며 "시기의 왕"인 이성은, 그 "새로이 태어난 (혁명의) 불꽃," "새로이 태어난 경이"를 별들 가득한 밤 속으로 던져버리는데, 마치 하나님이 사탄을 천국으로부터 하늘 아래 지옥의 심연으로 던져버리듯 하고 있다. "10. 창과 같이 하늘 높이 곧게 뻗은 불붙은 손, 시기의 왕의 손이, 무장해제된 그 불타는 자, 그 새로이 태어난 기적의 머리카락을 움켜잡아 별빛 가득한 밤 속으로 던져버린다." 이제 혁명이 시작되었다. "11. 불, 불이 떨어지고 있다!" 이제 병들어 있었던 영국인들은 병약한 얼굴을 활짝 펴고, 유태인들은 돈 계산하기를 중단하고, 젖과 꿀이 흐르는 새로운 예루살렘을 창조할 때이다. 그리고 노예상태에 있는 아프리카가 혁명을 생각할 때이다. "12.

위를 보라! 위를 보라! 런던의 시민들이여, 얼굴 활짝 펴라! 오 유태인들이여, 황금 세기를 멈춰라! 기름과 포도주 흐르는 너희 땅으로 돌아가라! 오 아프리카인이여! 검은 아프리카인이여! (날개를 단 생각이여, 가서, 그의 이마를 넓혀라)." 그러나 프랑스 혁명의 불꽃은 영국의 서쪽에서 불타올랐다가 이제 꺼져버렸다. "13. 불붙은 사지와 불타는 머리털을 가진 자가 지는 해와 같이 서쪽 바다로 사라졌다."

　　프랑스 혁명이 일어나자 프랑스의 왕은 영원한 잠에서 깨어난다. 그 동안 이성으로 자유를 억압하며 잘 지내왔던 왕은 늙고, 신하도 늙고, 전투 장비도 낡았다. "14. 영원의 잠에서 깨어난 그 늙은이the hoary element가 소리 지르며 도망갔다. 15. 시기의 왕이 날개를 헛되이 펄럭이며 부하들에게 달려 간다. 회색 눈썹을 한 늙은 신하들grey brow'd counsellors, 불길한 모습한 전사들, 그리고 꼬부라진 노병들이, 투구, 방패, 마차, 말, 코끼리, 깃발, 성, 돌팔매 줄, 그리고 돌들 사이에서 우왕좌왕한다." 그리고 이성을 대표하는 왕과 그의 신하들이 패배하여 기력이 쇠한 채, 동굴 속 폐허 가운데 모여 있다. 그들은 "16. 넘어지고, 도망하고, 패배하였다! 어스오우너의 동굴 폐허들 속에 묻혔다. 17. 폐허 한가운데 밤을 지새우다가, 잦아드는 불길같이 음울해 하는 신하들이 침울한 왕 주위에 나타났다." 블레이크의 시에서 "어스오우너" Urthona: Earth's Owner는 이성의 상징인 유리즌Urison: You Reason과 반대로 영감과 창조성과 상상력의 상징이었으나, 타락하여 종교가 된 신화의 인물이다. 그는 대장장이로 자주 묘사되어 광산을 연상시켰고, 광산의 이미지 때문에 두더지로 그려지기도 했다(Damon 426-7). "어스오우너의 동굴"은 상상력이 타락하여 종교가 되어 머무는 곳이다. 상상력이 타락하면 이성과 마찬가지로 계명이 중요시되는 종교가 된다. 그래서 이성의 상징인 정치는 상상력이 타락한 종교와 함께 머문다.

프랑스의 왕은 혁명세력에 패하여 제우스와 같이 천둥과 불을 가지고, "이성을 따르는 무리들"starry hosts을 이끌고 황야로 쫓거나 그곳에서 10계명을 공표한다. 사탄이 지옥에 떨어져 자신과 함께 있는 부하들을 바라보듯, 프랑스 왕은 빛도 없이 완전히 혼란에 빠진 심연을 바라보고 있다. "18. 왕은 천둥과 불을 가지고, 그의 별의 무리들을 이끌고 황야를 가로질러 가며, 그의 10계명을 공표한다. 그의 빛나는 눈꺼풀은, 빛도 없이 완전히 혼란에 빠진 심연 위를 바라본다." 그리고 혁명의 불꽃인 "불의 아들"the son of fire은 진리의 빛의 근원으로, 새 시대를 여는 새 아침과 같이 진리의 삶을 시작하고 있다. "19. 불의 아들은 동쪽 구름 속에 있다. 아침이 황금빛 가슴을 뿜낸다." 그는 새 시대를 준비하며 새로운 질서를 위하여 어쩔 수 없이 갇혀 있었던 "이성Reason의 신" 유리즌의 동물인 말들을 풀어놓는다. 그는 진리의 빛을 막고 있었던 구름들을 흩어뜨리고, 그가 만든 필요한 법들은 먼지 위에 찍어 영원하지 않게 만들어 놓고 있다. "20. (불의 아들이) 저주 가득한 구름들을 휘저어 사라지게 하고, 돌 같은 법을 먼지 위에 찍어댄다. 밤의 동굴로부터 영원한 말들을 풀어놓으며, 소리쳤다. '제국은 더 이상 없다! 이제 사자와 늑대는 없다.'" 혁명의 총아 "불의 아들"은 하나의 나라가 모든 나라를 통치하여 나라들마다의 개성을 묵살하는 제국은 더 이상 용납하지 않겠다며, 마치 10계명과 같이 법을 공표한다. 그러나 그는 지금까지 법 그 자체를 부정하는 입장에 있다. 그래서 그는 "제국은 더 이상 없다! 이제 사자와 늑대는 없다"라는 법을 먼지 위에 찍어낸다. 차별과 차등은 인정하지 않고, 차이는 반드시 인정해야 한다. 그때가 오면 양떼를 사탄의 늑대로부터 보호하기 위해 분노하는 사자가 필요하다는 사기의 은유로, 사자의 권력을 옹호하며 양떼를 억압하는 일은 없을 것이다. 그리고 양떼를 죄의 구렁텅이로 빠뜨려 사망으로 인도하는 계교Deceit의, 늑대의 은유도 없을 것이다.

블레이크는 1792년 판화에 새겨 넣은 시 「자유를 노래하다」에서 20개의 조각 시들과 「합창」까지 더하여 『천국과 지옥 결혼하다』를 마무리하였다. 번호를 매겨 놓은 20개의 시 문장들은 "20개의 판화들의 삽화 설명문"으로 사용하려고 했던 것이었다(Bloom 99). 특히나 「합창」은 「자유를 노래하다」의 결론인 동시에, 『천국과 지옥 결혼하다』의 결론이기도 하다. 비록 그가 20개의 삽화를 그리지 않아 그 시 문장들이 삽화의 설명문으로 사용되지는 않았지만, 「합창」은 20개 시 문장들의 목소리를 합쳐놓은 결론이다. 다시 말하여, 20개의 시 문장들은 각각 다른 목소리를 지녔지만, 「합창」에서 그들은 모두 같은 주제 『천국과 지옥 결혼하다』에 걸 맞는 화음을 내고 있다.

새벽 까마귀the Raven of dawn 사제들은 사람들을 통제하기 위하여 삶보다는 죽음에 대하여 더 자주 이야기한다. 그들은 죽음 이후의 삶에 대하여 알고 있다고 한다. 죽음은 단순한 죽음이 아니라, 또 다른 삶의 시작이라고 말한다. 죽음 후의 삶은 구제하거나 교정이 불가능한 영원한 삶이라고 말한다. 그들은 죽음 이후의 삶을 공포로 묘사하여, 교인들의 마음에 죽음의 공포를 심어놓는다. 그리고 그 공포의 대상인 죽음을 통제할 수 있는 권력을, 그들이 지녔다고 말한다. 현재의 삶이 무엇인지 몰라도 죽음 이후의 삶은 잘 안다고 그들은 말한다. 한계가 분명한 현재 삶의 한계성은 몰라도, 한계가 없는 무한한 죽음의 영원성은 잘 안다고 한다. 세상의 대낮은 몰라도, 죽음의 신비의 어둠은 잘 안다고 그들은 말한다. 그리고 사제들은 사람들에게 현재의 삶은 일시적이라며, 그곳에 마음을 두지 말고, 영원의 세계인 죽음 이후의 삶을 생각하라고 말한다.

까마귀는 모든 "종교들이 강조하고 있는 죽음의 공포"를 상징한다(Damon 341). 또한 다가올 대낮을 알려주는 새벽과 같이, 다가올 죽음을 미리 알려주는 새벽의 은유이기도 하다. 까마귀로 비유되는 사제들은 아직 죽음이 이르지도 않았는데, 죽음의 공포를 심어 주어 삶을 즐겁게 하는 모든 기쁨들에 먹칠을 한다. 삶 그 자체를 기쁨이 아닌 죄의 여정으로 규정하여 삶을 병들게 한다. 「병든 장미」("The Sick Rose")가 바로 이런 논리적 사고를 잘 표현하고 있다.

O Rose, thou art sick!
The invisible worm
That flies in the night,
In the howling storm,

Has found out thy bed
Of crimson joy:
And his dark secret love
Does thy life destroy.

장미여, 병들었구나!
볼 수 없는 벌레
폭풍우 울부짖는,
밤에 날아들어,

붉게 물든 기쁨의
네 침대 보고는:
그의 검고 내밀한 사랑이
너의 생명을 파괴한다.

아름다운 장미는 죽음에 대한 공포로 병들어 죽어가고 있다. 그 질병의 원인은 죽음의 공포의 은유인 볼 수 없는 벌레가 장미의 살아가는 연분홍빛 기쁨들을 파괴하여서이다. 사제는 독재자와 같이 자신을 따르는 추종들과 함께 율법을 만들어 인간의 욕망을 억압하고 자유를 구속하고 있다. 특히 종교는 정결함Chastity이란 덕목으로 욕망을 억압하고 있다. 그러나 성적인 욕망뿐 아니라 모든 욕망은 신성하다. 모든 욕망은 활력Energy이고, 활력은 기쁨의 표현이다. 욕망을 억압하는 자는, 욕망을 가지지 못하거나 가질 수 없는 처지에 놓인 자이다. 그는 욕망을 가진 자를 시기하여 타자의 욕망을 부정하는 방식으로 타자의 욕망을 억압한다. 블레이크가 말하는 억압구조들 가운데 성적 욕망의 억압이 가장 대표적이다. 그는 성적 욕망의 자유 없이 진정한 자유는 없다고 생각했다. 성적 욕망은 새로운 탄생을 위해서는 반드시 필요한 욕망이다. 블레이크는 「예루살렘」("Jerusalem" 7:65)에서 성Sex을 "신성한 창조 Holy Generation, 재생의 이미지!"(Blake 626)라고 말했다. 그리고 대적하는 무리들이 서로 용서할 수 있는 곳도 바로 이 상징적인 성행위, 이질적인 것들의 결합을 통해서 이루어질 수 있으니, 하나님의 어린 양의 탄생 그 자체도 바로 그 성적 결합Sex에서 이루어진 것이다(Blake 626). 성적인 결합은 재생의 이미지로, 성을 자유롭게 해방하지 않으면 재생도 없다. 탄생이 없다. 혁명은 바로 이질적인 것들이 결합하는 결혼의 상징적 이미지로 완성된다.

***

천국과 지옥의 결혼은 생명의 정수를 의미하는 혁명적 사고이다. 진정한 결혼이란 서로 차이를 인정하고 차별하지 않고, 반대가 되는 둘이 서로의 정체성을 유지할 때 성립한다. 처음부터 같지 않게 창조해 놓았는데 같게 만들려

한다면, 창조의 정당성을 희석시키는 일이고, 창조의 윤리에 어긋난다. 어느 쪽도 상대가 가지고 있는 이질성에 대하여 희생을 강요하지 말고, 오히려 존중해야 한다. 상대가 내가 가지고 있는 이질성의 희생을 요구하는 경우, 우리는 그의 요구를 받아들이지 말아야 한다. 서로 반대되는 둘이 공존할 때, 창조도 있고, 생명도 있다. 블레이크는 창조된 무엇이나 신성하다 했다. 어둠이 있으면 빛이 있고, 빛이 있으면 어둠도 있다. 어둠과 빛은 함께 탄생하였다. 다르다고 상대에게 폭력을 행사하지 말아야 한다. 이질성을 부정하고 동질성을 요구하는 폭력은 타인뿐 아니라 자신의 정체성도 부인하는 꼴이다. 폭력을 행사하지 말아야 하기도 하지만, 폭력에 희생물이 되는 것 또한 용인하지 말아야 한다. 상대를 죽이면 자신이 죽고, 자신이 죽으면 상대도 죽이는 꼴이다. 반대가 없다면 전진도 없고, 활력도, 생명도 없다. 우리의 반대가 살아있어야 우리 또한 살아있다. 그러니 동질성이 아니라 이질성을 찾아 나서는 자가 현자이다. 빛이 빛인 것은 거기에 어둠이 있어서이다. 어둠이 깔렸을 때 우리는 빛으로 남아야 하지만, 모두가 빛으로 눈부실 때 우리는 어둠으로 남아야 한다. 우리의 눈을 뜨지 못하게 밝은 이 빛이 진리라고 말할 수 있는 자가 과연 누구인가? 빛이 말뿐인 허구라면, 어둠이 진정한 빛일 수 있다. 우리의 빛이 어둠이고, 우리의 어둠이 빛일 수 있다. 동질성의 구조는 폭력과 억압의 구조이다. 허구이다. 진리를 밝히는 길이 이질성에 있다.

Blake, William. *Complete Writings*. Ed. Geoffrey Keynes. London: Oxford UP, 1966.
Bloom, Harold. *Blake's Apocalypse: A Study I Poetic Argument*. New York: Anchor Books, 1963.
Damon, S. Foster. *A Blake Dictionary: The Ideas and Symbols of William Blake*. Colorado: Shambhala Publications, 1979.

PLATE 2

The Argument

Rintrah roars, and shakes his fires in the burden'd air;
Hungry clouds swag on the deep.

Once meek, and in a perilous path,
The just man kept his course along
The vale of death.
Roses are planted where thorns grow,
And on the barren heath
Sing the honey bees.

Then the perilous path was planted,
And a river and a spring
On every cliff and tomb,
And on the bleachèd bones
Red clay brought forth;

Till the villain left the paths of ease,
To walk in perilous paths, and drive
The just man into barren climes.

Now the sneaking serpent walks

In mild humility,
And the just man rages in the wilds
Where lions roam.

Rintrah roars, and shakes his fires in the burden'd air;
Hungry clouds swag on the deep.

PLATE 3

AS a new heaven is begun, and it is now thirty-three years since its advent, the Eternal Hell revives. And Io! Swedenborg is the Angel sitting at the tomb: his writings are the linen clothes folded up. Now is the dominion of Edom, and the return of Adam into Paradise. See Isaiah xxxiv and xxxv chap.

Without Contraries is no progression. Attraction and Repulsion, Reason and Energy, Love and Hate, are necessary to Human existence.

From these contraries spring what the religious call Good and Evil. Good is the passive that obeys Reason. Evil is the active springing from Energy.

Good is Heaven. Evil is Hell.

PLATE 4

The Voice of the Devil

All Bibles or sacred codes have been the causes of the following Errors:

1. That Man has two real existing principles, viz. a Body and a Soul.

2. That Energy, call'd Evil, is alone from the Body; and that Reason, call'd Good, is alone from the Soul.

3. That God will torment Man in Eternity for following his Energies.

But the following Contraries to these are True:

1. Man has no Body distinct from his Soul; for that call'd Body is a portion of Soul discerned by the five Senses, the chief inlets of Soul in this age.

2. Energy is the only life, and is from the Body; and Reason is the bound or outward circumference of Energy.

3. Energy is Eternal Delight.

PLATE 5

Those who restrain Desire, do so because theirs is weak enough to be restrained; and the restrainer or Reason usurps its place and governs the unwilling.

And being restrained, it by degrees becomes passive, till it is only the shadow of Desire.

The history of this is written in Paradise Lost, and the Governor or Reason is call'd Messiah.

And the original Archangel, or possessor of the command of the Heavenly Host, is call'd the Devil or Satan, and his children are call'd Sin and Death.

But in the Book of Job, Milton's Messiah is called Satan.

For this history has been adopted by both parties.

It indeed appear'd to Reason as if Desire was cast out; but the Devil's account is, that the Messi[**PLATE 6**]ah fell, and formed a Heaven of what he stole from the Abyss.

This is shown in the Gospel, where he prays to the Father to send the Comforter, or Desire, that Reason may have Ideas to build on; the Jehovah of the Bible being no other than he who dwells in flaming fire. Know that after Christ's death, he became Jehovah.

But in Milton, the Father is Destiny, the Son a Ratio of the five senses, and the Holy-ghost Vacuum!

Note. The reason Milton wrote in fetters when he wrote of Angels and God, and at liberty when of Devils and Hell, is because he was a true Poet, and of the Devil's party without knowing it.

A Memorable Fancy

As I was walking among the fires of Hell, delighted with the enjoyments of Genius, which to Angels look like torment and insanity, I collected some of their Proverbs; thinking that as the sayings used in a nation mark its character, so the Proverbs of Hell show the nature of Infernal wisdom better than any description of buildings or garments.

When I came home, on the abyss of the five senses, where a flat-sided steep frowns over the present world, I saw a mighty Devil, folded in black clouds, hovering on the sides of the rock: with cor[**PLATE 7**]roding fires he wrote the following sentence now perceived by the minds of men, and read by them on earth:—

> How do you know but ev'ry Bird that cuts the airy way,
> Is an immense World of Delight, clos'd by your senses five?

Proverbs of Hell

In seed time learn, in harvest teach, in winter enjoy.
Drive your cart and your plough over the bones of the dead.
The road of excess leads to the palace of wisdom.
Prudence is a rich, ugly old maid courted by Incapacity.
He who desires but acts not, breeds pestilence.
The cut worm forgives the plough.
Dip him in the river who loves water.
A fool sees not the same tree that a wise man sees.
He whose face gives no light, shall never become a star.
Eternity is in love with the productions of time.

The busy bee has no time for sorrow.

The hours of folly are measur'd by the clock; but of wisdom, no clock can measure.

All wholesome food is caught without a net or a trap.

Bring out number, weight, and measure in a year of dearth.

No bird soars too high, if he soars with his own wings.

A dead body revenges not injuries.

The most sublime act is to set another before you.

If the fool would persist in his folly he would become wise.

Folly is the cloak of knavery.

Shame is Pride's cloake.

PLATE 8

Prisons are built with stones of Law, brothels with bricks of Religion.

The pride of the peacock is the glory of God.

The lust of the goat is the bounty of God.

The wrath of the lion is the wisdom of God.

The nakedness of woman is the work of God.

Excess of sorrow laughs. Excess of joy weeps.

The roaring of lions, the howling of wolves, the raging of the stormy sea, and the destructive sword are portions of eternity too great for the eye of man.

The fox condemns the trap, not himself.

Joys impregnate. Sorrows bring forth.

Let man wear the fell of the lion, woman the fleece of the sheep.

The bird a nest, the spider a web, man friendship.

The selfish, smiling fool, and the sullen, frowning fool shall be both thought wise, that they may be a rod.

What is now proved was once only imagin'd.

The rat, the mouse, the fox, the rabbit watch the roots; the lion, the tiger, the horse, the elephant watch the fruits.

The cistern contains: the fountain overflows.

One thought fills immensity.

Always be ready to speak your mind, and a base man will avoid you.

Everything possible to be believ'd is an image of truth.

The eagle never lost so much time as when he submitted to learn of the crow.

PLATE 9

The fox provides for himself; but God provides for the lion.

Think in the morning. Act in the noon. Eat in the evening. Sleep in the night.

He who has suffer'd you to impose on him, knows you.

As the plough follows words, so God rewards prayers.

The tigers of wrath are wiser than the horses of instruction.

Expect poison from the standing water.

You never know what is enough unless you know what is more than enough.

Listen to the fool's reproach! it is a kingly title!

The eyes of fire, the nostrils of air, the mouth of water, the beard of earth.

The weak in courage is strong in cunning.

The apple tree never asks the beech how he shall grow; nor the lion, the horse, how he shall take his prey.

The thankful receiver bears a plentiful harvest.

If others had not been foolish, we should be so.

The soul of sweet delight can never be defil'd.

When thou seest an eagle, thou seest a portion of Genius; lift up thy head!

As the caterpillar chooses the fairest leaves to lay her eggs on, so the priest lays his curse on the fairest joys.

To create a little flower is the labour of ages.

Damn braces. Bless relaxes.

The best wine is the oldest, the best water the newest.

Prayers plough not! Praises reap not!

Joys laugh not! Sorrows weep not!

PLATE 10

The head Sublime, the heart Pathos, the genitals Beauty, the hands and feet Proportion.

As the air to a bird or the sea to a fish, so is contempt to the contemptible.

The crow wish'd everything was black, the owl that everything was white.

Exuberance is Beauty.

If the lion was advised by the fox, he would be cunning.

Improvement makes straight roads; but the crooked roads without improvement are roads of Genius.

Sooner murder an infant in its cradle than nurse unacted desires.

Where man is not, nature is barren.

Truth can never be told so as to be understood, and not be believ'd.

Enough! or Too much.

PLATE 11

The ancient Poets animated all sensible objects with Gods or Geniuses, calling them by the names and adorning them with the properties of woods, rivers, mountains, lakes, cities, nations, and whatever their enlarged and numerous senses could perceive.

And particularly they studied the Genius of each city and country, placing it under its Mental Deity;

Till a System was formed, which some took advantage of, and enslav'd the vulgar by attempting to realise or abstract the Mental Deities from their objects—thus began Priesthood;

Choosing forms of worship from poetic tales.

And at length they pronounc'd that the Gods had order'd such things.

Thus men forgot that All Deities reside in the Human breast.

PLATE 12

A Memorable Fancy

The Prophets Isaiah and Ezekiel dined with me, and I asked them how they dared so roundly to assert that God spoke to them; and whether they did not think at the time that they would be misunderstood, and so be the cause of imposition.

Isaiah answer'd: "I saw no God, nor heard any, in a finite organical perception; but my senses discover'd the infinite in everything, and as I was then persuaded, and remain confirm'd, that the voice of honest indignation is the voice of God, I cared not for consequences, but wrote."

Then I asked: "Does a firm persuasion that a thing is so, make it so?"

He replied: "All Poets believe that it does, and in ages of imagination this firm persuasion removed mountains; but many are not capable of a firm persuasion of anything."

Then Ezekiel said: "The philosophy of the East taught the first principles of human perception. Some nations held one principle for the origin, and some another: we of Israel taught that the Poetic Genius (as you now call it) was the first principle and all the others merely derivative, which was the cause of our despising the Priests and Philosophers of other countries, and prophesying that all Gods [**PLATE 13**] would at last be proved to originate in ours and to be the tributaries of the Poetic Genius. It was this that our great poet, King David, desired so fervently and invokes so pathetically, saying by this he conquers enemies and governs kingdoms; and we so loved our God, that we cursed in his name all the Deities of surrounding nations, and asserted that they had rebelled. From these opinions the vulgar came to think that all nations would at last be subject to the Jews."

"This," said he, "like all firm persuasions, is come to pass; for all nations believe the Jews' code and worship the Jews' god, and what greater subjection can be?"

I heard this with some wonder, and must confess my own conviction. After dinner I ask'd Isaiah to favour the world with his lost works; he said none of equal value was lost. Ezekiel said the same of his.

I also asked Isaiah what made him go naked and barefoot three years. He answer'd: "The same that made our friend Diogenes, the Grecian."

I then asked Ezekiel why he ate dung, and lay so long on his right and left side. He answer'd, "The desire of raising other men into a perception of the infinite: this the North American tribes practise, and is he honest who resists his genius or conscience only for the sake of present ease or gratification?"

PLATE 14

The ancient tradition that the world will be consumed in fire at the end of six thousand years is true, as I have heard from Hell.

For the cherub with his flaming sword is hereby commanded to leave his guard at tree of life; and when he does, the whole creation will be consumed and appear infinite and holy, whereas it now appears finite and corrupt.

This will come to pass by an improvement of sensual enjoyment.

But first the notion that man has a body distinct from his soul is to be expunged; this I shall do by printing in the infernal method, by corrosives, which in Hell are salutary and medicinal, melting apparent surfaces away, and displaying the infinite which was hid.

If the doors of perception were cleansed everything would appear to man as it is, infinite.

For man has closed himself up till he sees all things thro' narrow chinks of his cavern.

PLATE 15

A Memorable Fancy

I was in a Printing-house in Hell, and saw the method in which knowledge is transmitted from generation to generation.

In the first chamber was a Dragon-Man, clearing away the rubbish from a cave's mouth; within, a number of Dragons were hollowing the cave.

In the second chamber was a Viper folding round the rock and the cave, and others adorning it with gold, silver, and precious stones.

In the third chamber was an Eagle with wings and feathers of air: he caused the inside of the cave to be infinite. Around were numbers of Eagle-like men who built palaces in the immense cliffs.

In the fourth chamber were Lions of flaming fire, raging around and melting the metals into living fluids.

In the fifth chamber were Unnamed forms, which cast the metals into the expanse.

There they were received by Men who occupied the sixth chamber, and took the forms of books and were arranged in libraries.

PLATE 16

The Giants who formed this world into its sensual existence, and now seem to live in it in chains, are in truth the causes of its life and the sources of all activity; but the chains are the cunning of weak and tame minds which have power to resist energy. According to the proverb, the weak in courage is strong in cunning.

Thus one portion of being is the Prolific, the other the Devouring. To the Devourer it seems as if the producer was in his chains; but it is not so, he only takes portions of existence and fancies that the whole.

But the Prolific would cease to be Prolific unless the Devourer, as a sea, received the excess of his delights.

Some will say: 'Is not God alone the Prolific? I answer: 'God only Acts and Is, in existing beings or Men.'

These two classes of men are always upon earth, and they should be enemies: whoever tries [**PLATE 17**] to reconcile them seeks to destroy existence.

Religion is an endeavour to reconcile the two.

Note. Jesus Christ did not wish to unite, but to separate them, as in the Parable of sheep and goats! And He says: 'I came not to send Peace, but a Sword.'

Messiah or Satan or Tempter was formerly thought to be one of the Antediluvians who are our Energies.

A Memorable Fancy

An Angel came to me and said: "O pitiable, foolish young man! O horrible! O dreadful state! Consider the hot, burning dungeon thou art preparing for thyself to all Eternity, to which thou art going in such career."

I said: "Perhaps you will be willing to show me my eternal lot, and we will contemplate together upon it, and see whether your lot or mine is most desirable."

So he took me thro' a stable and thro' a church, and down into the church vault, at the end of which was a mill. Thro' the mill we went, and came to a cave. Down the winding cavern we groped our tedious way, till a void boundless as a nether sky appear'd beneath us, and we held by the roots of trees, and hung over this immensity. But I said: "If you please, we will commit ourselves to this void, and see whether Providence is here also. If you will not, I will.' But he answer'd: 'Do not presume, O young man, but as we here remain, behold thy lot which will soon appear when the darkness passes away."

So I remaind with him, sitting in the twisted [**PLATE 18**] root of an oak. He was suspended in a fungus, which hung with the head downward into the deep.

By degrees we beheld the infinite Abyss, fiery as the smoke of a burning city; beneath us, at an immense distance, was the sun, black but shining; round it were fiery tracks on which revolv'd vast spiders, crawling after their prey, which flew, or rather swum, in the infinite deep, in the most terrific shapes of animals sprung from corruption; and the air was full of them, and seem'd composed of them—these are Devils, and are called Powers of the Air. I now asked my companion which was my eternal lot? He said: "Between the black and white spiders."

But now, from between the black and white spiders, a cloud and fire burst and rolled thro' the deep, blackening all beneath; so that the nether deep grew black as a sea, and rolled with a terrible noise. Beneath us was nothing now to be seen but a black tempest, till looking East between the clouds and the waves we saw a cataract of blood mixed with fire, and not many stones' throw from us appear'd and sunk again the scaly fold of a monstrous serpent. At last, to the East, distant about three degrees, appear'd a fiery crest above the waves. Slowly it reared like a ridge of golden rocks, till we discover'd two globes of crimson fire, from which the sea fled away in clouds of smoke; and now we saw it was the head of Leviathan. His forehead was divided into streaks of green and purple like those on a tiger's forehead. Soon we saw his mouth and red gills hang just above the raging foam, tinging the black deep with beams of blood, advancing toward [**PLATE 19**] us with all the fury of a Spiritual Existence.

My friend the Angel climb'd up from his station into the mill: I remain'd alone, and then this appearance was no more; but I found myself sitting on a pleasant bank beside a river, by moonlight, hearing a harper, who sung to the harp; and his theme was: "The man who never alters his opinion is like standing water, and breeds reptiles of the mind."

But I arose and sought for the mill, and there I found my Angel, who, surprised, asked me how I escaped.

I answer'd: "All that we saw was owing to your metaphysics; for when you ran away, I found myself on a bank by moonlight hearing a harper. But now we have seen my eternal lot, shall I show you yours?" He laugh'd at my proposal; but I, by force, suddenly caught him in my arms, and flew westerly thro' the night, till we were elevated above the earth's shadow; then I flung myself with him directly into the body of the sun. Here I clothed myself in white, and taking in my hand

Swedenborg's volumes, sunk from the glorious clime, and passed all the planets till we came to Saturn. Here I stay'd to rest, and then leap'd into the void between Saturn and the fixed stars.

"Here," said I, "is your lot, in this space—if space it may be calld." Soon we saw the stable and the church, and I took him to the altar and open'd the Bible, and lo! it was a deep pit, into which I descended, driving the Angel before me. Soon we saw seven houses of brick. One we entered; in it were a [**PLATE 20**] number of monkeys, baboons, and all of that species, chain'd by the middle, grinning and snatching at one another, but withheld by the shortness of their chains. However, I saw that they sometimes grew numerous, and then the weak were caught by the strong, and with a grinning aspect, first coupled with, and then devour'd, by plucking off first one limb and then another, till the body was left a helpless trunk. This, after grinning and kissing it with seeming fondness, they devour'd too; and here and there I saw one savourily picking the flesh off of his own tail. As the stench terribly annoy'd us both, we went into the mill, and I in my hand brought the skeleton of a body, which in the mill was Aristotle's Analytics.

So the Angel said: "Thy phantasy has imposed upon me, and thou oughtest to be ashamed."

I answer'd: "We impose on one another, and it is but lost time to converse with you whose works are only Analytics."

Opposition is true Friendship.

PLATE 21

I have always found that Angels have the vanity to speak of themselves as the Only Wise. This they do with a confident insolence sprouting from systematic reasoning.

Thus Swedenborg boasts that what he writes is new; tho' it is only the Contents or Index of already publish'd books.

A man carried a monkey about for a show, and because he was a little wiser than the monkey, grew vain, and conceiv'd himself as much wiser than seven men. It is so with Swedenborg: he shows the folly of churches, and exposes hypocrites, till he imagines that all are religious, and himself the single [**PLATE 22**] one on earth that ever broke a net.

Now hear a plain fact: Swedenborg has not written one new truth. Now hear another: he has written all the old falsehoods.

And now hear the reason. He conversed with Angels who are all religious, and conversed not with Devils who all hate religion, for he was incapable thro' his conceited notions.

Thus Swedenborg's writings are a recapitulation of all superficial opinions, and an analysis of the more sublime—but no further.

Have now another plain fact. Any man of mechanical talents may, from the writings of Paracelsus or Jacob Behmen, produce ten thousand volumes of equal value with Swedenborg's, and from those of Dante or Shakespear an infinite number.

But when he has done this, let him not say that he knows better than his master, for he only holds a candle in sunshine.

A Memorable Fancy

Once I saw a Devil in a flame of fire, who arose before an Angel that sat on a cloud, and the Devil utter'd these words:

"The worship of God is: Honouring his gifts in other men, each according to his genius, and loving the [**PLATE 23**] greatest men best: those who envy or calumniate great men hate God; for there is no other God."

The Angel hearing this became almost blue; but mastering himself he grew yellow, and at last white, pink, and smiling, and then replied:

"Thou Idolater! is not God One? and is not he visible in Jesus Christ? and has not Jesus Christ given his sanction to the law of ten commandments? and are not all other men fools, sinners, and nothings?"

The Devil answer'd: "Bray a fool in a mortar with wheat, yet shall not his folly be beaten out of him. If Jesus Christ is the greatest man, you ought to love Him in the greatest degree. Now hear how He has given His sanction to the law of ten commandments. Did He not mock at the sabbath, and so mock the sabbath's God; murder those who were murder'd because of Him; turn away the law from the woman taken in adultery; steal the labour of others to support Him; bear false witness when He omitted making a defence before Pilate; covet when He pray'd for His disciples, and when He bid them shake off the dust of their feet against such as refused to lodge them? I tell you, no virtue can exist without breaking these ten commandments. Jesus was all virtue, and acted from im[**PLATE 24**]pulse, not from rules."

When he had so spoken, I beheld the Angel, who stretched out his arms, embracing the flame of fire, and he was consumed, and arose as

Elijah.

Note. This Angel, who is now become a Devil, is my particular friend. We often read the Bible together in its infernal or diabolical sense, which the world shall have if they behave well.

I have also The Bible of Hell, which the world shall have whether they will or no.

One Law for the Lion & Ox is Oppression.

PLATE 25

A Song of Liberty

1. The Eternal Female groan'd; it was heard over all the earth:

2. Albion's coast is sick silent; the American meadows faint.

3. Shadows of prophecy shiver along by the lakes and the rivers, and mutter across the ocean. France, rend down thy dungeon!

4. Golden Spain, burst the barriers of old Rome!

5. Cast thy keys, O Rome, into the deep—down falling, even to eternity down falling;

6. And weep!

7. In her trembling hands she took the new-born terror, howling.

8. On those infinite mountains of light now barr'd out by the Atlantic sea, the new-born fire stood before the starry king.

9. Flagg'd with grey-brow'd snows and thunderous visages, the jealous wings wav'd over the deep.

10. The speary hand burn'd aloft; unbuckled was the shield; forth went the hand of jealousy among the flaming hair, and [**PLATE 26**] hurl'd the new-born wonder through the starry night.

11. The fire, the fire is falling!

12. Look up! look up! O citizen of London, enlarge thy countenance! O Jew, leave counting gold; return to thy oil and wine! O African, black African! (Go, winged thought, widen his forehead.)

13. The fiery limbs, the flaming hair shot like the sinking sun into the Western sea.

14. Wak'd from his eternal sleep, the hoary element roaring fled away.

15. Down rush'd, beating his wings in vain, the jealous king, his

grey-brow'd councillors, thunderous warriors, curl'd veterans, among helms and shields, and chariots, horses, elephants, banners, castles, slings, and rocks.

16. Falling, rushing, ruining; buried in the ruins, on Urthona's dens.

17. All night beneath the ruins; then their sullen flames, faded, emerge round the gloomy king.

18. With thunder and fire, leading his starry hosts through the waste wilderness, [**PLATE 27**] he promulgates his ten commandments, glancing his beamy eyelids over the deep in dark dismay.

19. Where the Son of Fire in his Eastern cloud, while the Morning plumes her golden breast,

20. Spurning the clouds written with curses, stamps the stony law to dust, loosing the eternal horses from the dens of night, crying: "Empire is no more! and now the lion and wolf shall cease."

Chorus

Let the Priests of the Raven of Dawn, no longer in deadly black, with hoarse note curse the Sons of Joy. Nor his accepted brethren whom, tyrant, he calls free, lay the bound or build the roof. Nor pale religious lechery call that virginity that wishes, but acts not!

For everything that lives is holy.